二見文庫

黄金の翼

アイリス・ジョハンセン／酒井裕美＝訳

The Golden Barbarian
by
Iris Johansen

黄金の翼

登　場　人　物　紹　介

テス・ルビノフ	タムロヴィア国王の姪
ガレン・ベン・ラッシド	エル・ザランの族長
サシャ・ルビノフ	テスのいとこで、タムロヴィアの王子
ポーリン・カルブレン	テスの子守
ライオネル	タムロヴィアの王
アクセル	テスの父親でサシャの叔父
サイード・アブダル	ガレンの従者
カリム・ランミール	ガレンの副司令官
ユセフ・ベナルドン	カリムの部下で護衛隊員
ヴィアンヌ・ベン・ラッシド	ガレンの母親違いの妹
タマール・ハッサン	ガレンの幼馴染で宿敵の族長
サルーム・ハキム	エル・カバールの老族長

プロローグ

タムロヴィア、ベラージョ
一七九七年四月八日

このままでは死んでしまう！

テスは自分の体が、刻一刻と泥のなかに沈みこんでいくのを感じた。泥はすでに肩にまで達し、さらにじわじわと這《は》いあがってくる。ああ、神さま。こんなところで死ぬなんていや。ぬるぬるした泥のなかに潜《もぐ》ったきり、二度と浮きあがってこられないなんて。

それにしても、あっという間の出来事で……。

アポロがいかにも情けない声で鳴き、容赦なく呑みこもうとする泥に抗《あらが》って、もう一度体をばたつかせた。

そうだ、ここで死ぬわけにはいかない。もしもわたしが死ねばアポロも死に、何もかもが無に帰してしまう。

テスはウルフハウンドの大きな体を引き寄せると、その長い鼻面をやさしく撫でた。「しーっ。大丈夫よ、坊や。かならず何か方法を見つけるから」

「いったいどんな方法を見つけだすのか、お手並み拝見だな」

その声に振り返ると、いとこのサシャが数ヤード先で馬の背にまたがっている。めまいがするほどの安堵《あんど》感が胸に押し寄せた。今日はなんて運のいい日なんだろう。自分とアポロが死なないですむばかりか、殴られることなくこの苦境から脱することができるかもしれない。サシャ・ルビノフは、彼女の知っているどの大人とも違っていた。もうすぐ二十五になるというのに、わずか十二歳のテスをないがしろにせず、彼女の無作法な振る舞いを目にしても、眉をひそめるよりもむしろ笑い飛ばしてくれた。「出られないのよ、サシャ。蔓《つる》が切れて――」

「どうした？」

サシャは一人ではなかった。テスはじれったそうに連れの男に目をくれた。のんびり話をしている余裕がないことが見てわからないの？　それはサシャの新しい友人、国境を越えた異国からやってきた異邦人だった。〈サシャの黄金の野蛮人〉と彼女の父親は呼んでいたが、その呼び名がふさわしいとは思えなかった。肌の色はオリーブ色だし、髪も瞳も黒っぽくて、ゴールドというよりはブロンズと呼ぶほうが似合う気がする。テスはいとこに目を戻して訴えた。「ねえ、ここから出してよ、サシャ」

サシャはにやりと笑った。「任せておけ」隣りで手綱《たづな》を引いた男を振り返る。「ぼくのいとこをまだ紹介していなかったな、ガレン。こちら、ガレン・ベン・ラッシド族長《シャイフ》だ、テス。そしてこっちがいとこのクリスティナ・マリア。普段の彼女はもう少しましな格好をしているんだが」言いつつも、眉根を寄せて考えこむ。「いやいや、考えてみりゃ――」

「サシャ！」泥が喉元まで迫り、アポロの鼻先が泥に浸《つ》からないように持ちあげているのもむずかしくなってきた。「じらすのはやめて！」

「ああ、こいつはすまなかった」サシャは葦毛《あしげ》の雌馬からすばやく降り、周囲を見まわして枝を探した。「きみの家庭教師には厳しく言っておかなけりゃならないな、テス」ガレンを振り返る。「十二にもなるってのに、木のそばにこれみよがしに立てられた〈危険〉の看板も読めなかったんだから」

「読めるわ、それぐらい」テスは憤然と言い返した。「それに、この森のことならあなたよりもよっぽど詳しいんだから。これはアポロのせいなのよ。彼が先に走りだしたと思ったら、突然泥にはまっちゃって。必死でもがけばもがくほど、どんどん沈んでいったの。それでわたしはあの木の蔓に摑《つか》まって――」

「彼のあとを追って泥のなかに入ったと」サシャはため息をつき、長い枝を拾いあげると、その強度を確かめてみた。「賢いやり方とは言えないな、テス」

「彼を死なせるわけにはいかなかったのよ」泥はいまや顎《あご》の近くにまで達し、テスは恐怖のあまり喉が締めつけられた。「ねえ、急いで……もらえない？」

サシャは泥の池の水面づたいに枝を差しだしたが、テスのところまで達するには一フィートほど足りなかった。「大丈夫だ、なんとかなる。犬から手を離して、ゆっくりと進んで枝を摑むんだ。ぼくが引っ張りあげてやる」

たしかに枝はそれなりに頑丈そうだし、サシャがどれほど力強いかも承知している。この枝に摑まりさえすれば、すぐにも安全な地面に降り立つことができる。テスは切望するようなまなざしで枝を見つめた。

それから、きっぱりと首を振った。「アポロを見捨てるわけにはいかない。彼はひどくもがきながら、沈んでいってるのよ。何か別の方法を考えてちょうだい」

余裕たっぷりの笑みがサシャの顔から消え失せた。「時間がないんだ、テス。馬鹿なことを言うな。アポロはたかが犬じゃないか。ぐずぐずしてると、あっという間に泥に埋まっちまうぞ」

テスはパニックに襲われた。知らぬ間に涙が目の奥からせりあがってくる。わたしは死ぬんだ、どっちみち。「アポロを見捨てられない」

サシャは低く舌打ちした。

「じっとしてるんだ」サシャとは別の声が言った。ガレン・ベン・ラッシドが上等なダークブルーのブロケードのコートを脱いで鞍頭《くらがしら》に広げるや、すばやく馬から降りた。「いいと言うまで、動くんじゃない」艶《つや》やかな黒のブーツも脱ぎ、脇に放り投げる。

「この石頭の小娘のために、泥に入るというのか？」サシャが首を振った。「そいつはぼくの仕事だ」

ガレンは微笑んだ。「一国の王子が泥に埋もれると？　いいから、おれに任せてくれ。多少の泥や野蛮な山賊を相手にするのは、毎度のことだ。それよりきみは、枝を用意しておいてくれ」

ガレンは泥のなかに足を踏みだした。そうとうな大男で体重もテスとは比べようもないほど重いだけに、あっという間に膝《ひざ》まで沈みこむ。テスのもとに辿《たど》り着くころには、早くも腰まで泥に埋まっていた。

「しっかり犬を捕まえておけ」ガレンは泥のなかを手探りし、テスの腰を探しだすとがっちりと掴んだ。「おれのことは気にせず、自分のことだけ考えろ」テスの頭を持ちあげてサシャに向かって叫ぶ。「枝をくれ、サシャ」

テスはアポロに向かってなだめるように話しかけてから、彼の首を掴んでいた手を胴体に移した。「彼の鼻が泥に浸かっちゃったらどうするの？　息ができなくなるわ」

「すぐに出られるから安心しろ。それよりも自分がちゃんと息することを考えるんだ」

「アポロはわたしが守らなくちゃ」テスはぼそりと付け加えた。「わたしのことはあなたが助けてくれるだろうけど」

「おれが？」

「そう」いまやテスは自分が助かることに、なんの疑いも持ってはいなかった。ガレンの腕が腰にまわされて、ぐいぐいと陸に向かって引きずられはじめてからというもの、圧倒的ともいうべき奇妙な安心感を覚えていた。テスはちらりと彼の目をのぞいた。「あなたがわたしを見捨てるはずがないわ」

ガレンはテスの腰にまわした腕に力をこめた。「ああ、見捨てないとも」彼女からつと目をそらす。「ここまで面倒に首を突っこんで、あげくにおまえを失ったとなっちゃ笑えないからな。もう少しで枝に手が届く。そのあとはせいぜいサシャに働いてもらうさ」

「全身泥だらけになるよりはずっとましだ」サシャが陽気に叫んだ。「泥遊びは好きじゃないんでね。それによくよく考えて、やっぱりここはきみに花を持たせてやろうと思ってさ、ガレン。セディカーンじゃこんな経験はできないだろう？　砂丘はあるだろうが――」

「いいから枝だ」

サシャが枝をさらに遠くまで差しだすと、ガレンは自由になるほうの手でそれを摑んだ。サシャはあとずさりながら両手で枝をじょじょにたぐり寄せ、二人を泥のなかから引っ張りあげる。しまいに彼は尻餅をつき、ガレンはなんとか流砂から抜けだした。

「なんてこった！」サシャは叫び声をあげた。顎からストッキングを穿《は》いた足先まで、ガレンの全身は灰色がかった茶色の泥にすっぽり覆われている。サシャは大笑いした。「なんたる姿だ。ぜひともきみの愛人に見せたいもんだよ。そうすりゃもう、二度ときみのベッドに潜りこもうなんて気はなくなるだろう」

「案外、よけいにその気が増すかもしれないぞ」ガレンがそっけなく言い、テスの体を持ちあげて地面に下ろした。「彼女たちがこぞって脚を開くのは、なにもこの容姿が気に入ってるからじゃない」

「あいかわらず皮肉屋だな、きみは。女たちのことなんて、これっぽっちも信用してないくせに」

ガレンは意味ありげにテスを顧みた。「子どもの前でする話じゃないだろう」

「テスのことか？」サシャはかぶりを振った。「たしかに子どもだが、純粋無垢《むく》な少女ってわけじゃない。宮廷で育ったんだ。それなりの知識は持ち合わせてるよ」テスを振り返る。「そうだろう、おチビちゃん？」

「話はあとにして」テスは必死にアポロを引っ張り、泥のなかから救いだそうと格闘していた。「手を貸してよ」

ガレンは彼女を脇におしのけると、ウルフハウンドの肩を摑んで泥のなかから引きあげ、地面に下ろしてやった。

アポロはお返しとばかりに細身の体を派手に震わせ、四方八方に泥を飛ばした。

「恩知らずなやつだな」ガレンは頰に付いた泥を拭った。

「仕方がないのよ」テスはアポロを庇《かば》った。「それが犬の習性なんだから。どうしたって――」怖い顔でサシャを振り返った。「笑うのはやめて。ベン・ラッシド閣下は勇敢な行動を示してくれたのよ。それを笑うなんてとんでもないわ」

サシャの青い瞳がいたずらっぽくきらめいた。「またしても惚《ほ》れられてしまったようだな、ガレン。子どもとはいえ、数年もしたら立派な――」

「彼の言うことを真に受けないで」テスはうんざりしたようにガレンに向かって言った。「心配しなくていい」ガレンは蔑《さげす》むような視線をサシャに投げた。「相手にしちゃいないよ」

「そういえば、ポーリーンはどこだ、テス?」サシャがふいに訊いた。「まさか、一人で森をうろついていたわけじゃないだろう?」

「もちろん違うけど」テスはアポロのかたわらに膝をつき、長い毛に絡みついた泥を辛抱強く擦《こす》り取ろうとしている。「彼女とマンドルは忙しいのよ。森に入ったとたんに二人して足を止めちゃって。わたしがいなくなったことにも気づいちゃいないわ」

「忙しいって?」

「情交してるの」

ガレンの顔にかすかに衝撃の色が浮かぶのを見て、サシャは低く笑った。「そいつはさぞかし忙しいだろうな。ポーリーンは一度きりじゃ満足しないに決まってるし」

「そのポーリーンってのは誰だ?」ガレンが訊いた。

「ポーリーン・カルブレンは忠実にして高潔なテスの子守だよ」サシャが説明した。「そしてマンドルは、ぼくの叔父の馬番の一人」

「だめだわ、これ。埒《らち》が明かない」テスはアポロの泥を拭いとるのを諦《あきら》めて立ちあがると、ガレンの手を取った。「行きましょ。あの丘を越えたところに湖があるから、きれいさっぱり泥を落とせるわ」彼の馬を振り返るや、はっと足を止めた。その目が思いもかけない喜びに見開かれている。「なんて美しいの」ガレンの手を離し、雄馬に一歩歩み寄った。馬のほうは泡を食ってあとずさった。「こんなすてきな馬にどうして気づかなかったのかしら」

「そりゃ仕方ないさ。きみは生き延びることで忙しかったんだから」とサシャ。

テスは彼の軽口を無視して訊いた。「名前はなんていうの？」

「テルザンだ」ガレンが答えた。

「傷つけるようなことはしないから安心して、テルザン」テスはまた一歩馬に近づくと、やさしく囁《ささや》いた。馬は半信半疑の様子で彼女を見つめていたが、彼女が手を伸ばし、鼻面のダイヤモンド形に生えた白い毛に触れてもじっと立ち尽くしたままだった。

「驚いたな」若い族長《シャイフ》がつぶやいた。「普通は見知らぬ人間に触らせたりしないんだが」

「わたしが彼のことを好きだってことがわかるのよ」テスは馬にとってもっとも敏感な、目と目のあいだを撫でつけた。「こんなにひどい臭いが染みついてなければ、この子だってはなからあとずさったりしなかったはずだわ」

「そう言われてみれば……」サシャはひくひくと鼻に皺《しわ》を寄せた。「ぼくもあとずさりたくなってきたよ」

ガレンはひやかし半分で微笑んだ。「やけに馬に詳しいんだな」

「この娘は沼地に落ちていないときは、たいてい宮殿の厩舎《きゅうしゃ》に忍びこんでいるのさ」サシャが説明した。

「この子は厩舎にはいなかったわ」テスは確信に満ちた言い方をし、ガレンに目をくれた。「いたら気づかないはずがないもの」

「泊まっている宿の近くにつないでおいたんだ。宮殿には今日、到着した」

「彼はセディカーンから？」

「そうだ」

「これほど力強くて美しい馬は見たことない。ほかにもこういう馬が――」

「テス」サシャはもう一度鼻に皺を寄せた。「いいから、さっさと行け！」

テスはうなずいた。「湖までは歩いていく。あなたの馬にまたがって、泥だらけにしたら大変だもの」

「そりゃそうだ。きみも自分の馬を泥まみれにするなよ、ガレン」サシャがまじめな顔で警告した。

「いい加減に面白がるのをやめないと」ガレンが穏やかに言う。「きみも沼に放りこんで、同じ目に遭わせてやるぞ」いとも簡単に両手でテスの体を持ちあげて自分の馬の背に乗せると、自分もその後ろにまたがった。「でもいまはやめておく。この泥をきれいに落として優位に立ってからにするよ」

「緑色のねばねばしたものが鞍に垂れちゃってる」テスが驚いて言った。「だから歩いていくって言ったのに」

ガレンは馬の腹を蹴《け》って走らせ、テスが指し示した丘をめざした。アポロも嬉しそうに吠えながら、後ろから跳ねるようについてくる。「背中に泥がついたって？　そんなもの、テルザンは気にしやしないさ。彼はもっとずっと手荒い扱いにも慣れてるんだ」

テスは肩越しに振り返り、咎《とが》めるような目で彼を見た。「拍車は使わないの？」

「ああ。それに、子どもの命令に耳を貸すこともしない」

「命令なんてしてない。ただ、使ったほうがいいんじゃないかと言っただけ」

「同じことだ」ガレンは丘のふもとを巡り、ほどなく背の高いマツの木に縁取られた小さな湖の前で馬を止めた。「この湖は深いのか？」

「ううん」

「そいつは好都合だ」ガレンは馬の背からテスの体を抱えあげると、湖のなかにぼとんと落とした。

水の冷たさに思わず息を呑み、テスは懸命に水面に浮きあがった。

ガレンは馬にまたがったまま、何かを期待するような笑みを浮かべて彼女を見つめている。

「ああ、いい気持ち」テスは喘《あえ》ぎ喘ぎ言う。「どうもありがとう」

ガレンは笑みを収め、いぶかしげに彼女を眺めた。「どうやらおまえは、その犬コロよりは、感謝というものを心得ているらしいな。嚙《か》みついてくるかと思ったのに肩すかしだ」

アポロもテスを追うように湖に飛びこみ、さかんに泥水を彼女の顔にはねかけた。テスは笑い声をあげて水に潜り、すぐにまた水面から顔を出した。濡れた髪を振り払う。「どうして？」じっとガレンを見つめ返した。頰を水滴がつたい落ち、楽しくてしかたがないといった風情で顔が輝いている。「おかげで、泥だらけだったのがすっかりきれいになったのよ。なぜ腹を立てることがあるの？」

「タムロヴィアの宮廷に、これほど鈍感なレディーがいるとは思いもよらなかったよ」

「わたしは宮廷のレディーじゃないわ」テスはまた水に潜ってから、赤毛の巻き毛の束を無造作にねじった。「それに少なくともこの先四年間は、レディーになることを心配する必要もないの。だってまだ、勉強にいそしむ身なんだから」

「なるほど」ガレンは黒毛の雄馬から勢いよく降り立った。「それじゃ、おれが一緒に水浴びしても問題ないわけだな」湖に飛びこむと、ざぶざぶと水のなかを歩き、顎に達する深さのところまでやってきた。「くそっ、なんて冷たさだ」

「まだ四月だもの」テスは髪にこびりついた泥を念入りに洗い落としてから、ふたたび水に潜った。「あなたの国では、もう湖の水は冷たくないの？」

「これほど冷たくはない。タムロヴィアはバルカン半島にあるが、セディカーンはそもそも砂漠の国だからな」ガレンは頭を水に浸け、テスがしたようにせっせと汚れ落としに奮闘した。「ザランダン近くの丘の池は、温かいってほどじゃないが」

ガレンの濡れた髪は日差しを浴びて漆黒にきらめき、日焼けをした顔は冷たい水のせいで赤く染まっていた。強烈な陽光が降り注ぎ、ブロンズ色の肌がゴールドの色合いを帯びて輝いて見える。テスはいつの間にかうっとりと彼を見つめていた。もっとも、容姿そのものはサシャほどの美しさを備えてはいない。高い頬骨は湖の縁に転がっている花崗岩のような豪胆な印象を与えるし、黒い瞳は落ちくぼんで瞼《まぶた》が被さっている。しかし、宮廷の取り巻きの男たちとはどこか違って見えた。たとえて言えば、彼女が飼っているおとなしいアポロと、父親が狩りで仕留めるオオカミほどの違い。たくましさと力強さと、それに荒々しさをまとっている。ガレンの行動もまた彼らとは一線を画していた。なんの躊躇《ちゆうちよ》もなく悪臭を放つ沼に飛びこんで助けてくれた。彼女にけことごとく甘いサシャでさえ、泥に入らずにすむ方法を探そうとしたというのに。

ふいにガレンの声がして、テスはわれに返った。「どうして、おれをじろじろ見つめている、キレン？」

「キレン？」

「おれの国の言葉で〈幼い子ども〉とか〈少女〉という意味なんだ」

「そう」テスは目をそらした。「みんながあなたのことを〈黄金のなんとか〉って呼ぶのは、その肌の色のせいかと思って」

ガレンはすぐには答えず、ただ茶化すような笑みを浮かべている。「勉強仲間のあいだでも、おれが噂《うわさ》になってるわけか？　そうじゃない。おれが〈黄金の〉という枕詞《まくらことば》を付けて呼ばれるのは、財布のなかの金貨の色のせいだよ。それとその量と」

テスはさっと彼を振り返った。「あなた、大金持ちなの？」

「ああ、ミダースほどのね。ザランダン近くの丘には、金がわんさと埋まっている」ガレンの唇がゆがんだ。「大金持ちだからこそ、野蛮人だろうが拝謁を許される。ときにはタムロヴィアの宮廷にだって招かれる」

彼は傷ついている。テスは鋭くそれを感じ取り、その痛みをやわらげようと思わず口走った。「野蛮人っていうのは野性的という意味でしょう？　それはちっとも悪いことじゃないわ。だって森のなかは、美しい野生の生き物で溢《あふ》れてるもの」

「しかし、上流社会のサロンには招待されない」

「それは、招待しない彼らのほうがおかしいのよ」テスは憤慨した。

「五年後には、おまえもそんなことは言わなくなる」

「いいえ、言うわ」テスは水から出ると、どさりと岸に腰を下ろした。アポロもやっとのことで這いのぼり、あとに続いた。テスの靴は左右ともなくなっていて、茶色のベルベットのガウンも無惨なありさまだった。この格好で帰れば、災難に遭っただけじゃすまずに、鞭打《むち》ちを受けることになるのは間違いない。しかしいまはそれを心配する気にはなれなかった。大人と話す機会が滅多にないテスにとって、ガレン・ベン・ラッシドはこれまで出会った誰よりも興味深い人物だった。「わたしは変わらない」

「さあ、どうだか」ガレンも岸に上がり、テスのかたわらに座った。「もし変わらなかったら、それこそ驚きだ。おまえの魅力的な母上がおれを支持してくれてるとは思えないからな」

「母は父を怖がっているのよ。彼はあなたのことを好きじゃないから」

「怖がるってどうして？」

テスは驚いたように彼を顧《かえり》みた。「機嫌が悪いと、母のことを殴るからに決まってるじゃない」

「まさか」ガレンは小首を傾げてテスの顔をのぞいた。「それじゃ、おまえも気に障ることをすると、父上に鞭打たれたりするのか？」

「それはそうよ」テスはあっさりと認めた。「父親っていうのは子どもに対してそうするものだって、母がいつも言ってるわ。あなたは子どもを鞭打ったりしないの？」

「おれには子どもはいない」ガレンは言った。「それにエル・ザフンじゃ、妻や娘を殴るなんてありえない。折檻《せっかん》するにしても、もっといい方法がある」

「どんな？」

「それはまあ、いろいろと」

「きっと、実際は殴っているのに、認めたくないだけなのね。母が言ってるわ。男の人のなかには他人に知られたくないと思ってる人もいるけど、陰では誰だって妻や子どもを殴っているんだって」

「おれには妻もいない」ガレンは眉をひそめた。「それに無力な女性を殴ったりはしない」

「そんなに怒った言い方しないで。二度とこの話はしないから」テスは手を伸ばしてアポロの濡れそぼった毛を撫でつけた。「気を悪くさせるつもりはなかったのよ。だって、あなたのことは気に入ってるんだもの」

「そいつは光栄だ」ガレンはたいして嬉しくもなさそうに微笑み、ぞんざいに頭を下げてみせた。

テスは顔を赤らめた。「嘘じゃない。本気で言ってるのよ。わたしは滅多に人を好きにならないけど、あなたのことは好き」きまり悪そうに付け加える。「沼で溺《おぼ》れ死ぬところだったのに、助けてくれてありがとう。自分からわざわざ面倒なことに飛びこむなんて、なかなかできることじゃないわ」

「自分に都合のいいように行動したまでさ。これから陛下と約束があるというのに、おまえが泥に呑みこまれるのを黙って傍観してたなんてことになったら、おれの計画はすべてぶちこわしだ。いや、今日という一日が台なしになる」

「まさかそんな」テスは頼りなげに微笑んだ。「アポロにとってもあなたは命の恩人だわ」

「どうして〈アポロ〉という名前にした？　顔立ちが整ってるからとか？」

テスはかぶりを振った。「もう一頭、ダフネという名前の犬がいるのよ」

「ダフネ？」

「もともとは二頭ともそういう名前じゃなかったの。一年ほど前に、父がロシアの伯爵から買ったんだけど、そのときは〈ウルフ〉と〈シバ〉って呼ばれてた。父は彼らに子どもを産ませて猟犬を育てたかったのよ」テスは吐息をついた。「だけど、ダフネはアポロにまったく関心を示さなくて」

ガレンが噴きだした。「それでダフネと名づけたわけか。アポロの執拗《しつよう》な求愛を避けるために月桂樹の木と化したニンフにちなんで？」

テスはうなずいた。「でも、いつかきっとアポロは彼女の心を変えてみせるわ」不安そうに額《ひたい》に皺を寄せた。「父は二頭にものすごく腹を立ててるの」

「それに、おまえがすぐにも子守のもとに戻らないと、父上はますます頭に血が上るってわけだ」

馬が近づいてくる音がし、二人はそろって振り返った。サシャがのんびりと馬を歩かせて二人のそばまでやってくるや、ガレンのブーツを地面に放り投げた。「二人とも、さっきより少しはましな姿になったようだな」

「ずっとましよ」テスがむっとして言い返した。「泥はきれいさっぱり落ちたし、もう臭くないし」のろのろと立ちあがった。「そろそろ行かなくちゃ」言いつつも、足を踏みだせない。二人と別れたくなかった。サシャといるといつだって楽しくて、つい笑顔になるし、彼の友達だって……ガレンと一緒にいるときのこの気持ちはなんなのだろう。たいていの人間のことはさっさと心の片隅に追いやってしまえるけど、ガレンの何かが心に引っかかった。内面に抱えた闇とでも言えばいいだろうか。邪悪な暗さとは別物の、真夜中のような暗さ。でもテスは日差しの注ぐ日中よりも、夜のほうがずっと好きだった。夜の帳《とばり》が降りると、うんざりするほどあからさまな事柄も形を変え、わくわくするような神秘のベールをまとう。テスはお辞儀をすると、ためらいがちにガレンに向かって微笑んだ。「ごきげんよう、閣下」

ガレンの顔にまばゆいほどの笑みが広がった。「出会えて楽しかったよ、キレン」

テスはきびすを返し、森に向かって駆けだした。

「待てよ」サシャが後ろから呼びとめた。「ぼくの馬で一緒に――」

「だめ！」テスは頑《かたく》なに首を振った。「一人で戻るほうがいいの。あなたの手をわずらわせるなんて、ポーリーンに叱《しか》られるに決まってるわ。彼女が怒ると……」彼女の姿は森のなかに消え、そのあとをアポロが追っていった。

「追いかけてやれよ」ガレンがそっけなく言った。「あんな子どもに一人で森をうろつかせるもんじゃない。道に迷うか、また沼に落っこちるぞ」

サシャはかぶりを振った。「森のことなら、彼女はよく知ってる。迷うなんてありえないよ。心配ない」

ガレンは唇を固く引き結んだ。「子どもの前で情交するようなメイドと一緒でもか？　きみの口から、彼女の母親に言いつけてやったらどうだ？」

「そんなことをすりゃ、ポーリーンはクビになる」

「当然だろう。それだけのことをしでかしてるんだから」

サシャはまた首を横に振った。「そうはいかない。かわいそうなテスには自由なんてものはないに等しい。きみもぼくの叔父のアクセルに会っただろう？　陛下の人間性はきわめて非凡。まさにこの地球上でもっとも傲慢《ごうまん》な人間の一人だよ。テスのことを奴隷のように扱ってる」顔をしかめた。「いや、それ以下だな、とくに彼女が何か気に障るようなことをしたときには。少なくとも、ポーリーンみたいな尻軽女がメイドなら、テスもときにはあの勉強部屋という監獄から抜けだせる」興味深げな目でガレンを見た。「なぜ、きみがそんなに心配する？　メイドのモラルをいちいち気にするようなタイプじゃないはずだろ？　自分に火の粉が降りかかってさえこなけりゃ」

たしかに今回の反応には、サシャのみならず、ガレン自身も大いに驚いていた。テス・ルビノフの正直さと、自分を取り囲む環境を淡々と受け入れる態度が、説明のつかない感動を呼び起こした。「きみのいとこには勇気がある。感嘆すべき気質だよ」肩をすくめ、おもむろにブーツの左足を履いた。「しかし、たしかにおれが気にするような問題じゃないな。きみの親戚だというから、言ってみたまでさ」ちらっとサシャに視線を投げる。「それにしても、きみはそのポーリーンの貞操のなさに、いやに詳しいみたいじゃないか」

サシャはよくぞ聞いてくれたとばかりにうなずいた。「去年の夏のことだ」胸を膨らませ、にこやかに微笑む。「四週間ものあいだ、雄牛のごとく彼女と交わったよ。彼女のほうもえらく楽しんでた。歓喜の叫び声をあげてね」

「で、どこでそれを？」

「彼女の部屋さ」

ガレンはもう一方のブーツも履《は》いた。「子ども部屋の隣りでか？」

サシャは眉をひそめた。「そうだが、なぜ？」

「いや、とくに理由はない。好奇心で訊いたまでだ」なるほどサシャがいとこの前で平気で淫《みだ》らな話をしたのも、うなずけるというものだ。ポーリーンのベッドでのサシャの行為が、彼女のほかのパートナーに負けず劣らず、テスの俗事教育に多大な影響を及ぼしたのは間違いない。ガレンは立ちあがり、シルクのコートに袖《そで》を通すと、勢いよくテルザンの背にまたがった。「そろそろ宮殿に戻ろう。濡れた服のままでいると風邪をひきそうだ。それに三時間後にはきみの父上に拝謁《はいえつ》することになってるんだ。その準備もしなくては」

サシャはうなずいた。「ぼくにもっと手助けできることがあるといいんだが」悲しげに首を振る。「なにせ君主制のもとでは、次男にはほとんど影響力がなくてね」

ガレンはやさしく微笑み、馬を走らせた。「期待以上のことをしてくれたよ。宮廷に紹介してくれたうえに、父上を説得して、セディカーンからやってきたこんな野蛮な男に謁見《えっけん》の機会を与えてくれるよう取り計らってくれたんだ。きみの取りなしがなければ、けっして聞き入れられなかった」

「それでどの程度役に立てるかどうか。父上も兄上もぼくの言うことなど、まともに相手にしてくれないからな……このとおり軽薄な人間だからそれも仕方がないが」

しかし、サシャのその軽薄さの奥に、鋭い知性と思いやりが潜んでいることをガレンは知っていた。サシャ・ルビノフと知り合ってからまもなく、この若い王子に関して噂される悪ふざけや戯れ好きな性格は、おしなべて退屈さが原因であることをガレンは見抜いた。ようはただ、彼の生まれ落ちた社会が、移り気な彼の性格に適していなかったということなのだ。それ以来ガレンは、もしもサシャが生まれながらにして戦いの世界に生き、そこで鍛えあげられたとしたら、どんな人間になっただろうと考えるようになった。「もう充分なことをしてもらったよ。きみのおかげで、タムロヴィアにやってきた目的を果たすことができた」

サシャはまじめな顔で忠告した。「今回の謁見にあまり期待しないほうがいいぞ。このところの父上は、なんであれ、思いきって腰を上げるってことをしない」

「やるだけやってみるさ」ガレンは努めて絶望感を顔に表わさないようにした。「とにかくきみの父上を説得して、両国の利益のためにも今回の同盟を成立させなけりゃならないことをわかってもらわないと」

ガレンが謁見室から控えの間に出てきたのを見て、サシャは椅子を押しさげて立ちあがった。「どんな具合――」ガレンの険しい表情を目にすれば、答えは明らかだった。「うまくいかなかったんだな」

「同盟はなしだ」ガレンはぶっきらぼうに言い放った。「野蛮な民族と組んだところで、なんの利益もないというのが陛下の考えだ。守るだけ守らされて、口約束以外になんの得るものもないと」ガレンは怒りのエネルギーを持てあますかのような勢いで、従者たちが並んで立つ廊下を大股で進んだ。「大馬鹿ものだ！　セディカーン連合と組めば、タムロヴィアのほうこそ、与える以上に得るものが多いってことがわからないのか？」

「おいおい、相手はぼくの父上なんだぞ」サシャはガレンに追いつきながら、やんわりと指摘した。

「馬鹿だから馬鹿と言ったまでだ」

「たしかに」サシャはすなおに同意した。「石頭には違いないが」

「多部族を一つの中央政府に統合するためにも、ぜひとも今回の同盟が必要だったんだ。タムロヴィアが同盟を組んでくれれば、エル・ザランは外国勢力による侵略という脅威を利用して、族長たちを結束させることができたのに。争いに血道を上げている連中を一つにまとめるには、外敵の脅威以上に有効なものはないんだ」ガレンの声は、フレスコ画で彩られたドーム形の天井に反響した。「くそっ。これ以上戦争を続けるわけにはいかない。このままじゃセディカーンは空中分解だ。それぞれの部族がたがいに襲撃と殺戮《さつりく》を繰り返すかぎりは、われわれに未来はないんだ」

以前にも同じ話を聞かされていたサシャは、同情しつつも黙って聞き入るしかなかった。

「タムロヴィア軍なんて、セディカーンの戦士の力に比べたら子どもみたいなものだ。きみの父上は気がふれたとしか思えない。われわれに彼の国境を守れるわけがないなどと公言するとはな」

自分の父親にさらなる侮辱を浴びせられようが、サシャは気にならなかった。むしろ同意見だった。しかし、自国の軍が非難されるとなると、笑っていられるかどうか自信はない。彼は急いで話題を変えた。「それで、これからどうするつもりだ?」

「家に帰るさ」ガレンは不機嫌につぶやいた。「ほかに何ができる? また戦争と殺し合いの生活に戻って、自分自身を守るだけだ。それがセディカーンでの生きる道だ」

「ここに残ればいい」

「野蛮人と蔑まれながらか?」ガレンはかぶりを振った。「それは無理だよ。どうせおれは、いずれ冗談とかあてこすりに飽き飽きして、本物の野蛮人の振る舞いってものを披露することになる」ちらりとサシャの顔を見た。「きみのほうこそ、一緒にセディカーンに来たらどうだ? どのみち、宮廷での生活を気に入っちゃいないんだろう?」

「それもいいかもしれないな。きみの国の女性たちは美しくて、われわれかわいそうな男どもにきわめて寛大だって話だし」

「自分の目で確かめてみるといい」

サシャの瞳がいたずらっぽくきらめいた。「とはいえ、人間ってのはベッドのなかだけで過ごすわけにはいかないからな。それに、どうやらきみは、セディカーンをうんざりするほど平和な場所にする気らしいし……」思案げにガレンの顔を見つめた。「いつも不思議だったんだ。きみみたいな人間がどうしてこんな道を選んだのか」

ガレンは答えなかった。

「たしかに剣や命中弾の扱いでは、きみの右に出る者はいないだろう。しかし――」

「きみになんの関係がある?」

「好奇心さ。ぼくの経験上、得意なことというのはたいがい好きなことと決まってるからね」

「だから……ようは好きなんだよ、おれも」ガレンはサシャの顔を見ずに、言葉につかえながら言った。

サシャは納得できずに、彼を見つめた。そして突然、気づいた。ガレン・ベン・フッシドの一見落ち着いて見える外見の下に、いくつもの強烈な感情が渦巻いていることに。まんまとその仮面の下に入りこむことで、サシャは彼もまた、自分と同じ無謀さと無節操さを抱えていることを生々しく感じ取った。

そんな荒くれ者の気質を抱えて、いったい彼はセディカーンで遭遇する幾多の暴力の機会にどう対応しているのだろう？

ガレンはサシャの顔にかすめた表情を見逃さなかった。「そのとおりだよ」穏やかに言う。「実際のおれは世間で言われている以上に、野蛮な人間だ」にわかに口元を引き締める。「しかし、野蛮な人間のままでいるつもりはない。おれには知性も意志の力もある。生まれや本能に縛られて、野蛮なままでいなけりゃならないという理由はないからね」

そうなると、ガレンの生来の荒々しさと理性とのあいだの葛藤《かっとう》は、生涯にわたって続いていくことになるのだろう。サシャは同情心を抑えられなかった。「いつタムロヴィアを発《た》つつもりだ？」

「明日の夜明けには」ガレンは快活に微笑んだ。「そんなむずかしい顔をするのはやめてくれ。おれは諦めたわけじゃない。いったん国に戻って、戦力を整えなおすだけだ。タムロヴイアと同盟が組めないとなれば、フランスに行ってナポレオンに話を持ちかけるしかないだろう」

「セディカーンからフランスは遠いぞ」

「それにナポレオンは貪欲《どんよく》ときてる。ザランダンのあらゆる金鉱からおれを締めだそうとするかもしれない」ガレンは肩をすくめた。「それでも、考える価値はある」

「きみの母上はたしかフランス人だったな？」

「ああ」ガレンはそっけなく答え、大理石の階段の下で足を止めた。「フランスとタムロヴィアの血が混ざってる」すぐに話題を変えた。「それじゃ、自分の部屋に戻って、サイードに旅の支度をするように伝えてくるよ」

「でも、今夜また会えるんだろう？」

ガレンはうなずき、不敵な笑みを浮かべた。「もちろんだとも。八時にこのロビーで落ち合おう。何人か手頃な女性を見つけようじゃないか。エル・ザランの戦士がどうやって快楽を得るのか、たっぷりとご覧にいれよう」

サシャが何か言う前に、ガレンはさっさと階段を上っていった。

「何人かだと？」サシャはつぶやいた。どうやら、今夜はとびきり楽しい夜になりそうだ。

誰かがこっちを見つめている。

ガレンはベッドのなかではっきりと目を覚ました。筋肉を緊張させ、いつでも飛びかかれるよう身がまえる。じっと横たわったまま、半開きの目だけを動かし、あたりをうかがった。短剣はベッド脇のテーブルの上だ。しかし、それを手にするには左側で眠る女の体越しに手を伸ばさなければならない。

「ガレン閣下」

ガレンの瞼がぱっと開いた。灰色の瞳がじっとこちらを見おろしている。鮮やかな赤毛の巻き毛に縁取られた白くこわばった顔。子どもの顔だ。

テス・ルビノフの小さな手には、銅製の燭台がしっかと握られていた。「あなたもワインを飲みすぎてる？」消え入りそうな声で囁いた。

「ここで何をしてる？」ガレンはさっと起きあがると、すかさずベッドカバーを引きあげて裸体を隠した。

テスは安心したように息をついた。「酔ってはいないのね。はじめにサシャの部屋に行ったんだけど、話をしてもさっぱり通じなくて……」一歩あとずさった。「助けてほしいの。わたし一人じゃどうにもならないことがあって。あなたなら――」ふとガレンの向こう側に横たわる裸の女性に目をくれる。「まさか二人同時に？　ポーリーンは一度に一人しか相手をしなかったけど。どうしてあなた――」

「どうやってここに入った？　おれはドアに鍵を掛け忘れるほど酔っちゃいなかったはずだ

ぞ」

「化粧室からよ。この宮殿にはいろんな部屋に通じる秘密の通路があるの。三年前に、それを見つけたのよ」テスはガレンのかたわらで丸くなっているブロンドの女性をなおも見つめながら、気もそぞろに説明した。「その人、カミラ伯爵夫人でしょう。服を着ていないとずいぶん痩《や》せて見えるのね。もう一人の女性は誰?」

「おまえには関係ない」ガレンは不機嫌な顔つきになった。「化粧室じゃ、サイードが眠っていたはずだぞ」

「あなたの従者のこと? そろそろと入ってきたから、彼は目を覚まさなかった」テスは話を切りあげるように肩をすくめた。「そんなことはどうでもいいの。それより、助けてほしいことがあって」ガレンの腰を覆っているベッドカバーにちらりと目を走らせる。「その格好じゃ寒いわね」後ろを振り返り、ベッド脇の椅子からガレンの深紅色のベルベットのローブを取りあげた。「さあ、これを着るといいわ」

「どうも」ガレンはそっけなく応じてローブに袖を通した。「ずいぶんと気がまわるんだな」

カミラが寝返りを打ち、低くうめいた。

テスはまた彼女を一瞥《いちべつ》した。「二人ともぐっすり眠ってる。彼女たちも酔っぱらってるの?」

「グラスに二、三杯、ワインを飲んだぐらいだ」

テスはすやすやと眠っている二人の女性を、物言いたげな目でじっと見つめた。「二、三杯ってことはないわね。でも、このまま眠っていてくれたほうがありがたいわ。わたしはここにいないほうがいいと思うの」

「さっきから、おれはそう言っていたつもりだがね」

「先に化粧室に行って待ってるから」きびすを返すと、さっさと部屋を横切り、控え室のドアに向かった。

「万一サイードが目を覚ましたら、おれが行く前に喉を掻き切られるぞ。わが部族の男たちは真夜中の訪問者を歓迎しない」

「音をたてずに動く術を身につけてるの。起こさないから大丈夫」

「それなら、そのまま自分の部屋に戻るといい。なにもおれは――」少女の白いガウンの背中に、茶色がかった赤い染みが飛び散っている。まぎれもなく血痕だ。

テスが肩越しに振り返った。「どうかした？」

「なんでもない。さあ、行け。おれもあとからすぐに行く」

テスは鏡板のはまったドアを開け、姿を消した。

ガレンは低く悪態をつき、そろそろとカミラの体をまたいでベッドから滑りおりた。

何時間も浮かれ騒ぎ、情交に溺れたあげく、こんな厄介な問題を吹っかけられるとはさんざんな思いだった。サシャよりは少しばかり頭がはっきりしてるにしても、けっして機嫌がいいわけじゃない。そもそもテスが残忍な父親に殴られたとしたって、それはサシャが心配する案件であって、おれには関係ないはずだ。親族でもない少女のガウンに血痕が付着していただけで、こんなにも怒りをたぎらせるなんて、まったく理に適《かな》っちゃいない。おそらく、昼間の救出劇が引き金となって、こんなわけのわからない感情を抱くことになったのだろう。とりあえずここは、彼女の悲しい身の上話に耳を傾けたうえで、明朝サシャに話をすると約束をして部屋に送り返すしかないだろう。

化粧室の扉を開けると、テスが奥の壁沿いに置かれた椅子に、辛抱強く座って待っていた。彼女の体の小ささに、ガレンはあらためて目を見張った。スカート部分の広がった白のガウンを身に着けた姿は、ひどく痩せていかにも頼りなげに見え、十二歳というよりはせいぜい九歳程度にしか見えない。かたわらの低いキャビネットに置かれたろうそくの明かりが、小さな鼻に散らばった金色がかったそばかすを浮きあがらせ、顔を縁取る巻き毛を輝かせている。彼女の向かいの簡易ベッドでサイードがのんきに寝入っているのを見て、ガレンは怒りに駆られた。いったいテスはどんな手を使って、彼を起こさずに部屋に入ったのだろう？

ガレンは部屋に足を踏み入れた。「サイード！」

サイード・アブダルはくしゃくしゃの頭を持ちあげ、目を覚ました。「いったい何が――」

数ヤード先に少女が座っているのを見て、口をつぐむ。「誰が――」

「そんなことはどうでもいい」サイードが驚くのも無理からぬことだった。彼がこの部屋に退いたときには、ガレンが引きずりこんだ女性たちに、こんな子どもは一人も含まれていなかったのだから。「しばらく二人きりにしてくれ。用があったら声をかける」

サイードは呆然《ぼうぜん》としつつうなずいてベッドから転げでると、裸の体に慌ててブランケットを巻きつけた。そしてあたふたとガレンの前を通って寝室に消えた。

ガレンがドアを閉めてそれにもたれかかると、テスは椅子に座ったまま、しゃんと背筋を伸ばした。「あまり時間がないの。わたしのしつけにもっと気を配るようにって、母が父に叱られて。今夜もわたしの様子をのぞきにくるはずだわ」

「背中はどうした？」

テスはなんのことかわからないというように、眉根を寄せた。「背中って――ああ、また血が出てるのね？　教えてもらってよかったわ。部屋に戻る前に、ガウンを水に浸さないと」力なく首を振る。「母は、ポーリーンがわたしのことをちゃんと見張っていないんじゃないかと疑ってるのよ」

「それじゃ、こんなところにいたらその疑いを裏づけることになるじゃないか」ガレンは唇をきつく結んだ。「とりあえず安心したよ。こんな時間におまえが眠ってないことを、気にしている大人がいるとわかって」

「当たり前よ」テスは驚いて言った。「だって、わたしは両親にとって価値のある存在だもの。二人には息子がいないから、わたしが条件のいい結婚をして、母の失敗の埋め合わせをしなけりゃならないの。もしわたしに何かあったら、両親は何も手にできなくなってしまうわ」

「なるほど」親の取り決めによる結婚はガレンの故郷でも珍しくないが、こんな子どもがゲームの駒のように扱われているという事実に、なぜか彼は怒りを覚えた。「で、おまえは誰と結婚するんだ?」

「そのうちに決まるはずよ。ほんとはいまごろは婚約してるはずだったんだけど」テスは鼻に皺を寄せた。「父が考えなおしたの。わたしがこれからもっと魅力的になれば、もっと条件のいい相手が寄ってくるはずだって」寝室の扉のほうをちらっと見やった。「カミラ伯爵夫人みたいに。彼女もエヴァイン伯爵と結婚する前には、いろんな男性から申しこみがあったみたい。毎日あんな老人を相手にしているんだもの、彼女にとってあなたは、さぞかしい い気晴らしになってるってことよ」

ガレンは茶化すようにお辞儀をしてみせた。「忘れがたい体験になるよう、おれなりに努力させてもらった。見たかぎりじゃ、彼女は——」相手が宮廷の経験豊富な女性ではなく、まだ社交界にデビューもしていない少女であることを思いだして、慌てて口をつぐんだ。

「女性の不貞を話題にするのはよくないな」

テスは澄みきった灰色の瞳を、まっすぐ彼に向けた。「どうして? 侮辱するつもりで言ったんじゃないわ。世のなかはそういうものだってことぐらい、よくわかってる。まずは結婚。そのあとは若くてたくましい男性をベッドに引きいれる。ポーリーンが言ってるもの。世のなかの妻はみんな愛人がいるんだって。ときには二人や——」

「ポーリーンの話に興味はない」ガレンがいらいらと遮《さえぎ》った。「それより、何しにここに来た？」

テスは深々とため息をついた。「アポロよ」

あれこれ想像をたくましくしていたガレンも、これには虚を衝かれた。「犬のことか？」

テスはうなずき、小さな手で椅子の肘掛けをきつく握った。「わたしが馬鹿だったの。ポーリーンがガウンのことですごく腹を立てたから、思わずアポロとあの沼の事件のことを話してしまったの。そしたら彼女が母に言いつけて、母は父に話をして、それで——」

「おまえは彼に殴られた」

テスは驚いて彼を見た。「そんなことなら、気にもしないわ。当たり前のことよ。問題はそんなことじゃなくて、アポロのこと。父は怒り狂って、もう我慢がならないって言うの。ダフネはアポロを受け入れようとしないし、アポロは高い買い物だったって」大きな瞳にみるみる溢《あふ》れた涙が、ろうそくの明かりを受けてきらめいた。「二匹を殺すように命じたのよ」

ガレンの胸にふいに同情心が湧きあがった。なにを隠そう、彼自身にも、同じように愛する動物と死に別れた経験があった。「それは気の毒に」

「同情してもらうためにここに来たんじゃないの。助けが必要なのよ」テスは手の甲で目をこすった。「まだ殺されたわけじゃないし、絶対にそんなことはさせない。部屋に鍵を掛けられてしまったから、秘密の通路から脱出して中庭を通って犬小屋に行ったの。犬舎の担当者のサイモンに会いに。とてもいい人で、犬を殺すのを待ってくれると約束してくれた。でも朝には父が確かめに行くから、それまでには殺されちゃうわ」

「それで、おれに二匹をどうにかしてくれと？」

「ほんとはサシャに助けてもらうつもりだったけど、彼は――」

「酔っぱらってた」ガレンが引き取って言う。「おれは第二の選択肢というわけか」

「わかるでしょう？　ほかに二匹が殺されないですむ場所なんてないのよ。考えてみれば、サシャよりもあなたのほうがずっといい選択肢だわ」テスは意気込んで説明した。「だって、もしサシャがどこかの自分の屋敷に連れていったとしても、父はすぐに聞きつけて追いかけていくに決まってる。でも、セディカーンまでは行くわけがない」

「それはそうだ。あんな野蛮な土地まで行くやつの気が知れない」

テスは皮肉を無視して言った。「アポロとは昼間に会ったでしょう？　彼は気だてはやさしいけど、一歳を少し超えたから、教えれば狩りもできるようになるし番犬としても働けるわ。それにダフネだって――」

「子どもを産みたがらない」

「ほかに使い道が見つかるはずよ」テスの声は震えていた。「彼女もすごく気だてがよくてかわいい子だもの。呼べば飛んできて、わたしの手の上に頭を載せるの。毛もふわふわで――」声が詰まって話せなくなった。あらためて口を開いたものの、ほとんど聞き取れないほどの声だ。「二匹とも愛してるの。死なせるわけにはいかない。お願いよ。二匹をここから連れだしてもらえない？」

ガレンとて陸伝いに旅をするわけだから、動物の存在は故郷までの長い道のりを厄介なものにするだけだ。すでに使い道がないと判断された二匹の犬を引き受けるなんて、愚かとしか言いようがないだろう。しかしガレンは、テスの懇願にひどく心を揺さぶられていた。彼女は明らかに、気の毒なほどに孤独な子どもだ。おそらくあの二匹のウルフハウンドは、彼女にとってこの世で唯一愛せる存在なのだろう。それなのにいま、その二匹を連れ去ってくれと彼に懇願せざるをえない状況に追いこまれている。ガレンはやれやれとため息をついた。

「二匹はいまどこにいる？」

テスの顔が突如、輝いた。「助けてくれるの？」

ガレンは不承不承うなずいた。「とはいえ、二匹を連れてどうやってセディカーンに戻るか、まったく見当もつかないが。サイードとおれは、おまえの宮廷に集う貴族たちみたいに、豪華で派手な旅をしてるわけじゃない」

テスは緊張が解けたのか、椅子のクッションにどさりと腰を下ろした。「神さま、ありがとう」

「ばちあたりなことを言うつもりはないが、おれにも感謝してくれてもいいんじゃないのか？　今後数週間、ひどく不自由な思いをするのはこのおれなんだから」

「もちろん、感謝してるに決まってるじゃない」テスの声は心の底から湧きあがる感謝の念で、震えていた。「この恩は、どんな形であれ、かならず返すと約束するわ」

ガレンはからかうような目で彼女を見た。「ほう。どんな方法で気持ちを表わしてくれるつもりだ？」

「なんだろうとやるわ」テスはきっぱりと言った。「なんだろうと」

彼女の言葉に嘘はない。ガレンには幼い少女の全身を貫き通す真剣このうえない感情が、手に取るように伝わってきた。「無条件で、ということか」何か思いついたのか、奇妙に抑制したような表情が顔をかすめた。「いつかその寛大な申し出を利用させてもらうことになるかもしれない。しかし、いまじゃない。ところで、その秘密の通路とやらはどこにある？」部屋を横切ってテスに近づき、立ちあがらせた。

テスは数フィート先の壁に取り付けられた枝付き燭台《しょくだい》を指さした。「あの燭台を左にまわすの」

ガレンが燭台をまわすと、奥まったところの木製パネルが難なく開いた。「すぐに部屋に戻れ。おれは服を着てから、犬舎の担当者に指示してくるとしよう。犬たちを城の向こうの森のなかへ連れていって、おれとサイードが行くまで待っているように」

「もし彼が言うとおりにしなかったら？」

「するに決まってるさ。金貨はある種の説得力を備えてる」

「彼を買収するってこと？」

「おまえの借りはどんどん膨らんでいくな」テスに銅製の燭台を手渡すと、暗闇に包まれた通路のほうへ彼女の背をやさしく押しやった。「いざ返してもらうときまで、ちゃんと覚えていてくれないと困る」

「もちろん覚えているわ」テスは肩越しにすばやく彼を見やった。「二匹とも助かるのよね？　心配ないのね？」

「ああ、心配ない」ガレンは微笑んだ。「約束するよ」

次の瞬間、テスの姿は暗闇のなかに消えていった。

パネルが閉じられ、ガレンはひとしきりそれを見つめた。口元に奇妙な笑みを湛《たた》え、物思いにふける。

どうやら、見かねた運命がおれのために一肌脱いでくれることにしたらしい。そういうことなら、その好意に甘んじない手はないだろう。目的を達するには、まだまだ忍耐と堅固な意志とある種の周到な計画が必要になる。しかしセディカーンの統一は、何にも代えがたい重要な案件なのだ。

ガレンはきびすを返し、大股で寝室に戻っていった。服を着たら、すぐにもセディカーンに向かって旅立つとサイードに伝えるとしよう。

いや、すぐというわけにはいかない。

まずはサシャを探しだし、充分に酔いを覚まさせてから、今後の話をじっくり詰めるのが先だ。

1

タムロヴィア、タイナー港
一八〇三年五月三日

ロングボートが船着場からほんの数ヤードの距離まで迫り、ようやくテスはサシャの姿を認めた。背が高く優美なその姿。積みあがった木製の箱にゆったりもたれかかっている。

サシャは少しも変わっていない。テスはほっとする思いだった。テスと同じ赤毛の髪が、惜しげもなく注ぐ日差しにきらめいている。岸に近づくにつれ、細身で筋肉質の体に、例によって一部の隙もない上品な服をまとっているのが見てとれた。体にぴったりと沿うクリーム色のバックスキンのズボンにゴールドのブロケードのコート。複雑な形に結ばれたスカーフが、真っ白なシャツをよりいっそう引き立てている。

「サシャ!」テスはロングボートの縁《ふち》から身を乗りだして、夢中で手を振った。「サシャ、わたしよ!」

ボートの前方で船長がなにごとかぶつぶつ言うのが聞こえたが、無視して手を振りつづける。「サシャ!」

サシャは箱の山から体を起こして、大きく顔をほころばせた。

「知らないぞ。海に落ちたって助けてやらないからな」彼が叫ぶ。「このコートはおろしたてだし、えらく気に入ってるんだ!」

「クジャクみたいに見えるわ」テスは叫び返した。「パリじゃ、もっとシンプルな服が流行ってるのよ」

「嘘をつけ。どうして知ってる? 六年間もずっと修道院にこもっていたくせに」

「わたしには見通す力があるのよ」ロングボートが船着場に着くと、テスはサシャが差しだした手を取って慎重に立ちあがった。「それに、ポーリーンが話をしてくれるわ」

「ああ、ポーリーン。彼女が一緒だったな」サシャはテスの細い腰に両手を添えて持ちあげ、桟橋に下ろしてやった。わざとうめき、大げさに後ろによろめいてみせる。「なんてこった。ずいぶん重くなったじゃないか。よほど知識と宗教を詰めこまれたらしい」いたずらっぽく瞳をきらめかせ、彼女の体を上から下まで眺めまわす。「あんまり太ると、結婚できなくなるぞ」

結婚というひと言を耳にして、テスの高揚感はいっきょにしぼんだ。だが、すぐにその思いを振り払った。父親が彼女を呼び寄せるのに、ほかに理由は思い当たらない。けれど、雷雲がはるか彼方にあるうちからくよくよと気に病むのは彼女の信条に反している。いまはまだこんなにも太陽が輝いて、世界は美しいのだから。「太ってなんかいないわ」太ってくれれば、かえって嬉しいぐらいだ。なのにいくら食べても、情けないぐらいに小さくて、痩せっぽちのままだった。サシャの上質のリネンのシャツの、まんなかのボタンに頭が届くのが精いっぱいだ。テスはわざとつんと顎を突きだし、怒った顔をしてみせた。「あなたのほうこそ、放蕩《ほうとう》と不節制が過ぎて、軟弱になったんじゃないの？　これじゃ父がベラージョまでのエスコート役をあなたに任せるかどうか、わかったものじゃないわね」

サシャの笑みが消え失せ、さっと目をそらした。「まずは宿に案内するよ。そこの角に馬車を待たせてある」

「ちょっと待って」テスはロングボートから降り立とうとしている船長を振り返ると、手を差しだした。「さよなら、船長。いろいろと親切にしてくれてどうもありがとう。とても興味深い旅だったわ。近いうちにベラージョに遊びにきてちょうだいね」

白髪交じりの船長は、手袋をはめた彼女の手を口元に運び、唇を押しつけた。「われわれも楽しい体験をさせていただきましたよ」そっけなく言う。「またぜひ、ご一緒に旅をしたいものですな」思わせぶりにひと息ついて「一年か、二年後に」

テスはうなずいた。「心得ておきます」サシャを振り返り、彼の腕を取った。「さあ、行きましょう」

通りに向かいながら、サシャは振り返って興味ありげに船長に目をくれた。「どうもあの船長、不機嫌そうな顔に見えたぞ。かわいそうに、彼に何かしたのか？」

「べつに何も」疑うような目を向けられて、テスは言い訳じみた口調でまくしたてた。「だってわたし、はじめてだったのよ。誰からも監視されたり、あれをしろ、これをしちゃだめって言われることなく船に乗ったのは。六年前にフランスに向けて船旅をしたときには、ポーリーンが一緒だったし。彼女がいたら、船のなかをあちこち探索するなんて許してもらえなかったわ」ポーリーンはテスに付き添ってフランスに渡り、パリに滞在していたが、テスがセントマルゲリート修道院に入って数カ月もたたないうちに、若いパン職人と結婚した。「今回は船が出航する間際になっても、ポーリーンが港に姿を現わさなかったの。さすがのシスターたちもそんな間際になって付き添いを見つけることはできなかったのよ」

「それで、船のどこを探索してまわったんだ？」

「クローネストに登ったことはある？」

「マストの先端の小さな箱のことか？　まさか、あるわけがない。高所恐怖症なんだ」

「あそこからの眺めなら、いつまで眺めていたって飽きないわ」テスはうっとりと言った。「風にやさしく髪がなびいて、潮や海の香りといったら、これまで嗅《か》いだことのないものだった」

「で、そのクローネストにはどうやって登ったんだ？」

「マストを登ったのよ。靴を脱がなけりゃならなかったけど、この森で木登りするのとたいした違いはなかったわ」ふと不機嫌な顔つきになる。「船長の叫び声で気が散っちゃったけど」

「そりゃ、彼は気が気じゃなかっただろう」

「そうだけど、同じ叫ぶにしても、わたしがてっぺんに到達してからにしてちょうだいっていうのよ」

「彼にそう言ったわけだ」

テスはうなずいた。「でも、彼はかっかしていて聞く耳を持たなかった」真剣な目でサシャを見た。「護衛の人たちは宿で待機しているの？」

「いや、彼らは明日到着することになってる。ぼくだけ先にやってきたんだ」若い馬番が馬車の後部から飛びおりて、ドアを開けた。「陸路の旅に出発する前に、きみを二、三日休ませたほうがいいと思ってね。まるまる四日はかかる長旅だ」

「船の上でもずっと休んでいたのよ。船員たちの手伝いをしようとしたのに、やらせてもらえなくて」とはいえ、ベラージョで待ち受けていると思われる運命を考えれば、それほど急いで出発する気にもなれなかった。「ねえ、夕飯はあのカフェで食べたらどうかしら？」近くに見えるカフェのほうに頭を傾げた。岩の上でくつろぐ人魚の姿が、看板に描かれている。

「カフェというものに一度も行ったことがないのよ、サシャ。ねえ、お願い」

サシャは機嫌よくうなずいた。「いいとも。でも、波止場のカフェはだめだ」

テスは失望感をあらわにした。「どうして？　船員たちはみんな、愉快な人ばかりよ。それはもう壮大で楽しい話をあれこれしてくれるの」

サシャはテスに手を貸して馬車に乗せてやった。「どうせ、事実の数倍も壮大な話だ」

「自分の目で確かめてみたいと思ってるの」テスは顔を輝かせて身を乗りだした。「いつか東方に旅して、マルコ・ポーロの通った道を辿ってみるの。すてきな冒険だと思わない？」

サシャは思わず頬を緩めて、彼女を見た。「ああ、すごい冒険だな」テスのあとから馬車に乗りこみ、彼女の向かいに腰を下ろす。「しかし、あのマーメイドカフェにはマルコ・ポーロなんていやしない。船員の出入りする店はいかがわしいと決まってる」

「そんなの平気よ。あなたが一緒なんだもの」テスは悲しげに鼻に皺を寄せた。「もしもわたしの貞操が失われることを心配しているなら、心配無用よ。誰もわたしのことなんて気にも留めやしない。こんなにチビなんだもの。船員たちにも、おつむの軽い子どもみたいに扱われたわ」クッションの備わった座席の背にもたれかかると、馬車は丸石の上を跳ねながらごとごとと動きはじめた。「父が花婿に選んだ男性だって、わたしを見たら婚約を破棄しようとするわね、きっと」何を思ったか、ふいににやりと笑った。「いいことを思いついた。もっともっと醜くなれば、父は呆《あき》れて当分は花婿を連れてこようとしなくなるかもね」

サシャは目を細めてテスを見た。「結婚したくないのか？」

「そりゃそうよ」テスはあっさりと認めた。「修道院もひどかったけど、少なくともシスターたちは親切だったわ。でも夫となるし……」唐突に窓の外に目をやった。「考えたくもない」

「男がみんな、きみの父親みたいだとはかぎらないよ」サシャがやさしくなだめた。

「そうね。でも自分たちの目的のために女性を利用しようとするのは、誰でも同じよ」テスは背筋を伸ばし、無理やり笑顔をこしらえた。「その話はもうやめましょう。それより、わたしがいなかったあいだ、何をしていたのか話を聞かせて。タムロヴィアを離れて以来、手紙といえば母から二、三通受け取っただけ。それも、辛抱強さと従順さを学んでくるようにって、それはもうくどくどと。あなたは結婚したの?」

「よしてくれよ、とんでもない」サシャは嫌悪するように言った。

「いったいどうやって、ここまで逃れてこられたの? だって、もう三十でしょ?」

「宮廷に近寄らず、あそこに集う女性たちにぼくの存在を忘れてもらう」サシャは顔をしかめた。「それに、三十なんてまだまだひよっこだ」

テスはくすくす笑い、楽しげに瞳をきらめかせた。「だけど、さっき話に上ったばかりじゃない。あなたが軟弱になったって」

「そしてきみは、あいかわらず生意気だ」サシャは微笑んだ。「修道女たちに骨抜きにされていなくて嬉しいよ」

自分の顔に注がれるまなざしに意外なほどの鋭さを感じ取り、テスは最初の印象が間違っていたことを思い知った。そうか、サシャは変わったんだ。

テスがタムロヴィアを発つときの彼は、もっと穏やかで怠惰《たいだ》な雰囲気をまとい、いくらか気取った印象さえあった。それがいまは、ものうい印象こそ変わらないものの、どことなくたくましさや自信が感じられる。つまりは過去数年の経験によって、持ち前の落ち着きに磨きがかかったということなのか。「まだ答えてくれていないわ。わたしの留守中は何をしていたの？」

瞼が瞳を覆い隠し、サシャの鋭いまなざしは瞬時に消え失せた。「まあ、あれこれとね。旅をしたり、新しい技術を体得したり」

「どんな技術？」

サシャはクッションにもたれかかった。「ほんとに好奇心の強いお嬢ちゃんだな、きみは。きみにも同じことを訊かせてもらうよ。修道院では何を学んだ？」

「二度とやりたくないものばかりよ」

サシャは低く笑った。「たとえば？」

「裁縫に織物にろうそく作り。どれもたいして大切じゃないわ。もちろん、聖書は別だけど」テスは小首を傾げ、抜け目ない目つきでサシャの顔をためつすがめつした。「どうして答えたくないの？」

「そのうちに話すよ」サシャは窓の外に目をやった。「もうすぐ宿に着く。宿屋の主人の娘に、きみのメイドとして働いてもらうように手配しておいたよ。荷物も――」

「どうしてメイドを？　ポーリーンが一緒じゃないってことは知らなかったはずでしょう？」

サシャは一瞬とまどいを見せたが、すぐにからかうような笑みを浮かべた。「たぶんきみは、もっと若くて活気溢れた女性の助けを必要とするんじゃないかと思ってね。いくら魅力的なポーリーンといったって、たしかもう三十二になるはずだろう？」不機嫌そうにため息をつく。「このぼくよりも、さらに年寄りだ」

テスは笑った。「ポーリーンの夫にしてみれば、もう少し元気がないほうが嬉しいんじゃないかしら。結婚して五年と少しになるけど、彼はもう疲れきって見えるもの」

「たしかにポーリーンは、熱狂的な共同作業以外は受け入れようとしなかったからな……どんなに時間がないときでも」

馬車が停まるや、従者がさっとドアを開けた。サシャは先に地面に降り立つと、テスに手を貸して降ろしてやった。「なかに入っていてくれ。主人が部屋に案内してくれるはずだ。ぼくは二台目の馬車が到着するのを待って、きみの荷物を運び入れるよ」

「そう。でもご主人は――」

すでにサシャは敷石を踏みしめて厩舎に向かっていた。テスは一瞬ためらったものの、すぐにきびすを返して宿のなかに入っていった。

「すべて順調か？」サシャが厩舎に入るなり、ガレンが訊いた。

サシャは戸口のすぐ内側に立ったまま、薄闇に目が慣れるのを待った。厩舎にはガレン以外には誰もいなかった。彼は戸口の左側に並んだ馬房の一つで、自分の雄馬のかたわらに膝をついていた。コートの前がはだけ、白いシャツの袖は肘の上までまくりあげられている。厩舎の奥では小さな焚《た》き火の上で巨大な鍋《なべ》に湯が沸かしてあり、薬草の臭いに、干し草と厩肥の臭いが入り混じって室内を満たしていた。

「いや」サシャは無愛想に言った。「順調じゃない。まるでユダになったような気分だ」

「おまえが裏切り者のように感じる理由はないさ」ガレンは温かく湿った布を、雄馬の左前脚の足首に慎重な手つきで押しあてた。「毒は抜けていってる。一日か二日で出発できるようになるだろう」

「そんな仕事、なぜサイードにやらせない？」

「セリクはおれのものだからだ。自分のものは自分で面倒を見る」ガレンは顔を上げてサシャと目を合わすと、やんわりと強調した。「自分のものはなんだってそうする」

その言葉に嘘がないことを、サシャは知っていた。ただ一つ、その事実ゆえに、サシャは今回の状況を受け入れることにしたのだ。「彼女はまだほんの子どもなんだぞ」

「充分、大人だ。おれは長いこと待っていた」

「それはそうだが――」

「無理強いはしない」

しかし、何があろうとガレンは自分の思いどおりにするに決まっている。サシャは過去六年のあいだに、ガレンがどれほど意志の強い人間か、いやというほど思い知った。「あの娘を大切に思ってる。いつだってそう思ってきた。彼女は利用されるべき人間じゃないんだ」

「彼女が自分で利用されることを選ぶとなれば、話は別だ」ガレンは立ちあがり、黒毛の馬の鼻をやさしく叩いた。「おれたちは誰だろうと、しょせんは何かしらの計画の駒でしかない」

サシャは思い詰めた顔で彼を見つめた。「もしもぼくが、きみのその計画を思いとどまってくれと頼んだら、どうする？」

ガレンの手が途中で止まった。「考えてみるさ。おまえは友達だし、彼女はおまえのいとこだからな」

「考える。だが、応じるつもりはない」

「彼女がおれにとって、どれほど重要な存在かわかっているだろう。おまえもセディカーンにいたわけなんだから」ガレンはふたたび馬を撫でた。

たしかにサシャは、ガレンの計画におけるテスという存在の重要性を理解してはいた。それを思うと、両者への忠誠心で心が引き裂かれそうになる。彼は冷笑した。「よく思ったものだよ。きみがぼくを説得してセディカーンに連れていったのは、それが目的だったんじゃないかとね。ぼくもまた、駒の一つ。そういうことかい、ガレン？」

ガレンは微笑んだ。「おまえを祖国へ連れていこうと思ったのは、もちろんそれが理由だ。否定はしない。しかし、この六年のあいだ、おまえはおれにとって単なる駒じゃなかった」穏やかに言う。「おまえほどの友達はほかにいない」

そう、二人は友達であり、戦友であり、ときとして兄弟よりも近しい存在だ。サシャはゆっくりとかぶりを振った。「ぼくにはもう、どうしたらいいのかわからない」

「何もしなければいい」ガレンは馬から手を離して振り返ると、黒のコートを拾いあげた。「これは彼女が選択することだ」肩をすくめてコートに袖を通す。「まずは彼女がなんと言うか、確かめてみることにしよう」

「いまからか？」

「夕食のあとまで待とうと思っていたんだが、おまえの苦しげな顔を見てるとどうにかしないといけない気になってきた。決定がくだされてしまえば、おまえも諦めがつく」ガレンは顔をしかめた。「馬と膏薬《こうやく》の臭いが体にべったりと染みついちまってる。彼女をどうこうしようとしたところで、しょせん理詰めで攻める以外にないから安心しろ」戸口に向かう。

「その布が冷えたら、バケツの湯に浸けて、また当ててやってくれ。テスとの話が終わったら、戻ってくる」

極端に豪華ではなかったが、少なくとも清潔な部屋には違いなかった。テスは試しにベッドに腰掛けてみて、思わず顔をしかめた。修道院の部屋の簡易ベッドと変わらない堅さだ。でも、まあいい。自由を満喫できる最後の数日間を、こんなことで台なしにしたくない。満足げに微笑むと、ボンネットのリボンをほどいて脱ぎ、勢いよく放り投げた。ボンネットはふわりと浮いて、扉の脇に置かれたクッション付きの椅子の上に着地した。これでよし。帽子なんてうっとうしいだけなのに、パリを出発する前の荷造りのときに、ポーリーンが持っていけと言い張ってきかなかったのだ。

テスは白の長手袋ををはずして髪をほどき、ヘアピンやら髪留めやらを威勢よく放り投げると、洗面台に行き、花柄のピッチャーからボウルに水を注いだ。

ドアをノックする音が響いた。

「どうぞ入って」顔に水をかけながら答えた。「ずいぶん遅かったのね、サシャ。もうすぐ暗くなるし、お腹もぺこぺこよ」タオルに手を伸ばしながら振り返った。「やっぱりわたし、どうしてもあの波止場の——」目を見開いたきり、固まった。

ガレン・ベン・ラッシドが戸口に立っていた。「入ってもかまわないかな?」

答えを期待している様子もなく、つかつかと前に進みでるとドアを閉めた。軽くお辞儀をしてみせる。「久しぶりです、閣下。すっかりレディになられた」

「三インチ背が伸びただけよ」なんて間抜けな台詞《せりふ》。なぜか突如、頭がまともに働かなくなってしまったらしい。

ガレンはテスの全身にすばやく目を走らせた。「ときには、数インチの差が大きな違いを生みだすこともある」

奇妙な熱が顔を駆けあがり、テスは自分が赤面していることに気づいた。「サシャを待ってるところなの。わたしはついさっきフランスから戻ったばかりで——」意味もなく言葉が溢れてくる。「そんなこと、言わなくても知ってるわね。もしかして、サシャと一緒に旅してるの？　まさかまた、あなたに会えるとは思ってもいなかったけど」

「おれはかならずまた会うつもりだった」ガレンは獣《けもの》を思わせる優雅な足取りで、部屋を横切って近づいてきた。記憶のなかの彼よりもずっと大柄だ。まさに大男。テスはぴったりした黒のズボンに隠された、太ももやふくらはぎのたくましい筋肉が動くさまに、知らぬ間に目を奪われた。黒のシルクのコート姿でスカーフはなし。白のシャツの一番上のボタンが外されて、日焼けした力強い喉元があらわになっている。露骨なほどの男らしさがおのずと意識されて、テスは衝撃を覚えた。一見すると以前と同じだけれど、やはりどこか変わったということなのだろう。数年前のあのときには、彼と一緒にいてもこれほど落ち着かない気持ちになりはしなかったのに。

「実際、おまえにもう一度会うために、さまざまな手を尽くしたよ」ガレンはテスの手からタオルを奪い取った。「顔が濡れている」やさしく頬にタオルを押しあてる。

ともすれば卑屈とも思える行為なのに、ガレン・ベン・ラッシドの仕草からはそんな雰囲気は微塵《みじん》も感じられなかった。あたかも自分には彼女に触れる権利があるとでも言いたげに、彼女の頬をタオルで拭う。テスはただじっと突っ立ったまま、彼の顔を見あげていた。どうしたわけか目をそらせない。ガレンの黒髪は頭の後ろで弁髪に編まれ、六年前に比べて心なしか顔は細く、肌の色も濃くなっている。しかしあのときに感じた力強さが、いまなおその抑制された表情の奥深くに潜んでいるのを、テスは感じ取った。テスは息苦しさを覚え、急いで目をそらした。「顔を洗っていたの」またしても、間抜けな受け答え。いったい自分はどうしちゃったんだろう？

「ああ」ガレンはテスの顎を軽く拭った。「まだきれいな肌をしているんだな。たいていの女性は、これぐらいの歳になると艶やかな輝きは失われてしまうものなのに」

「そう？」ガレンはすぐ近くに立っていた。馬や革や薬草の臭い、それに石鹸《せっけん》の香りが鼻をかすめ、彼の体が放つ熱さえも感じ取れる。テスはやにわに彼の手からタオルを奪うと、洗面台に置いた。予想したとおり、ひどく手が震えている。「アポロとダフネはどうしてる？」

「元気だ」

「よかった。彼らのことはいつも考えてた」テスは一歩あとずさってから、また訊いた。

「サシャと一緒に来たの?」

「そうじゃない」ガレンはかすかに頬を緩めた。「サシャがおれと一緒に来たんだ。もっとも、みずから喜んで、というわけじゃないが。彼は不審と不安でいっぱいだ」部屋を横切ってドアのそばの椅子に向かう。「座っても?」

「もうすぐサシャが来ると思うけど」

ガレンは探るような目で彼女を見た。「おれを怖がっているのか。奇妙だな。おれの記憶にあるおまえには似合わない気がするが」

「馬鹿なことを言わないで。怖がってなんかいない。ただ驚いてるだけよ。あなたに会うなんて思ってもいなかったんだもの、油断してしまって」

「油断?」ガレンは思案顔で繰り返した。「つまり、おまえは常に警戒してるわけか?」彼女の顔をうかがう。「そうだろうな。おまえのこれまでの人生を考えれば、それも不思議じゃない」窓際の椅子を指し示した。「どうか座ってくれ。おれを恐れる必要はない」

「サシャが――」

「サシャはわれわれの話し合いが終わるまで、ここには来ない」

テスはためらったものの、すぐに足早に部屋を横切り、椅子の端に腰を下ろして両手を膝の上で重ねた。

ガレンは微笑み、自分も座ろうとして途中でやめた。「おまえのか?」手を伸ばして、羽根飾りのついたボンネットを拾いあげる。

彼の日焼けした力強い手に握られるし、ボンネットはことのほか間抜けで軽薄な印象を与えた。なんて美しい手だろう。上品で長い指がリズムよく動いて、ベルベットと羽根に縁取られた帽子をくるりとまわす。彼はしげしげと帽子を眺めた。

「おまえらしくないな」

「ポーリーンが選んだの。一流品だって」

「で、彼女の言葉を信じた？」

テスは肩をすくめた。「どうだってよかったわ」

「よくはない」ガレンは椅子のそばのテーブルに帽子を置いた。「おまえは大げさな飾りが似合う女じゃない。おれなら、もっと違うものを選ぶ」あらためて腰を下ろし、両手を椅子の肘掛けに載せる。「おまえがおれのものならの話だが」

テスはすばやく彼の顔を顧みた。筋肉がこわばった。

「また怖がらせてしまったようだな」ガレンは微笑んだ。「口が滑っただけだ。われわれ野蛮人は残念ながら、じつに原始的な考えの持ち主でね。所有欲の強さが、われわれの野蛮な特性の一つなんだ」身を乗りだす。「しかし、心配は無用だ。こう見えてもおれは自分をコントロールする術を学んでいる。だから自分でそうしようと思ったときにだけ、野蛮になる」

テスは眉をひそめた。「言ってる意味がわからないわ」

「そのうちにわかる。じつに単純な話だ。おれは今日、おまえにある提案を持ってきた」揺らぎのないまなざしで彼女の目を捉えた。「おまえと結婚したい」

テスはまん丸に目を見開いた。腹部の筋肉がぎゅっと引き締まる。「なんですって？」

「タムロヴィアとエル・ザランのあいだに取り消しようのない結びつきが必要なんだ。ライオネル王は両者のあいだの同盟は拒否するのが穏当との判断を下された。エル・ザランを、単なる野蛮なベドウィン族の一つとしか見ていないんだ。しかし、わが故国では、結婚による結びつきは政治的取り決めと同じように強固なものとされている。兄弟同士が戦うことはありえない。タムロヴィアの王家の人間と結婚するとなれば、おれにはそれなりの軍事的保護も手に入るはずだと、各部族は判断する」ガレンは椅子の肘掛けを、指関節が白く浮きあがるほど強く握りしめた。「おれはなんとしても、一つのルールのもとにセディカーンの部族を統一したい。そのための唯一の方法は、わが軍が彼らの軍よりも強大であることを彼らに示すことなんだ。セディカーンでは力こそがすべて。タムロヴィアとの縁組みは――」

「ちょっと待って」テスは当惑しきって両手を振った。「どうして、わたしに話をするの？こういう話ではわたしにはなんの決定権もないのよ。わたしの夫は父が選ぶの。それに父は――」

「セディカーン出身の野蛮なシャイフなど選ぶわけがない」とガレンが引き取って言う。

テスはゆっくりうなずいた。「気を悪くさせるつもりはなかったのよ」

「気にしちゃいない。タムロヴィアの工室がおれをどう思っているかは承知してる。だからおまえに直接話をしにきたんだ。おれたちは明日、結婚する」彼は朗らかに微笑んだ。「そしておまえの父上には黙っている。もはや彼が何をしようと手遅れになるまでね」

信じられないとばかりに、テスは笑った。「そんなときがくるわけがないわ。わたしは彼の所有物だってこと、知ってるでしょう？　万が一わたしが父の承諾もなしに結婚したりしたら、彼はローマ教皇に嘆願して無効にしてもらうぐらいのことは当然やるわ」

「いつまでも父親の所有物のままでいたいのか？」

「ほかに選択肢はないのよ」

「おれが与えてやる。おまえのような身分の女性が滅多に手に入れられないものを」ガレンはわざと声をひそめた。「自由を」

テスの胸の奥でかすかに希望の炎が揺らめいた。「結婚は自由なんかじゃないわ」

「そういう結婚だってある。いや、おれがかならずそうしてみせる」ガレンはにっこりとした。「自由であるってことがどんなものか、考えたことがあるか？　自分が望むときに望むことができるってことが？」

「いいえ」そんなことはできるだけ考えないようにして生きてきた。考えればよけいに辛くなるだけだ。「そんなこと、不可能よ」

「おれが可能にしてみせる」

テスはやにわに立ちあがると、窓際に行き、眼下の中庭を見るともなしに眺めた。「あなただって、ほかの男の人と一緒よ。自分でそう言ったじゃない。所有することが好きだって」

「おれは自分をコントロールすることができる、とも言ったはずだ。明日おれと結婚してくれれば、三年後には、パリだろうがロンドンだろうが、おまえの望むところへ送り届けてやる。豪華な屋敷も用意するし、なんだろうが必要なものは与えてやる。貴婦人として生きるもよし、上流社会のサロンを持つもよし。望みどおりの人生を送ればいい」いっとき押し黙ってから言い添えた。「それも、いっさい夫に邪魔されることなく、だ。当然ながら、おれはセディカーンに留まる」

「伝統に則《のっと》って考えれば、そんなことまるで不自然だわ」

「おまえが伝統を気にするとは意外だな」

テスは振り向いて彼と目を合わせた。「ほんとにやるつもり?」

ガレンはうなずいた。

にわかには信じられないような素晴らしい話だ。金輪際、二度とベラージョに帰らないですむなんて。母のように常に自分の行動を抑えつけ、奴隷のように生きる必要がないとしたら、どんなにいいだろう。

テスは両手を背中で組み合わせ、部屋のなかをゆっくりと行きつ戻りつした。「うまくいきっこないわ。国境に到達する前に、父に捕まるに決まってる」

ガレンはかぶりを振った。「国境までは、ここからなら一日で着く」

「父はザランダンまでだって追いかけてくるわよ」

「たしかに考えられる」ガレンは同意した。「しかし、いったんセディカーンに入ってしまえば、問題ない。われわれは根っからの戦士の種族だ。それに比べれば、タムロヴィア人は穏やかなほうだ」

テスは挑むように顎を突きだした。「それならどうして、力を誇示する手段として、わたしたちを利用する必要があるの？」

「目に見えない剣は実際の剣と同じぐらい、影響力がある。もしも、それが自分の心臓を狙っていると敵が思いこめば」

「タムロヴィアがこの結婚に反対してるとほかのシャイフたちに知られたら、その力の誇示も役立たずになるんじゃないかしら」

ガレンの顔に驚きの色がかすめた。「鋭い読みだな。たしかに、そうなるだろう。しかし、そういう事態が起きないよう阻止すればいいだけの話だ。六カ月もあれば、おまえの父上の怒りを鎮めて、おれを義理の息子として認めさせてみせるさ」

「六カ月なんて猶予はありゃしないわ」

「いや、大丈夫だ。もう少し長いぐらいだろう」ガレンはひと息ついた。「もっとも、彼がいつ、おまえをタムロヴィアに呼び戻すと修道院側に通知するかによるが」

「だって、もうすでに父は――」そこでテスは思い当たった。「まさかサシャが？」

「彼が叔父の家を訪れて、修道院長に手紙を書き、おまえの父上の印章を押した」

テスは土壇場になってポーリーンが現われなかったことを思いだした。「それじゃ、ポーリーンも？」

「彼女はいまごろザランダンへの旅の途中だろう。われわれが提示した報酬に、いたく満足した様子だったよ」

「そういうことだったの。ずいぶん手の込んだことをやったものね」

「しかし、礼儀は通したつもりだ」ガレンは茶化すように言った。「おれの父は母を誘拐し、おれが生まれたあとに無理やり結婚してしまった。でも、おれは父親とは違う。力よりも選択のほうがずっと有効だということを学んできた」

テスは鋭いまなざしを彼に向けた。「その選択の内容にもよると思うけど」

「今回の結婚は、たがいにとって利益になるはずだよ」

テスは下唇を噛んだ。「どうしてわたしなの？」

「おまえはタムロヴィア王の唯一の姪だ」ガレンは彼女の目をまっすぐに見た。「それに、おまえが備えているある種の豪胆さと意志の強さが、おれの計画にとってはきわめて重要なんだ」

「三年後には、わたしは自由になれるのね？」

ガレンはうなずいた。「ザランダンでの生活も、それほど苦痛ではないはずだ。いろいろと楽しみもある」

「馬をもらえる？　テルザンみたいな美しくて立派な馬」

ガレンの口元がかすかにほころんだ。「おれがうぬぼれの強い人間じゃなくて、幸いだったよ。馬をもらえれば結婚に同意してもいいだなんて言われたら、屈辱に思うところだ」

「もらえるの？」テスは詰め寄った。

ガレンはまじめな顔でうなずいた。「美しい馬をやろう。ちょうどおまえにぴったりな黄金色のパロミノの雌馬がいる」

興奮と恐れが同時に襲いかかって、テスは息苦しくなった。「なんて言ったら……」

「もう一つ言っておくことがある」

テスは警戒しきったまなざしを投げつけた。

「できるだけ早く、子どもがほしい」

たちまち不安な表情になる。「子ども？」

「驚いたみたいだが、べつにそれほどおかしなことを言っちゃいない」

「そうね。男の人はみんな息子をほしがるわ」

「息子である必要はない。娘であっても、結びつきを強めることはできる。おまえがよその男の子どもを身ごもったとなれば、父上だってそうそう反対してばかりはいられないだろう」ガレンは立ちあがった。「それに、おれの国の人間の目にも、子どもの存在は両国の強力な結びつきとして映る」

たしかに子どもの頃から、できるだけたくさんの子どもを産み育てることが自分の努めだと教えこまれてはきたけれど、正直なところ、夫となる男性の存在も子どもを産むことも、常に漠然としたものとしか考えられなかった。「子ども……」

「おまえの負担にならないようにするから安心してくれ。おまえが立ち去ったあとは、赤ん坊はセディカーンで育てるよ」

そう言われると、どういうわけかテスは胸の奥に差しこむような痛みを覚えた。

ガレンが目を細めて彼女の顔を見た。「何か問題でも？」

「よくわからない」テスはしどろもどろに言った。「だけど、あなたがアポロとダフネを連れ去ったときにも、すごく辛かった。だからもし……できることなら――」

「子どもの扱いについては、いざ現実となったときに相談すればいい」ガレンは微笑んだ。「『できるだけ早く』と言ったのは、なにも明日という意味じゃない。結婚するより前に、まずはおれという人間に慣れてもらうのが先だ。長いこと待ったんだ。もう少し待ったところでどうってことはない。一人になって、ゆっくり考えてみてくれ」戸口に向かいながら、また振り返った。「悪くない取引だと思うぞ。ほしいものはなんでも手に入る。それでもサシャに、ベラージョに連れて帰ってもらいたいか？」テスの表情に明らかな答えを読み取ると、穏やかに言い添えた。「それなら、大胆になれ」

後ろ手にドアを閉めた。

テスはきびすを返し、窓の外に視線を泳がせた。

「大胆になれ、か」

テスほど大胆さを体現して生きてきた人間はいないはずだが、その彼女をもってしても今回の件は勝手が違った。彼が要求している行動はすなわち、彼女の今後の人生全体を左右することになる。父親に背《そむ》いて、ろくに知りもしない野蛮な男性とともに、セディカーンのような未開の地に旅立つのだ。

けれど、提案内容を説明してくれたときのガレンは、道理をわきまえたじつに礼儀正しい態度だった。力ずくではなく、むしろきちんと納得させようとしてくれた。それなのにまだ彼を野蛮人呼ばわりするのはおかしいかもしれない。

テスは眼下に現われたガレンの姿を目で追った。まっすぐ厩舎に向かっている。急いでいるふうもなく、ゆったり歩いているのに、その足取りにはどこかとてつもない力が秘められている気がした。完全にコントロールされた力が。

テスはふいに悟った。そう、その鉄のように強固な自制心こそ、彼に魅了された原因そのものだったんだ。今回の提案をしてくれたときの彼にさえ、テスはその奥深くに密かに横たわる爆発的な強暴性を感じ取り、いつかはそれが表面に現われるに違いないと思いこんでいた。

なんて馬鹿だったんだろう。彼が強暴な性質を隠し持っていたとしても、わたしの前でそれをあらわにすることなどあるわけがないのに。彼はわたしに選択する権利を与えてくれたのだ。でももし、断わったらどうなるだろう？　それでも彼はあんなふうに落ち着いて、物わかりのいい態度を貫いていられるんだろうか？

ガレンが厩舎のなかに姿を消した。テスはふっと肩から力が抜ける気がした。まるで束縛から解放されたかのように。束縛だなんておかしなことを。彼は自由を与えると申しでてくれたのに。

テスは窓から離れ、椅子に腰を下ろした。片手に顎を載せて、何を見るでもなく夢見心地でぼんやりと視線を漂わせる。

自由。なんという甘い響き。心を惹きつけてやまない響き。三年後には、生涯を通じて脅かされることのない自由を手に入れることができる。三年はそれほど長い時間ではない。修道院では六年間も過ごしたわけだし、あの陰鬱《いんうつ》な場所に比べればザランダンだろうがずっとましに違いない。

自由。

「うまくいったのか？」ガレンが厩舎に入るなり、サシャが訊いた。

「じっくり考えさせようと思って、一人残してきた」ガレンはコートを脱いで、馬房の仕切りに引っかけると、サシャのかたわらに膝をついた。「おれがかわろう」

「彼女のところへ行ってこようか？」

ガレンはちらっと横目でサシャを見て、眉を引きあげた。「おれが彼女に苦痛を与えたような言い方をされるのは心外だな。きわめて紳士的に礼儀正しく話をしたつもりだ」

「彼女はまだ子どもなんだ。そりゃ期待はしていたよ。離れているあいだに少しは……」

「修道院に入ったって、世俗に長《た》けるわけじゃない」ガレンは湯に布を浸した。「彼女の父親だって、その点がわかっていたからこそ、おまえの勧めに応じて彼女を修道院に送りこんだんだろう」布に膏薬を塗り、それを雄馬の足首にきっちり巻きつけた。「彼女は子どもじゃない。たしかに経験は不足してるが、おれもおまえもわかっているはずだ。無知でもうぶでもないってことを」

マルコ・ポーロの通った道を旅したいと語ったときのテスの輝くような表情を、サシャは思いだした。「彼女には夢があるんだ」

「おれにもある」ガレンはしばらく待ってから、布をほどきはじめた。「セディカーンだ」

ガレンの手元に目をやって、サシャは額に皺を寄せた。「何回、それを繰り返すつもりだ？」

ガレンはまた、バケツのなかの湯に布を浸した。「結果が得られるまで何度でも」

「ひと晩じゅうか？」

「必要ならそうなるな」ガレンは布を絞ると、それに入念に膏薬を塗った。

サシャはふいに落ち着かない気分になった。たかだか馬の治療に関してさえ、この徹底ぶりだ。今回の壮大な計画に対しての専心となれば、その比ではないはずだ。

「彼女に警告したらどうだ？」ガレンはサシャのほうを見ずに提案した。「そうしたいんだろう？」

「かまわないのか？」

「もちろんだとも。それでおまえの気がすむなら」ガレンは馬の足首に、またきつく布を巻いた。「どのみち、たいした違いはない」

「彼女を説得できたと思ってるのか？」

「いや」ガレンは穏やかに訂正した。「思ってるんじゃない。間違いなく説得できたよ」

「無理する必要はないんだ」窓の外を眺めるテスのこわばった背中を、サシャは見つめた。「結婚するつもりはないとガレンに言えばいい。そして朝になったら、ぼくと一緒にベラージョへ帰ろう」

「あなただったのね？」テスが小さな声で訊いた。「フランスに行けって父から言われたときは、驚いたわ。その話を提案して父を説得したのは、あなただったのね。どうしてそんなことを？」

「きみには保護が必要だとガレンが考えたんだ。そしてシスターたちならその役目に適任だと」

「ベン・ラッシド・シャイフに言われたことなら、なんでもするの？」

「それがきみのためになると、彼に説明されたんだ」

「そうね。彼はとても口が達者だもの」テスは振り返って、サシャと向き合った。「それにしても驚きだわ。あなたをいとも簡単に、自分の思いどおりに動かせるなんて」

「彼はべつに――」サシャは言いよどみ、悲しげに顔をゆがめた。「たしかに当時は、たいして考えもせずに彼に言われるままに行動していた。自分のまわりで起こっていることよりも、コートのスタイルのほうが気になるような、愚かなきざ男だったからな」

テスは思いやりのこもった目で彼を見つめた。「でも、変わったのね」

「セディカーンがぼくを変えた。ガレンが変えたんだ」サシャは自分の身に着けたゴールドのブロケードのコートにちらっと目を落とした。「もっとも、いまでもときどき、きらびやかなものが着たくなるけど」

「きらびやかなものが悪いわけじゃないわ」テスはやさしく微笑んだ。「それに、その愚かなきざ男は、わたしにとてもやさしくしてくれた」

「そんなことない。きみを助けるために、もっと何かできることがあったはずなんだ。心配してるだけじゃ充分じゃない。行動することが肝心なんだ」

「それがセディカーンで学んだこと？」

「ああ。ほかにもいろいろとね」

「セディカーンはずいぶん興味深い国みたいね。それなのに、どうしてわたしに行かないほうがいいなんて言うの？」

「責任を感じているからだ」

「それだけ？」

「それに、むずかしい状況だ。きみに傷ついてほしくない」

「でもあなたは、わたしを説得してこういう立場に追いこむことに同意した」

「ガレンがきみを必要としていた。セディカーンがきみを必要としていたんだ。それに、きみにとっても、それほど悪い取引だとは思わなかった」

「いまもそう思う？」

サシャは肩をすくめた。「さあ、どうだろう。ガレンは……いつもはそうじゃないんだが……」長いこと押し黙ったあげくに、低い声で言った。「ザランダンでの彼はまさしく全能だよ。誰もが彼を敬愛している。彼の権力に比べたら、ぼくの父親なんてかわいいものだ」

「人びとに愛されることは、かならずしも悪いことじゃないと思うけど」

「きみはわかっちゃいないんだ。セディカーンを統一したいというガレンの思いは、ほかのあらゆるものを犠牲にしてでも達成したいというほど激しいものだ」真顔でテスを見つめる。「きみには犠牲になってほしくないんだよ、テス」

テスは笑った。「わたしには関係のない問題よ。だってわたしは三年間だけ、セディカーンに滞在するんだもの。場合によってはもっと短いかもしれないし」

テスの頬が興奮で紅潮しているのを見て取り、サシャは自分の言葉がなんの力もないことを思い知った。「三年は長いぞ」

「一つだけ訊いておきたいことがあるの。ガレンはかならず約束を守ってくれる人かしら?」

「ああ、そうだ」

テスはサシャに歩み寄り、頬に軽くキスをした。「心配してくれてありがとう、サシャ。でも、わたしは大丈夫」もの悲しさを帯びた声音で続けた。「あなたの友達にとって、わたしが単なる駒でしかないことは百も承知よ。だけど、わたしはいつだってそういう存在だったの。少なくとも今回は、彼の条件に同意さえすれば、自立できるチャンスを手にできる。ほかの誰も、可能性さえ与えてはくれないのに。あなたやガレンの言ったとおり、それほど悪い取引じゃないわ」

「決心したのか？」

テスはうなずきながら、あとずさった。「そうとなったら、すぐにも彼に話したほうがいいと思うの。彼はどこ？」

「厩舎にいる。ぼくも一緒に行こう」

「一人で行くわ」テスはいたずらっぽく笑ってみせた。「そんなにむずかしい顔をするのはやめて。大丈夫。すべてうまくいくわ」

2

「何をしているの？」テスは厩舎の入口から訊いた。

ガレンが振り向いて彼女を見た。沈みゆく太陽の光に後方から照らされて彼女の細い体の線が浮きあがり、髪にいたっては燃えるような夕映えにくっきり刻まれて見える。「ディナールまでの道中で、馬がヘビに咬《か》まれてね。傷が感染してしまったんだ」穏やかに説明した。

「だいぶ暗くなってきたわ。ランタンが必要なんじゃない？」

「ちょうどいま、点けようと思っていたところだ」

「わたしがやってあげる。あなたは彼についていてあげて」テスは戸口脇の柱に掛かっているランタンにすばやく歩み寄った。足元の横桟に火打ち石が置いてある。それを打ち合わせると、たちまち炎が燃えあがり、テスは明かりの点いたランタンをガレンのもとに運んでいった。

ハイウエストのガウンの淡いブルーの綿布を通して、彼女の細い手足が透けて見える。

テスはバケツのそばの地面にランタンを置くと、ほれぼれと馬を眺めた。片手で鼻面をそっと撫でつけた。「なんて美しいの。名前は？」

「セリクだ」

「テルザンはどうしたの？」

「いまは繁殖用に頑張ってもらってる。セリクも彼の子どもなんだ」

「すごくおとなしいのね。雄馬にしちゃめずらしいわ」

ガレンは興味深げに彼女を見た。「雄馬のことに詳しいのか？」

「それほどでもない。まだ勉強中よ」テスは彼のそばに膝をついた。「ヘビは毒を持っていたの？」

「ああ、でも、ほんの少し咬まれただけだから」

「なんの膏薬を使ってるの？」

「マスタードグラスとライ麦を混ぜたものだ」

「それにミントを混ぜてみたことはある？」

「いや、ない」

「鎮静効果があるから、熱い布を当てられてもそれほど辛くなくなると思うわ」

「そんなこと、なぜ知ってる？」

「伯爵の雌馬のうちの一頭が捻挫《ねんざ》をしたときに、いろんな薬草を試してみたことがあるの」

テスはガレンの体越しに手を伸ばすと、セリクの足首を覆っている布をはずし、その足首をやさしく撫でてやった。「ねえ、見て。こんなに細くて繊細な骨、見たことない」

おまえの骨のほうがずっと繊細だ、とガレンは胸につぶやいた。うっかり乱暴に扱おうものなら、折れてしまいそうなほどだ。手首の青白い静脈が浮きあがって見え、ほんの数インチの距離にある彼女のこめかみ部分が、規則正しく脈打っているのも見てとれる。「ああ、たしかに」

「こんなに細い足首でこれだけの体重を支えているなんて、驚くべきことよ」テスは布をバケツに浸してから、きつく絞った。「熱いお湯がもっと必要だわ」

「取ってこよう」ガレンは立ちあがると、バケツを手に戸口に向かい、なかの水を威勢よく捨てた。そして大股でやかんに近づき、あらためてバケツに湯を注ぐ。「伯爵って？」

「え？」テスは眉をひそめ、真剣な表情で馬の足首を布で覆う。「ああ、サンヴェーネ伯爵よ。修道院の隣りにお屋敷を構えていたの。素晴らしい馬を何頭も所有してたけれど、これほどの馬はいなかったわ」体を起こし、またうっとりと雄馬に見惚れた。「セリクみたいな馬をほかにもたくさん持ってるの？」

「同じ馬なんて一頭もいやしない」

「それはそうね」

「伯爵の屋敷を訪れること、シスターたちが許可してくれたのか？」

「最初はだめだと言われたわ。だから、こっそり抜けだすしかなかった」テスは渋面を作った。「何度も何度も捕まって、そのたびに修道院長のところに連れていかれてお説教をくらった」

「その伯爵の歳はいくつ？」

「さあ、知らない」テスは肩をすくめた。「訊いたことがないから」

「だいたいいくつぐらいだ？」不覚にも口調がきつくなった。驚いたようなテスの視線を受け、慌てて声を落ち着けようとする。「若いのか？」

テスはかぶりを振った。「たしか孫がいたはずだけど」

ガレンは緊張感がいくぶんやわらぐのを覚えた。湯気の立つバケツを彼女のそばに運んでいった。「彼のことが好きだった？」

「彼の馬が好きだったの」テスはうなずいた。「最初のうちは彼もいい顔はしてなかったんだけど、わたしなら厩舎の仕事をこなせると認めてくれてからは、どっちかと言うと歓迎してくれるようになったわ」

「どっちかと言うと？」

「少なくとも、怒鳴らなくなったってこと。それに修道院長のもとを訪れて、週に二回、彼の厩舎に行かれるよう説得してくれたの」

「院長がよく説得に応じたな」

「彼が責任を持ってわたしを監督するって請け合ってくれたのよ。それにわたしには動物を癒す能力があるって。アッシジの聖フランチェスコだってわたしが動物を助けるのを認めたはずだとまで、言ってのけたわ」テスはくすくす笑った。「聖人を引き合いに出されたなんてはじめてよ。修道院長も、もうびっくり」

「それで、よき伯爵は新しい馬番の少年を獲得したわけだ」

「馬番だろうがかまわなかった。とにかく馬と一緒にいるのが楽しかったから。おかげで、修道院にいる時間がよけいに苦痛に感じられちゃって」テスは熱を帯びた顔で、彼を顧みた。

「いつか自分の厩舎を持って、セリクやテルザンみたいな馬を繁殖させてみせるわ」

ガレンは彼女の美しい喉元から、ガウンのネックラインにのぞく小さな胸の膨らみに、いつしか視線を這わせていた。信じられないほどの艶を帯びた肌。この手で触れたら、どんな感触なんだろう。

「犬や、できれば伝書バトも飼うの」テスはセリクの足首から布をはずした。「すてきな暮らしだと思わない？」

「社交界のサロンはいらないのか？」

テスは噴きだした。「サロンなんてあったって、どうしようもないじゃない。詩を読んだり、ヴォルテールやルソーについて論じてるだけなんて、退屈でしょうがないわ」

強烈な薬草の香りと、彼女から漂うラベンダーと石鹸の香りが混ざって、ガレンの鼻をくすぐった。その香りがいっそう五感に染み渡るよう、さりげなく彼女のほうに身を寄せる。

とたんに股間が反応するのを感じた。くそっ、想定外のすばやい反応だ。いまはまだそれどころじゃないというのに。こっちの肉体は彼女のなかに押し入る気が満々だとしても、肝心の彼女のほうは彼よりも馬のほうに夢中ときてる。

テスがちらっと彼を見やった。「明日はまだセディカーンに出発できないわね。セリクの準備ができないもの」

ガレンは一瞬、返答に詰まった。「明後日ならいいだろう」しばし気を落ち着けてから、気軽な調子で訊いてみた。「つまりそれは、おれの提案に同意してくれたということなのか？」

「もちろんよ」かえってテスのほうが驚いている。「最初からわかっていたくせに」

「いや、それなりに可能性はあると思っていただけだ」

「好きに言えばいいけど、わたしがその提案に抗えないことは計算ずみだったはずよ」テスはまた布を湯に浸けた。「だいぶ毒は抜けてきたけど、まだ完全じゃないわね。布を湯に浸して膏薬を塗り替える作業を、ひと晩じゅう続けたほうがよさそうだわ。まずはわたしが見てるから、あなたはそのあとを引き継いでちょうだい」

「おれ一人で大丈夫だ」

「どうして？　一人よりも二人のほうがいいに決まってるじゃない」

ガレンはあえて反論しようとはしなかった。いまは少しでも、彼女に自分という人間に慣れてもらう必要がある。こういう体験の共有は、その意味で重要なきっかけになるだろう。ガレンは微笑んで立ちあがった。「おまえの言うとおりだな。たいていのことは、一人よりも二人で取り組んだほうがいい」ぶらぶらと歩いてセリクの向かいの空っぽの馬房に行き、地面に広げられた干し草の上に腰を下ろした。「おまえは最初の二時間を受け持ってくれ。そのあとの二時間はおれが担当する」膝を引き寄せて両腕で抱え、テス・ルビノフにじっと目を据えた。彼女はてきぱきと効率よく動きながらも優雅さを失ってはいなかった。すべての仕草に明確な意図と活力が備わっている。ガウンの膨らんだ短い袖からは、美しい腕がすらりと伸び、その先の小さくて働き者の手はじつにやさしい動きで馬の体に触れていた。あんな繊細な外見の奥に、そのじつ強さと情熱が潜んでいるとは、なんという驚きだろう。これまでは小柄な女性には見向きもしなかった彼だったが、いまは下腹部の筋肉が痛いほどに硬直している。あの体に押し入ったら、どれほどきつく締めつけて——。

ガレンは淫らな妄想を追い払うと、暗闇に身を潜めるようにして、ざらざらした壁に頭を預けた。いまはまだ、自分の体の反応をテスに知られたくはなかった。いまの彼女は、未来に対するはちきれんばかりの希望と計画で頭がいっぱいのはず。そしてそれこそが、彼の思惑そのものなのだから。

いつのまにか馬房の藁《わら》から抱えあげられ、運ばれようとしている。

「サシャ？」テスはねぼけた声でもごもごと訊いた。

「違うよ。しーっ、いいからお休み。部屋に運ぶだけだから」

ガレンだ。そう思っても、瞼が重くて、持ちあがらない。「セリクは？」

「彼なら大丈夫だ。もうすぐ夜が明ける」

厩舎の外に運びだされたとたん、冷ややかな空気に頬を撫でられた。ようやく少し目が覚めてきた。「今度は冷たい湿布に変えて、腫《は》れを抑えてあげないと」

「おまえがうたた寝しているあいだに、冷たい水に変えたから安心しろ」

「眠るつもりじゃなかったのよ」

「充分働いてくれた。あとはゆっくりお休み」

テスの瞼がそろそろと持ちあがった。ガレンの顔がほんの数インチ先にある。テスは夢見心地でその顔を見つめた。力強く盛りあがった頬骨、形のいい唇。これまでは造作を凌駕《りょうが》するような大きな黒い瞳にばかり気を取られて、唇の形にまで目がいかなかった。

視線を感じ取ったのか、彼がこちらを見おろした。

その顔が大きくほころんだ。「お休み、キレン。すべてうまくいく。約束するよ。おれを信じてくれ」

この数時間に彼が見せた、セリクに対する密やかなやさしさと頑固なほどの意志の強さをテスは思い起こした。そう、彼なら信じられる。

テスは目を閉じ、安らかな眠りに落ちていった。ガレンの腕に身を預けて。

テスとガレンの結婚式は、翌日の午後の三時に、ホーリー・リディーマー大聖堂のフランシス・デスレプス神父によって執《と》り行なわれた。ガレンはイスラム教の慣習に従ってはいるが、じつのところはクリスチャンで、デスレプス神父に対しても絶大な影響力を持っていた。そのため二人の結婚に関しては異例の速さで特別免除が施行され、結婚予告などの結婚に先立っての手続きはすべて省略されることになった。

祭壇の前にガレンと並んでひざまずきながら、テスはたとえようのない奇妙な感覚に襲われていた。いいえ、相手が誰であろうときっと同じように感じるのだろう。なにしろ結婚は人生において一度きりの出来事だ。儀式に慣れるなんてことはまずありえないのだから。テスはそう思いなおして、にっこり微笑んだ。

「やけに楽しそうな顔をしていたが」二人して司祭に礼を言い、長い側廊を戻りながら、ガレンが指摘した。「何がそんなに面白かったんだ？」

「ちょっと考えてただけ。なんだか奇妙な感じがするのは当たり前のことなんだなって。だって、結婚は一生に一度しか起こらないんだもの」

「起こる？　天災みたいな言い方をするんだな」ガレンはテスの腕を取ると、階段を下りて丸石の敷き詰められた通りに出た。「それに、二度目の結婚だってないとはかぎらないぞ。

セディカーンでの生活は安全とは言いがたいし、金持ちの未亡人は引く手あまただ」

「結婚は一度でたくさん」テスはきっぱり宣言した。「わざわざ苦労を背負うような真似をするもんですか。夫に邪魔されなければ、わたしの人生はバラ色なんだから」

「夫だってそれなりに使い道はある」

「保護してもらえるってこと？　それなら使用人を雇えばすむことだわ」

ガレンはテスに手を貸し、教会の前で待機していた馬車に乗せてやった。「おれの言いたかったのは保護じゃない。もっと……伴侶としての親しい交わりみたいなことだ」

「たいていの夫は、伴侶としては最悪よ。ほかの女性を追いかけることに忙しくて、妻のよき話し相手になんてなりゃしない」テスは馬車の背にもたれかかった。「女性はわずらわしい夫なんていないほうが、ずっと幸せなのよ」

馬車ががくんと揺れて動きだし、ガレンも座席の背に寄りかかった。やわらかな笑みを湛えてテスを見つめる。「この先もその考えが変わることがないか、見ものだな。幸福な結婚というのがいまだに存在するからには、それなりの理由があるはずだと思うが」

テスは驚いて彼を見た。「実利的な理由だわ、そんなもの。男性は間違いなく自分の跡継ぎだという確信が必要だし、女性だって最初の頃の情熱が消えたからといって、子どもの父親に逃げられたら困るからよ」

ガレンは少しも表情を変えず、黒い瞳でじっと彼女を見つめた。「実際にそんなことが？」

テスは意気ごんでうなずいた。「もちろんよ。あなただって思い当たるはずだわ。カミラ夫人やほかの女性のことにしたって、いったん手に入れてしまったら最後、二度と彼女たちのことを考えたりしなかったでしょう?」

「いや、考えたとも」

テスは顔をしかめた。「ほんと? いつ?」

「この体が女性を必要としたときにはいつも」

テスは顔を赤らめ、慌てて目をそらした。「そういうのは考えるって言わないの。欲情するって言うのよ」身を乗りだして窓の外を眺めるや、見覚えのある看板をめざとく見つけた。「ほら、あそこ。例の面白そうなカフェだわ。サシャに連れていってと頼んだのに断られたの」ガレンを振り返る。「よかったら、連れていってもらえないかしら……今夜」すばやく言い添えた。「もちろん、セリクの具合がよければの話だけど」

「たしかに、セリクの具合が悪ければ、婚礼のご馳走は延期せざるをえないだろうな」

「何をにやついてるの、ガレン? 今回の結婚式がなんの意味もないことは、おたがいにわかってるはずでしょ」

「いやいや、きわめて重要な意味を持ってる」

テスはじれったそうに手を打ち振った。「そういう意味じゃなくて――重要なのは同盟だけってことよ。それより、カフェに連れていってくれるの、くれないの?」

「もちろん連れていくさ。昨夜、セリクのためにあれだけ働いてくれたんだ。夕食ぐらい好きなものをご馳走させてもらわないとな。きっと、いい社会勉強になるだろうし」

「気に入ったわ」騒々しいカフェを見まわしながら、テスは感嘆の声をあげた。床板はたわんだりそったりし、壁に備えられたたいまつから吐きだされる大量の煙のせいで目がしょぼしょぼして、室内も青みがかって見える。「エキサイティングだと思わない、サシャ?」

「きみが来るような場所じゃないよ」

「そんなことないわ」テスはいたずらっぽい目でガレンを振り返り、彼が引いてくれた椅子に腰を下ろした。「わたしはもう既婚女性なのよ。だからどこへでも、好きな場所に行く権利があるの。そうでしょ、旦那さま?」

「ある程度の制限付きということなら」ガレンは無表情のまま、部屋を見まわした。「もっとも、この店はあまり薦められないが」

「どうしてそんなことを言うの?」テスは傷だらけのテーブルの上で、手袋をはめた両手を組んだ。「すてきなお店じゃない。きっとお食事も素晴らしいに決まってるわ」

「ゴキブリ入りのシチューが出てこなきゃいいが」サシャはガレンの隣りに座るや、無愛想な給仕係に合図してみせた。

「船の上でも、シチューにゴキブリなんて入ってなかったわよ。たしかに味はちょっといただけなかったけど、調理場は清潔だったし——ねえ、もしかしてあの人、売春婦？」薄汚れた緑のドレス姿で水夫の膝に座っている、ブロンドの女性に目を留めた。「すごくきれいな人」

「彼女の血統のなかじゃ、ましなほうだな」とサシャ。給仕係がぞんざいな態度で三つのグラスをテーブルに置き、首から下げた革紐《かわひも》の先の大きな革製のカラフから、それぞれに赤ワインを注ぎいれた。

「血統ですって？」テスは眉をひそめた。「いやな言葉。まるで馬か牛みたい」

サシャは手を振って給仕係を追い払うと、女性のガウンの襟ぐりからこぼれんばかりにのぞいている豊かな胸を眺めた。「似たようなものだ」

「そういう発言はよくないわ。彼女は女性なのよ。動物じゃない。ほかに生活を支える手段がないから、仕方なく自分の体を利用させているだけじゃないの」

「それじゃ、ポーリーンはどうなんだ？」ガレンが穏やかに訊いた。「彼女はなぜ、自分の体を利用させてる？」

「ポーリーンは売春婦とは違うわ。彼女は……」テスはひとしきり思案した。「彼女はそれほど頭がよくないし、趣味もあるほうじゃないから、退屈しないためにそうしてるのよ」

サシャはワインを噴きだしそうになった。「それはありえる。彼女はそうやって……自分を慰めているんだ」

二人に馬鹿にされているとわかっても、かまわなかった。肉体的な快感などという話題は、いまの彼女にとって多少の好奇心をそそられることはあっても、たいした問題じゃない。せっかくこんな楽しい店を訪れているのに、そんなつまらないことで時間を無駄にするのはもったいなかった。「お腹がすいたわ。何か食べてもいいかしら?」

「もちろんだとも」ガレンは唇をゆがめた。「妻の食欲を満たすことは、夫の務めだからな」

「やめてよ、サシャ」テスは笑いころげた。宿の中庭を横切りながら、サシャに強引に腕を摑まれ、ぐるぐると体をまわされる。「あなた、飲みすぎてるのよ。しまいには二人して地面にひっくり返るわ」

「ぼくを侮辱する気か?」サシャは目を見開いてテスを見た。「あの程度のワインでへべれけに酔っぱらうと? 今夜はめでたい夜だから、嬉しいんだよ。とびきり幸せな気分なんだ」

「とびきり酔っぱらってるんでしょ」テスはやさしく微笑み、サシャの体をドアの側柱に押しつけた。「まさか自分の結婚式だと勘違いしてるんじゃない?」

「ぼくの結婚式じゃないからこそ、めでたいんだ」サシャの笑みが消え失せ、見る間に目に涙がたまった。指先でテスの頰にそっと触れる。「かわいそうに」

「彼女のことより自分の心配をしたほうがいいと思うがな」ガレンが二人に追いついて言い、

勢いよくドアを開け放った。「さあ、入れ。階段を上るのを手伝ってやる」

「よけいなお世話だ」サシャはよろめきながらドアを通って階段に向かう。「助けなんかなくたって――」二段目でさっそく足を滑らせ、前につんのめった。

「なくたって、ぶざまにひっくり返ることぐらいできる、と」

「つまずいただけだ」サシャは偉そうに言い返した。「だいたいにおいて、たった一本しかろうそくのないなかで階段を上るなんて、無理に決まってる」

「そうかな。おれはべつに問題ないが」ガレンはサシャに手を貸して立ちあがらせると、彼の腰に手をまわした。「ようやくセリクの看病が終わったところだ。また新たな患者の面倒を見るのはごめんだからな」

「ぼくを馬と一緒にするのか？」

「しらふのときの話だ。酔っぱらってるときのおまえの知性は、せいぜいがラクダのレベルだよ」

「よくもそこまで無礼な台詞《せりふ》が言えたもんだな」

「おれは野蛮人だぞ。これぐらいどうってことはない」ガレンはサシャの体重のゆうに半分を支えながら、階段を上った。

サシャは小声で歌を口ずさみはじめた。

「彼の従者を呼んでくる？」テスが訊いた。

「サシャはいまはもう従者を連れてないんだ」ガレンはいったん足を止めてサシャの体を抱えなおし、彼の腕を自分の首にまわさせた。「いまは旅するときは、サイードがわれわれ二人分の世話をしてる」

「まさか」テスは玄関の扉を閉め、彼らが階段を上るのを見守った。「それはおかしな話ね」彼女の知っているサシャはいつだって、料理人やら身のまわりの世話をする人間やら馬番やら、それは大勢引き連れて旅をしていた。

「おかしくはない。砂漠を旅するときには、大勢の従者はかえって足手まといになる」ガレンは階段を上りきり、彼女を見おろした。「自分の部屋に行っててくれ。あとからおれもすぐに行くから」

一瞬、唇に笑みが張りついたきり、固まった。「来るの？」

「もちろんだ」

「もちろん」テスは小声で繰り返した。そう、ほかに何を期待していたんだろう？　今夜は、言ってみれば新婚初夜だ。子どもを作ることは取引に含まれている。テスだって馬鹿でもないし、うぶな少女でもない。どうすれば子どもができるのかぐらいは、ちゃんと承知している。でも、ガレンはたしか急がないと言ってくれたはずだし――。

「テス」ガレンが振り返ってやさしく声をかけてきた。「部屋に行くんだ」

テスはこくりとうなずくや階段を駆けあがり、ガレンとサシャの脇をすり抜けて自分の部屋に向かった。ガレンに失望するなんてどうかしてる。そもそも、妻との約束を守る男性なんてめったにいるわけがない。テスは部屋のドアをばたんと後ろ手に閉めると、背中をもたれた。心臓が激しく胸を叩き、頬は真っ赤にほてっている。大丈夫。いったん慣れてしまえばどうってことはない。事実、ポーリーンだって、あんなに楽しんでいるじゃないの。彼女が甘えた声で男性にねだっているのを、何度耳にしたことか。

たしかにわたしはポーリーンとは違うけど、約束は約束だ。すでに契約を交わしてしまったいま、守らないわけにはいかない。

まずは服を脱ぐんだっけ？　手順ならいちおう心得ている。そう、覚悟を決めるためにも、ここはさっさと服を脱いでしまうにかぎる。ガレンが部屋に入ってきたときには裸で出迎えなければ。

テスは一つ大きく息をついて、ドアから体を離した。淡い緑のガウンの背中に手をまわし、華奢《きゃしゃ》なパールのボタンをはずしにかかる。

五分後、テスは完璧な裸でベッドカバーの下に横たわっていた。部屋のなかは充分暖かいのに、わけもなく体が震えてくる。大丈夫よ。すべてうまくいく。ポーリーンもあれほど楽しんでるし、あのカフェで見かけた女性だって、船員に胸をもてあそばれながらも——。

ドアが開いた。ガレンが一歩部屋に足を踏みいれ、手にしたろうそくを掲げた。オーク材のヘッドボードに頭を預けて縮こまっているテスを見るや、不機嫌そうに口元を引き締めた。

「ずいぶんと気の利く花嫁だな。おまえがこれほど従順な女だとは思ってもいなかったよ」

「べつに従順ってわけじゃないわ」テスは震える声を、なんとか落ち着かせようとした。

「こんなこと、好きでやってるんじゃないのよ」

ガレンの顔つきがいくぶんやわらいだ。「それじゃ、なぜ言いなりになろうとする？」

「言いなりじゃない。これは道義心よ。あなたをこの体に受け入れなければ、約束の子どもはできないでしょう？」

「それはそうだ」ガレンは後ろ手にドアを閉めた。「しかし、言ったはずだ。おれはしかるべきときを待つと」

「でもあなたはさっき――」安堵感が胸に押し寄せた。「てっきり気が変わったんだと思った」

「おれは約束は守る。気が変わったなら、まっさきにおまえに話すよ」ガレンは白目細工の燭台を手近なテーブルに置くと、コートを脱いで椅子に広げた。「無理じいするつもりはない」

「無理じいされるつもりもないわ。取引は取引よ」

「おれはひねくれ者でね。堪え忍ぶ女よりも熱狂的なぐらいのほうが好みなんだ」縞模様《しま》のスカーフをほどいて首からはずす。「一度では妊娠しない可能性だってある。おれが触れるたびに、歯を食いしばるおまえの姿を目にするのはいただけない」

「熱狂だなんて、約束できない」テスはブランケットを握る手にいっそう力を込めた。「好きになれるとは思えないもの。ほんとのことを言うと、少し戸惑ってるの。ポーリーンは気に入ってるみたいだけど、以前に雌馬が雄馬に乗っかられているのを見て、とても……」ひと息ついて、言葉を探す。「気持ちよさそうには思えなかった」

「気持ちよさそうに？」ガレンは微笑んだ。「たしかに、あまり気持ちのいいものじゃないかもしれないな。痛みがまったくないとも言えない。でも、おまえにはきっと、面白がってもらえると思うよ」シャツのボタンをはずして脱ぎ捨てる。「実際に体験すれば」

テスは彼のたくましい筋肉に目を奪われた。肩で隆起するそれらは、上腕部から胸へといっそう大きく盛りあがって見える。そして三角形に胸を覆う黒々とした毛は、黒のズボンのウエストバンドの奥へと続いていた。テスは下腹部のあたりが奇妙にうずくのを意識した。

「情交するつもりがないのに、どうして服を脱いでるの？」

「ベッドに入るからさ」

「このベッドに？　どうして？　あなたには自分の部屋があるじゃない」

ガレンは口元をゆがめた。「タムロヴィアの貴族はどうかしらないが、ザランダンじゃ、夫と妻は同じ部屋だけじゃなく、同じベッドで眠るんだ」

「なんて変わってるの？　プライバシーがないなんてずいぶんだと思うけど」テスは肩をすくめた。「まあ、いいわ。そのうちに慣れるでしょうから」

「ああ、慣れる。ブランケットを下ろしてくれ」

テスははたと動きを止め、目を見開いた。「は？」

「起きあがって、ブランケットを剝いでくれ。おまえの体を見たい」

テスは頰が痛いほどにほてるのを覚えた。「何もするつもりがないなら、見てもしょうがないと思うけど」

「そんなことはない。いいからブランケットをはずせ」

覚悟を決めて拳を緩めると、ブランケットはぱさりと落ちて腰に留まった。全身が燃えるように感じながらも、挑むように顎を持ちあげて彼をにらみつける。「わたしを裸にして、なんの意味があるの？　わたしはカミラ夫人みたいに美しくないわ。いくら見つめたって、ちっとも楽しくないはずよ」

「たしかにおまえはカミラ夫人とは違う」ガレンの視線はいっとき彼女の肩に留まってから、胸へと滑りおりた。「しかし、小粒の宝石はときとして、驚くほど美しい面を備えている」

「でも、ときとしてその面は小さすぎて、美しいのかどうかも判断できない」テスはまともに息ができなかった。胸は締めつけられて苦しいのに、彼の視線を浴びているうちにはからずも膨らんでくる。「もう充分でしょう？」

ガレンは彼女の胸に目を据えたまま、ゆっくりかぶりを振った。「いや、まだだ。こうやっていれば、少しは前進できる」

「前進って、どこへ向かって？」

　ガレンは微笑んだ。「おたがいに慣れる、という目的に向かってだ。今日からは毎日、おまえにはおれのベッドで裸で寝てもらう。そしておれは機会あるごとに、おまえの体を愛撫する」戸口のそばの椅子に腰を下ろし、左足のブーツを脱いで床に放り投げた。「ベッドに膝をついて、こっちを向いてくれないか」

　テスは彼に目もくれずにブランケットを脇に押しのけると、ベッドの上にしゃがんで彼と向き合った。「こんなことをしたって、楽しくもなんともないはずよ」もう片方のブーツを床に置く音がする。「わたしを辱めようとしてるだけなんでしょう？」

「おれに見られるのはいやか？」

「すごく気まずい感じよ」

「気まずく思う必要はない。おまえは美しいよ」

　テスは嘲《あざけ》るように鼻を鳴らした。「こんな醜い赤毛と、顔のわりには大きすぎる日と――」

「おれがこれまで目にしたなかでもっとも美しい胸と脚だ」

　テスは鋭く息を吸い、彼の背後の壁に視線を据えた。

「おれの言うことを信じないのか？」

　テスは唾を呑んだ。「信じない」

「それなら、証拠を見せるしかないな。おれを見ろ」

テスはしぶしぶ壁から視線をはずした。一糸まとわぬ姿のガレンは、くつろいだ様子で両脚をわずかに開いて立っていた。ブロンズと黒に彩《いろど》られた艶やかな筋肉の塊。

視線をずらし、猛々しく盛りあがった下半身に気づくや、テスは目を見開いた。

ガレンが彼女の視線を追って、低い声で繰り返す。「証拠だ」

「まるで……違う」

「違うって何と？」

「以前に裸のあなたを見たときと」

「あのときのおまえは、まだほんの子どもだった」ガレンは含み笑いをした。「それにあのときは、ことが終わった直後だった。前とか最中じゃなく。証拠といったって、かならずしもいつも立証できるわけじゃない」ふと口をとざす。「もっとも、今日のおれはこうならないようにするのに、えらく苦労したが」ろうそくを手に取り、部屋を横切って近づいてくる。

テスは思わず身がまえ、彼の姿をじっと目で追った。

「よく聞くんだ」ガレンが穏やかに言った。「おれの目にはおまえはすこぶる魅力的だ。おかげで体の奥がうずいて困っている」テスの前で足を止め、ベッドサイドのテーブルにろうそくを置く。「これでもまだ信じられないか？」

テスは声を出すことさえできなかった。

ガレンが手を伸ばし、驚くほどやさしい仕草で彼女の髪に触れた。

「ほんとに小さいな」彼が囁く。「昨夜はおまえを見ながら、その体に収まったらどんな感触なんだろうと想像しつづけた。おまえのことを考えるたび、股間は堅くなって……」

テスはいまにも溺れそうな気分だった。彼の指はかろうじて触れているだけなのに、手のひらも、乳首も、土踏まずさえも、なんだかちくちくとうずく感じがする。彼女は急いでそっぽを向いた。「そもそも収まるかどうか、怪しいもんだわ」

「その心配はない。女の体は男を受け入れるようにできている」ガレンの手が滑りおり、喉をそっと撫でつけた。「男を求めるようにな。たしかに雌馬は楽しんでいるようには見えないかもしれないが、おまえも見たことがあるんじゃないか？　雌馬が雄に向かって尻を持ちあげ、後ろを振り返って尻尾をくねらせているところを」親指を喉の窪《くぼ》みに押しあてた。そうやって、速まる脈を感じ取っているのだ。「おまえにもそうしてほしいと思ってる」

テスは思わず怯《ひる》んだ。「わたしは動物じゃない」

「侮辱するつもりはなかった。どうもおれの言葉はときどき礼儀に欠ける」ガレンはテスの喉から手を離し、両腕を体の脇に下ろした。「おれはまだ完全に裸になっちゃいない。手を貸してくれ」

テスはなんのことかわからず彼を見た。どういうこと？　とっくに裸になってるというのに。

ガレンは彼女に背中を向けた。「髪を束ねているリボン。ほどいてくれないか？」

テスは膝立ちになると、髪を結んでいる黒のグログランのリボンを震える指でほどきにかかった。その拍子に、胸の先が彼の温かな背中にかすかに触れ、彼の体に小さくおののきが走るのがわかった。結び目と格闘しながら、背中に触れないように体をそらしてみるが、またもや胸がかすってしまう。不思議なことに、今度は彼の全身を貫く震えに、彼女自身の震えが重なった。胸がうずき、乳首が堅くなり、太もものあいだがずきんずきんと脈動する。いったいどうしたというんだろう？「うまくできないみたい——自分でやったほうがいいと思うわ」

「だめだ」ガレンの声はしわがれていた。「ザランダンじゃ、伝統的に妻がやることになってる。妻だけが夫を自由にする権利を持ってるという象徴なんだ」

とはいえ、その行為はテスを少しも自由にしてはくれなかった。刻一刻と、ガレンによって捕らえられ、もはや逃れられないという感覚が高まってくる。どうにかこうにか結び目をほどくと、リボンを引き抜いた。それをベッドサイドのテーブルの上に放り投げ、腰を下ろしてほっとため息をつく。「ほどいたわ」

ガレンはこちらに背中を向けたままで、軽く首を振った。そうろくの明かりが、肩に達する艶やかな黒髪や、たくましい肩の筋肉を浮かびあがらせる。テスはふと、強烈な衝動に駆られた。手を伸ばしてその筋肉を撫で、長い黒髪に指を絡ませて、彼の体を引き倒し——。

いきなりガレンが振り返って彼女を見た。素朴にして荒々しいその巨体。瞳がぎらつき、黒髪が数本額に垂れさがって、放たれた残りの髪がいまや顔を包んでいた。かすかに鼻孔が膨らんだかと思うと、彼は誘いをかけるように、両方の手のひらをゆっくりと太ももに滑らせた。テスは息を呑んだ。腹部の筋肉がぎゅっと締めつけられる。彼に触れられたわけでもないのに、たった一つの官能的な仕草で彼の体に引きずられていく気がした。

「欲望というのは、われわれのなかの獣を呼び覚ますことができるんだよ、キレン。おまえにも、そのうちにわかる」ガレンは深々と息を吸うと、きつく目を閉じた。「もうまもなく目を開くなりあとずさる。そして身を屈《かが》めてろうそくを吹き消した。

ほっとするべきなんだろう、とテスは思う。けれど実際は、暗闇はよけいに心もとない気持ちにさせるだけだった。

ガレンの巨体が目の前にあるのがおぼろげながら見てとれ、彼の香りまで嗅ぎとることができた。

「横になるといい」ガレンの低い声は緊張のせいか震えている。「これ以上は何も要求しない。今夜はこれでおしまいだ」

おしまいもなにも、最初から何も始まっていないじゃない、とテスはぼうっとする頭で思った。彼はただ髪に触れ、喉を撫で、この体を眺めて欲望に関してひと言ふた言つぶやいただけ。それなのになぜ、こんなふうに束縛感を覚えるんだろう？

「さあ」

テスはもぞもぞとベッドカバーの下に潜ると、そそくさとベッドの端に移動した。ほどなくマットレスが沈み、ガレンも横たわったのがわかった。彼がかたわらに身を横たえている。こちらに触れようとはせず、しかし全身の筋肉を緊張させて。

わたしは彼のすぐそばに横たわっている。激しい心臓の鼓動を持てあまし、太もものあいだに奇妙なうずきを抱えたまま。

「どういうことなのか、さっぱりわからない」テスはとぎれとぎれに言った。「どうしてこんなことを?」

ガレンの声はしゃがれ、荒々しい息づかいが闇に染み渡った。「おれのやり方でおまえを手に入れたい。そうじゃなければ意味がないんだ」

「赤ちゃんを作ることが目的なのに。何がどう違うっていうの?」

「大違いだよ」ガレンは長いこと押し黙った。「われわれは二人とも礼儀正しい文化人だ。おれのなかの雄馬におまえのなかの雌馬を襲わせたりはしない」また口をつぐむ。やがて喧《けん》嘩《か》腰とも思える切羽詰まった声で言った。「なぜなら、おれは野蛮人じゃないからだ」

3

翌朝テスが目覚めたときにはガレンの姿はすでになく、ほっとすると同時に軽い失望感が胸をかすめた。彼の存在はたしかに刺激的には違いなかった。この体を所有することにかけての並々ならぬ情熱を示され、戸惑いながらも好奇心を掻きたてられた。とはいえ、いまはまだ彼の存在が自分にどういう影響をもたらすのか、突きつめて考える気にはなれなかった。とにもかくにも、昨夜ほど心乱された夜はあとにも先にもはじめてのことだ。ガレン・ベン・ラッシドというのは、いったいどこまで変わった人間なんだろう？

テスは着古したダークブラウンの乗馬服——ポーリーンにどれほど言われようがけっして捨てようとしなかった——を手早く身に着けると、部屋を出て階下に下りていった。踊り場に達したところで、若い男性とでくわした。バーガンディとクリーム色の縞模様のローブを身に着け、優雅な白のズボンを茶色のスエードのブーツのなかにたくしこんでいる。どこか見覚えのある顔だ。

「ちょうどいま、お部屋におうかがいしようと思っていたところです、マジーラ」彼が慇懃《いんぎん》にお辞儀した。「マジロンは一時間後に出発したいとおっしゃっています。よろしければ、これから荷造りをさせていただきたいと思うのですが」

「荷造りするものなんてほとんどないわ。短い滞在なのに荷物をほどくのは無駄だと思ったから」考えこむように額に皺《しわ》を寄せる。「あなた、サイードね？」

彼はまたお辞儀した。「サイード・アブダルです、マジーラ」

「一瞬、わからなかったわ」テスは瞳をきらめかせた。「服を着てるから」

サイードは明らかに虚を衝かれたらしく、目をぱちくりさせた。「荷造りをさせてもらえますか、マジーラ？」

なんて頭の固い人なの。まるであの修道院長みたい。「どうぞご自由に」テスはまじめくさった顔で訊いた。「シャイフはどこ？」

「厩舎《きゅうしゃ》にいらっしゃいます。お呼びしてきましょうか？」

「いいえ、あなたは自分の仕事をしてちょうだい」テスはまた階段を下りかけた。「自分で探すから」

「エスコートもなく？」サイードはぎょっと目を見張った。「厩舎には男たちがうようよしていますよ、マジーラ」

テスは肩越しにいらだたしげな目つきを向けた。「だからどうだって言うの？」

「とんでもないことですよ。あなたはマジーラなんですから。そんなところへ――」

「ぼくがエスコートするよ、サイード」いつの間にか、階段の下にサシャが立っていた。

「きみは荷造りをしてくるといい」

サイードはあからさまにほっとしたようにため息をついた。「お望みどおりに、閣下」

テスはやれやれと首を振り、足早に立ち去るサイードを見送った。「彼にはユーモアってものがないのね」

「サイードはいい人間だよ」サシャが庇《かば》った。「ただ、極端に儀礼にこだわる傾向がある。セディカーンはぼくらの故郷とは違う世界なんだよ」

「そうね。わたしもだんだんわかってきた気がする」テスは残りの数段を下りおえた。「マジーラって？」

サシャはにやりとした。「きみのことだよ。マジロンの妻。タムロヴィア語で言えば、〈陛下〉に当たる」

「それで、ガレンがマジロン？」

サシャはうなずいた。「彼の肩書きの一つってことだ」急に真顔になって、テスの顔を探るように見つめた。「気分は……大丈夫？」

テスはぱっと顔を赤らめ、彼の視線を避けた。「少なくともあなたよりはましよ、きっと。昨夜のあなたの酔っぱらいぶりといったら、ひどいものだったもの」彼の前を横切って戸口に向かう。「セリクの様子を見てこようと思って」

「夫の様子じゃなくて?」

テスは振り向き、いたずらっぽい目を彼に向けた。「彼なら昨夜会ったときには五体健全、なんの問題もなかったわ。セリクと違って」

「セリクなら、ずっとよくなったよ」

驚いて振り返ると、戸口にガレンが立っていた。無表情のまなざしを装っても、口元はぴくぴくとひきつっている。「嬉しいよ……問題ないと認めてもらえて」

背後から、サシャが懸命に笑いを押し殺す声が聞こえる。

ふと裸で立ち尽くしていたガレンの美しい姿が脳裏に蘇《よみがえ》り、テスは赤面した。黒い瞳が怪しくぎらつき、髪が肩のあたりまで垂れていたっけ。テスはあらためて目の前の彼の髪に目をやった。それはいつものとおり、きちんと一つに束ねられている。今日の彼はきわめて上質な黒のコートに揃いのズボンを身に着け、首元のスカーフはサシャと同じように複雑な形に結ばれていた。その洗練された出で立ちを目にすると、テスは不思議と心に平静さが戻るのを覚えた。「セリクは旅に出かけられそう?」

ガレンはうなずいた。「ただ、人を乗せるのはまだむずかしい。二、三日は引き紐を付けて歩かせるつもりだ」

「それがいいわ」テスが同意した。

「了解を得られてなによりだ」ガレンはわずかに頭を垂れてみせた。「おまえがザランダンまで乗っていく雌馬を、宿の主人から買っておいた。いくらか歳は取ってるが、旅をするには問題ないだろう。よければ朝飯を食って、そろそろ出発するとしよう。うちの護衛隊が国境を越えてすぐの、エル・ダバルのオアシスで待機している」

セディカーンへの旅。まさか自分があんな野蛮な土地へ行くことになるなんて、誰が想像しただろう。テスはふいに気持ちが沸きたち、すぐにも出発したくなった。「いますぐ出かけましょうよ。お腹はすいてないわ」

「それでも、食べないとだめだ」ガレンが言い張った。「日没まで止まるつもりはないから、力を蓄えておかないとならないぞ」

テスは眉をひそめた。「命令されるのは好きじゃないわ」

かすかに笑みを湛えていたガレンの顔が引き締まった。「父親に命じられるよりはまだましだろう」

「それはそうだけど」テスは睫毛《まつげ》の下から、うかがうような目で彼を見た。「前にも言ったけど、父の命令なら、いつだってどうにかかわす方法を見つけられたわ」

「ザランダンじゃ、その手は通用しない」テスが一瞬怯んだのを見て、彼は表情を緩めた。「べつにおまえを支配しようというわけじゃなく、守ろうと考えてのことだ」

「父もわたしを守るための予防措置をあれこれ講じてきた。その一つが、アポロを殺そうとしたことよ。わたしをあれほど愛してくれたアポロを」テスはガレンの目をまっすぐに見つめた。「あなたもそういうことをするつもり？」

ガレンもまた黙って彼女の目を見つめ返し、やがて穏やかに告げた。「必要とあらば」

テスは耳を疑った。よもや、そんな答えが返ってくるとは思ってもみなかった。彼はアポロを救ってくれたというのに。しかしいま、彼は無情な決意を秘めた目でこちらを見つめている。彼は本気だ。間違いない。テスは震える息を一つ、大きく吐きだした。「なるほどね。いまのうちにおたがいに理解しあえてよかったわ」口を開きかけたガレンを、いらだたしげな仕草で制した。「あなたにとってわたしが価値のある存在だってことはわかってる。自分自身を傷つけて、それを台なしにしようとは思ってないから」

「そういう意味で言ったわけじゃ――」

「いいえ、そういう意味よ。わたしは馬鹿じゃない。あなたにとっての自分の価値は、よくわかってるつもりよ」テスは大股で談話室に向かう。「食事にしましょ。こんな些細《ささい》なことはどうでもいいわ。あなたはあなたで、わたしに無事でいてもらわないとならないんだから」挑むような目でちらりと彼を見た。「でも、あなたは自由を与えてくれると約束した。そのやり方は、あなたの勝手にさせるわけにはいかないから覚えておいて」

「自由なら、おまえが立ち去るときに与えてやる」ガレンは余裕たっぷりに微笑んだ。「それに、ザランダンじゃ、いつだっておれは自分のやりたいようにやる」

「もう、腹ぺこだよ」サシャがさりげなく二人のあいだに割ってはいり、テスの肘を取った。

「言い合うのはかまわないが、まずは腹ごしらえをしないか？　行こう、テス。そういうぎすぎすしたやり取りが、ぼくの繊細な神経をどれほど逆なでするか、きみならわかるだろう？」ガレンが呆れたように鼻を鳴らすのを聞きつけ、心外な面持ちで振り返る。「あいかわらず俗物だな。ぼくの鋭い感受性を理解しようともしない」テスを促して歩きだす。「それに、きみたち二人とも、ぼくのことはまるで眼中にないみたいな話し方をして、いささか退屈してきた」

ヤシの木々に覆われた、エル・ダバルのオアシスを埋め尽くすテントの数からすれば、それは小規模の軍隊と言ってもよかった。テスとガレンとサシャ、それにサイードの四人が近づいていくと、サイードと同じバーガンディとクリーム色の縞模様のローブを着た、少なくとも七十人の馬にまたがった男たちが轟音《ごうおん》をたてて、いっせいに駆け寄ってきた。

「なんてこと」テスは雌馬の手綱を引き、押し寄せる騎馬隊を呆然と見つめた。「陛下が旅するときだって、これほど大勢の側近は連れていかないわ」

「ライオネル王は部族の争いで荒廃した土地を横切る必要はない」ガレンが言った。「セディカーンじゃ、護衛隊は単なる飾りじゃないんだ」

「とくにいまは、タマールが国境近くの土地を自分の領地だと主張しているからな」サシャが渋い顔で付け加えた。

「タマールって?」テスが訊いた。

「タマール・ハッサン・シャイフだ」ガレンはどこかうわの空で答えると、あつらえのコートを脱いで鞍《くら》の前部に引っかけてから、スカーフを取って慎重な手つきでコートの上に置いた。そして、シャツの上部三つのボタンをはずした。

「何をしているの?」テスが訊いた。

「こんな間抜けな衣装、着ていられるか。家に帰ってきたんだ」

ガレンは不敵な笑いを浮かべた。白い歯がブロンズ色の顔のなかできらめいて見える。テスは目を奪われた。目の前のガレンはこれまで見たこともないような荒々しさと奔放さを身にまとっている。熱を帯びた風が額《ひたい》からふわりと黒髪を持ちあげ、興奮ぎみにきらめく瞳をあらわにした。青々とした空の下で揺らめくこの不毛な黄金色の砂漠を、いとしげに〈家〉と呼んだ彼の心が伝わってくる気がした。彼はたしかに、この冷酷にして美しい土地とともに生きてきた人間なのだ。

「彼女を連れていってくれ、サシャ。おれはカリムに会わなけりゃならない」ガレンは馬の腹を蹴《け》って走りだし、サイードもそのあとに続いた。

テスは馬の背にまたがったまま、ガレンが隊に合流するや大喜びで出迎える男たちの様子を眺めていた。最初は甲高い声や大声をあげていただけの彼らだったが、そのうちに、突如としてガレンを取り囲んだ。遠目からも、ガレンを取り囲む男たちの顔に、尊敬と言ってもいいほどの愛情と敬意が溢《あふ》れているのが見てとれる。

「愛されているのね、彼は」テスは感慨深げにつぶやいた。

サシャがうなずいた。「そりゃあ、そうさ。彼のおかげでエル・ザランは活気が保たれて、こうして繁栄しているんだから」

「そうじゃないわ。それだけじゃない」

サシャは思案げなまなざしを彼女に向けた。「あいかわらず鋭いな。ガレンは言ってみればカメレオンなんだ。必要とあればどんなものにもなろうとする。どんな状況にも対応し、求められるものはなんでも提供する。彼はエル・ザランが必要とするものはすべて与え、そのかわりに彼らは絶対的な愛情と忠誠を差しだす。言っただろう、彼は絶大な権力の持ち主だと」

旅に出て以来はじめて、言いようのない不安がテスの胸に兆した。もしガレンがサシャの言うようにカメレオンのような人間だとしたら、少しは理解しはじめたと思っている男性はじつは存在しないことになる。ふいにテスは、この野蛮な土地で一人っきりになったような心細さを覚えた。

「いまごろ後悔したって遅いぞ」サシャが見透かしたように言う。

テスはつと頭をもたげた。「後悔なんてしちゃいないわ。いいえ、したとしてもほんの少しだけ」馬の腹を蹴って駆けだした。「さあ、行きましょう。お腹がすいたわ」

テスが近づいていくと、男たちは突如、水を打ったように静まりかえった。テスは居心地の悪さを覚え、サシャが隣りにいてくれることがつくづくありがたかった。ガレンはと言えば、立派な鹿毛《かげ》の馬にまたがった、目を見張るほどハンサムな若者と話をしている。会話に没頭している彼の様子に、テスはまたも突き放されたような気がして、激しい孤独感に襲われた。

「タマールのことで何かわかったのか？」二人のすぐ近くまで達したところで、サシャが呼びかけた。

「いや、なんの痕跡もない」ガレンは渋い顔で答えた。「だからといって、やつがこのあたりをうろついていないということにはならないが」

ガレンのかたわらの美しい若者がぱっと顔を染め、すばやく口を挟んだ。「お言葉ですが、努めて入念に調べ尽くしましたよ、マジロン」

「それも絶対ということにはならない。なにせタマールはずる賢いオオカミだからな」ガレンは横を向き、何やら小声で男に耳打ちした。

あからさまに自分を無視するようなガレンの態度に、テスは腹が立った。しかし、すぐに思いなおした。腹を立てるほうがどうかしている。二人が交わした契約のなかに、彼が常にそばにいなくてはならないという条件は含まれていない。自分のことは自分で解決しなくては。テスはずいと馬を前に進ませると、ガレンの目の前で止まった。「とても疲れてるの。

水と食べ物をもらえないかしら、閣下」

　ガレンはうつけた表情で目を上げると、軽い調子でかたわらの男のほうを手で示した。「妻を紹介しよう、カリム。こっちはおれの隊の中尉、カリム・ランミールだ、テス」

　カリムのきわめて美しい顔立ちに、驚きと、ついで憤りの色がかすめた。彼は丁重にお辞儀した。「マジーラ」

「カリム閣下」テスはうなずき、それからまたガレンに目を向けた。「聞こえたでしょう。お腹がすいてるの」

　テスの口調に挑戦的な響きを感じ取り、ガレンは目を細めて彼女の顔を見た。口のまわりに緊張による皺が走り、細身の体はこわばって背筋が不自然なほど伸びている。ガレンは微笑んだ。「そういうことなら、もちろん食事を提供しないわけにはいかない。その点についてはすでに話し合いで、おれの義務が明確になっているんだからな」サイードに向きなおった。「おれのテントに連れていって、なんでも彼女の求めるものを与えてやってくれ、サイード」

「あなたもあとで来るの?」テスが訊いた。

　ガレンは一瞬、驚いたような顔をした。「そうしてほしいのか?」

「べつにどっちでも」テスはどうでもいいように肩をすくめてみせたが、はたして彼の目にそう映ってくれたかどうか。「ただ、あなたが来るかどうか知っておきたかっただけ」ガレンが答えるよりも早く、さっと背を向けると、男たちのあいだを縫って馬を進めていく。あくまでも背筋をまっすぐに伸ばし、顔を上げたままで。

「カリムって誰？」サイードと並んで、縞模様のガレンのテントに向かいながら、テスが訊いた。そのテントは、ちょうどオアシスの中心部に当たるきらめく青い池のそばにあった。

「副司令官ですよ。優秀な戦士で、みんなから尊敬されています」

「副司令官はサシャだとばかり思ってたわ」

「まさか！」サイードは激しく首を横に振った。「そんなことはありえません。サシャ閣下はよそ者です。エル・ザランの人間じゃないんですから」

テスの唇がゆがんだ。「そのよそ者があなたたちのマジロンの友達になって、あなたたちのために戦っているとはね」

サイードはうなずいた。「侮辱したつもりはないんです。彼はエル・ザランにとって真の友人です。ここの人間はみな、彼のことが大好きですよ」

それでも、彼を自分たちの仲間の一人として受け入れようとはしない。たとえ、長年にわたって仕えてくれたとしても。テスの孤立感はいっそう深まった。「サシャが聞いたら喜ぶわね」

「彼も居心地がいいようですよ」サイードの唇にわずかに笑みらしきものが浮かんだ。「なんたって、ここの女性たちはこぞって彼に夢中なんですから」しゃべりすぎたことに自分でも驚いたとでもいうように、慌てて笑みを収めた。「すみません、無礼なことを口にしました、マジーラ」

「いいのよ、べつに」テスは不快げに彼に目をくれた。「このあたりでおたがいに理解しておいたほうがいいようね。どのみちこれから、多くの時間を一緒に過ごすようになるんだから。わたしはエル・ザランの女性たちとは違うし、彼女たちのように振る舞うつもりもないの。女性たちとゴシップに興じるよりも、厩舎でおしゃべりするほうが性に合ってる。あなたに無分別だと言われようが気にしないわ」そこでひと息ついた。「それと、ほんとのことを言うと、こうやっておしゃべりしてると少しは……」自分の心もとない気持ちを表わす言葉を探し、やがてそっけなく言う。「寂しさが紛れる気がするの」

サイードの表情がにわかにやわらいだ。彼はテントの前で馬から降りると、テスに手を貸して降ろしてやった。「寂しいわけがありませんよ。宮廷の女性たちはマジーラと友達になれることを光栄に思うに決まってます。そうじゃなかったら、マジロンが黙っていませんから」

「そうかしら」テスはサイードの手を握り、鞍頭をまたいで横鞍から滑りおりた。「でも、自分の闘いは自分でしないと。あなたのご主人さまに頼ってばかりいられないわ」

テスはきびすを返すと、大股でテントに入っていった。

サイードは手洗いや洗面用の水をせっせと運び入れ、テスがそれでひと息つくと見るや、今度は食事の支度を整えるために忙しく立ち働いた。手の込んだ美しいペルシャ絨毯《じゆうたん》の上に皿を用意し、繊細な味付けのウサギのシチューを注ぐ。前夜のカフェの食事よりもはるかにおいしかった。「マジロンとわたしのいとこは、一緒に食べないの？」

サイードはかぶりを振った。「お二人は焚き火のそばで男たちと一緒に食べるんです」

「そう」少し休んだことで、いきなり放りこまれた奇妙な状況に対する当初の不安もいくらかやわらいできた。「わたしも彼らと一緒に食べることにするわ」ボウルを拾いあげて立ちあがると、サイードが恐怖で顔をこわばらせ、激しく首を振った。「だめ？」

「あなたがテントを離れるのを黙認したとなれば、わたしがマジロンにひどく叱《しか》られます。そんなことは――」

「ふさわしい行為じゃない」テスが引き取って言った。「野蛮な土地のわりには、あなたたちの習慣っていらいらするほど厳格なのね」

「野蛮ですと？」男は心外そうな声を出した。「エル・ザラン族は野蛮じゃありません。ほかの部族は野蛮には違いないですが、わたしたちにはマジロンが定めた慣わしというものがあります」また顔をしかめた。「やっぱり焚き火のところへ行かれますか？」

「いいえ、やめたわ」今夜は疲れきっていて、エル・ザランの慣わしを破って非難された際に、立ち向かうだけの気力はない。それにテスはサイードに好意を抱きはじめていた。彼がガレンの不興を買うような事態を引き起こしたくはなかった。「でも、このテントのなかにじっとしているのは暑くて耐えられない」

サイードはしばらく考えこんだ。「入口のすぐ外にラグを広げてさしあげましょう。そうすれば、涼しい夜風にあたることができるでしょうから。ランタンを消してしまえば、あなたのほうからは見えても、男たちから見られる心配はありませんよ」

「わざわざそんな——」テスはため息をついた。「いいわ。好きなようにやって。ラグを運んでちょうだい」

テントの外に寝そべってみると、たしかにひんやりした風が顔を撫でつけた。サイードは数ヤード離れたところに自分用にラグを広げて座っている。そのじつテスは、本気で涼しさを求めたわけではなかった。テントのなかの暑さならどうにか耐えることもできた。けれど、池を挟んだ向かいの焚き火を囲んで繰り広げられる宴から、自分が完全に疎外されているという事実にはどうにも我慢ならなかった。あそこには笑い声と楽しげな会話と、ともに生活する男たちの友情が満ち溢れている。当初の恐れがきれいさっぱり消え去ったいま、テスは彼らの輪に加われたらどんなにいいだろうと切実に思った。

焚き火の一番奥に、ガレンの姿を見つけた。テスは目を疑った。彼は頭をのけぞらせ、かたわらのカリムの言葉に大笑いしている。カリムも微笑み、輪になって座っている男たちもまるで磁石に吸い寄せられるように、ガレンのそばに近寄ってくる。こんな表情のガレンを見るのははじめてだった。彼は自分の仲間の前でしか、こんな思いやり溢れる表情や屈託のなさを見せることはないのだろうか？　いえ、サシャならこういう彼の姿を見たことがあるはずだ。だって彼は六年ものあいだ、ガレンに従い、彼のために戦ってきたのだから。

もの悲しくも美しい、まるでどこかで人がむせび泣いているような音色が聞こえ、テスは驚いて振り返った。サイードがアシの茎で作った笛を吹いていた。えも言われぬほど美しいその音色は闇や砂や炎と溶け合って、このときと場所にふさわしい、まさに絶妙なハーモニーを生みだしていた。サイードが笛を唇から離すと、テスは声をかけた。「とてもすてきだったわ、サイード」

サイードは少しはにかむような顔をしてから、ぶっきらぼうに言った。「マジロンだって怒りゃしませんよ。単なる暇つぶしですから。もっとも、マジーラをお守りする者としては――」

「ふさわしくない」テスがまた引き取って言った。この言葉にはほとほとうんざりだ。「ふさわしいに決まってるわ。美しいものはすべてふさわしいの。もう少し吹いてちょうだい」

「そろそろなかに入らなくても大丈夫ですか？」

「もう少しここにいたいの」テスは急いで付け加えた。「あなたの言ったとおり、涼しい風が吹いて心地いいわ」それに、焚き火を囲んで男たちと談笑するガレンの表情を、眺めていたかった。警戒心を解いているときの彼を観察すれば、ひょっとして彼の内面をうかがい知ることができるかもしれない。

サイードが笛を吹きつづけていた。テスはラグの上にさらにゆったりと身を横たえ、引きこまれるように夫を見つめた。


ガレンが焚き火を離れ、池の周囲をまわってテントに戻ってきたときには、すでに十時近くになっていた。彼は驚いてテスの前で足を止めた。「てっきり、もう眠っていると思っていたが」

テスはあたふたと立ちあがった。「疲れていたけど、眠くなかったから」

「サイードに必要なものをちゃんと用意してもらったか？」

「話し相手以外は」テスはいやみたらしく言い添えた。「あなたとサシャはお楽しみだったみたいだけど」

ガレンがテントのフラップを持ちあげると、テスは先になかに入った。ガレンはさっそくバーヌース（アラビア人などが着るフード付きマント）を脱ぎ、低い長椅子のクッションの上に放り投げた。「二週間近く留守にしていたんだ。カリムには報告してもらうことがたくさんある」

「仕事の話をしているようには見えなかったけど」

ガレンは振り向き、眉をひそめて彼女を見た。「なんだか、夫の浮気を疑ってあれこれ詮《せん》索《さく》する妻みたいな口ぶりだな」

テスは顔を赤らめた。「そんなんじゃない。ただ興味があったし……正直、退屈してたから」しかめっ面をする。「わたしも焚き火のところへ行こうと思ったんだけど、それらしきことをちょっと口にしたら、たちまちサイードが取り乱しちゃって」

「それはそうだろう」

「どうして？　タムロヴィアの宮廷の人間が旅するときには、女性たちが蒸し暑いテントのなかに追いやられることなんてありえないわ」

「ここは居心地が悪かったのか？」

「そうじゃない」テスはテントのなかを見まわした。美しい模様が施された肉厚のカーペットが地面に敷き詰められ、見渡すかぎり、カラフルなシルクのクッションやら、手の込んだ細工の真鍮《しんちゅう》製ランタンやら、宝石のちりばめられたシルバーの燭台などが、そこここに飾られている。「宮殿でも、これほど贅沢《ぜいたく》な調度品のある部屋は見たことがないわ」すぐに本来の話題に戻す。「でもここに閉じこめられてるのはごめんなの」

「それなら、もっと居心地よくする方法を探すとしよう」

「それでもここにはいたくない。夜はあなたたちと一緒に焚き火のそばに行ってもかまわないでしょう？　宮廷では――」

「おまえのところの宮廷の男たちは、四週間も女っ気なしで過ごすことなんてないだろう」

ガレンは無遠慮な口調で遮った。「それにタムロヴィアの廷臣たちは、うちの部族民に比べりゃ、生まれたての子犬みたいに従順だ」

テスは目を見開いた。「彼らに辱《はずかし》めを受けると？」

「まさか。おまえはわたしのものだ。彼らがそんなことをするわけがない。ただ、おまえの姿を目にすれば、彼らは当然ながら欲望に駆られて苦しみを味わう」

テスの顔がぱっと紅潮した。「ずいぶん残酷な言い方をするのね」

「残酷なのはその事実だよ。おまえにはその点を理解してもらわないと。おれは自分の部下に、不必要な苦しみを与えることはしない」

「わたしが苦しんだほうがましだと？」テスは彼をにらみつけた。「自分の部下なら、体の反応ぐらいちゃんとコントロールするように教えたらどうなの？ どっちみち、わたしは魅力的でもなんでもないんだし」

ガレンはかすかに微笑んだ。「おまえの魅力についちゃ、昨夜充分話し合って結論が出たと思ったがな」

これ以上熱くなりようのないほど紅潮していた頬が、さらに赤らんだ。「誰もがわたしを魅力的だと思うわけじゃないわ。あなたの趣味はちょっと変わってるのよ」

彼が低く笑い、一瞬、その顔は部下と一緒に笑ったり冗談を言い合っていたときのように若々しく見えた。「おれの趣味は少しも変わっちゃいないよ。おまえには、たいていの女には見られない資質がある」

テスは用心深い目で彼を見つめた。「どんな?」

「生命力だよ」ガレンの目がテスの目を捉え、その表情がにわかに真剣みを帯びた。「おまえほど生命力に溢れた女は会ったことがないよ、キレン」

ガレンと目を合わせながら、テスは下腹部が打ち震えるのを感じた。慌てて視線をはずし、カーペットの模様に目を落とす。「あなたの国の女性たちは元気がないの?」

「元気はあるさ」ガレンがやさしく言う。「しかし彼女たちには、ただ歩きまわるだけで、テントのなかを明るく輝かせるような芸当はできない」

またも胃のあたりがむずむずし、それと同時に奇妙な息苦しさが襲った。「耳障りのいい言葉ね。でも、ようするにわたしはテントに留まってなけりゃならないと言ってるのと同じだわ」

「おまえの輝きを独り占めしたいと言ってるんだ」

自分でも戸惑うほどの強烈な喜びが胸に込みあげた。彼の言葉一つでこんなにも気持ちが揺さぶられるなんて、どうしたことだろう。ガレンは自分に求められるものならなんでも与えようとする、とサシャが言ってたっけ。ということは、この奇妙な下腹部のうずきこそわたしが求めるものと、彼は考えたんだろうか。「それもまた、耳障りのいい言葉だわ」テスは無理やり視線を上げて彼をまっすぐに見つめると、さりげなく話題を変えた。「ローブ姿だと感じが違って見えるのね」

「よけいに野蛮に見えると?」

「そうは言ってない」テスは慌てて否定した。

「でも、心のなかでは思った」ガレンは苦笑いをした。「おれはおまえたち西洋のやり方をいろいろ取り入れてるが、この国のやり方をすべて捨て去るつもりはない。われわれが身に着けるローブの素材は薄くて着心地がいい。それに白は日差しを反射してくれる」テントの隅に置かれた小さな旅行鞄《かばん》に歩み寄る。「そういや、そんなベルベットの乗馬服じゃ、さぞかし暑くて不快だろう。そいつをどうにかしなければな」鞄のなかをかきまわし、ようやく彼が身に着けているのによく似たローブを探しあてた。「さあ、これを着てみろ」振り向きざまにローブを彼女に向かって放り投げた。「ずっと過ごしやすいはずだぞ」

「この乗馬服だって、充分過ごしやすいわ」

「それに充分不格好だ。テントから出て男たちの目にさらされても、おれは安心していられる」ガレンはテスの目を見つめた。「だが、二人きりのときはべつだ。このローブを着てくれ」

男性を喜ばせるために服をまとう。妻なら誰でもやっていることなのかもしれないが、その考えはどこか……親密な意味合いを伴う。突如、二人のあいだの空気が変わり、重くなった気がした。手にした綿のローブのやわらかな感触、闇に染みとおるサイードの笛の音、こちらを見つめるガレンの真剣な表情。その一つ一つが奇妙に意識される。テスは唾を呑んだ。

「いいわ」茶色の乗馬服の襟元のボタンをはずしはじめる。

ガレンはしばし見つめていたが、やがてくるりと背を向け、テントの入口に向かって歩いていく。

「どこかへ行くの?」テスが驚いて訊いた。「わたしはまたてっきり——」口ごもり、下唇を舌で湿らせた。

「おまえが脱ぐところを見ていると思ったか?」ガレンは微笑んだ。「たしかにそうしたいところだ。昨夜の宿ではそれも簡単だった。西洋式のごちゃごちゃした衣装をあれこれ身に着けていたからな。しかし、ここでのおれはずっと自由だ。だから気をつけなけりゃならない」テントのフラップを持ちあげ、次の瞬間には、外に立つ彼の姿が月明かりを受けて、闇夜を背景に浮かびあがった。

彼はどこかに行くわけじゃないんだ。胸に兆した安堵《あんど》感に、テスは困惑と恐怖を覚えた。いいえ、彼に立ち去ってほしくないなんて思うのは、こんな慣れない土地に来て心細い思いをしているから。それだけのこと。彼が焚き火に集まる男たちのところへ戻ったところで、少しもかまやしない。

「まだか?」ガレンが彼女のほうを見ずに、やさしく訊いた。

テスは慌てて手を動かし、乗馬服のボタンをはずした。数分後には裸になり、やわらかなローブに袖《そで》を通した。

それはテスにはいささか大きすぎた。裾《すそ》は床を擦り、袖は滑稽《こっけい》なほどに長く、だらりと垂れさがってしまう。彼女の小柄な体格では、魅惑的どころか、いかにも間抜けに見える。テスは旅行鞄に歩み寄ってなかをかきまわし、黒のシルクの飾り帯を見つけると、ウエストの位置に三回ほど巻きつけて体の前で結び、ついでに袖を肘までまくりあげた。大きすぎて着心地が悪いかと思いきや、乗馬服に比べて空気のように軽い綿の感触がことのほか心地よかった。テスは両手で軽く髪をほぐしてから、入口に忍び寄った。「すごく滑稽な格好だわ。笑わないと約束して」

「約束か」ガレンは依然として池の向こうの焚き火を眺めやっている。「しかし、笑いというのはこの世界では貴重なものだぞ」

「そうだけど、これ以上あなたに馬鹿にされるのはごめんだわ」テスは彼のすぐそばで足を止め、怖い顔で彼を見あげた。「あなたの期待とは百八十度違ってる。でも、わたしのせいじゃない。言ったはずよ、わたしは魅力的じゃないって」

「ああ、たしかにそう言った」ガレンの視線が、彼女の顔からローブで覆われた体へさっと移った。口元がひきつった。「たしかに少し……大きすぎたようだな」あっさりと真顔に戻る。「しかし、おまえは間違ってるよ。まさにおれの期待したとおりだ」

「ほんとに？」テスは疑うように眉をひそめた。ときによってころころと気分の変わる人間を、いったいどうすれば理解できるといっんだろう？　昨夜の彼は彼女が服を身に着けないでいることを望み、いまは顎《あご》からつま先まですっぽりと布に覆われるのが好ましいと言う。テスは肩をすくめた。「なんにしても、あなたの言ったとおりね。さっきの乗馬服よりはずっと着心地がいいわ」

「そう言ってもらえると嬉しいよ」ガレンの口の両端が持ちあがった。「自分が間違っていたと認めるのはいい気分じゃないからな」

「認めっこないわ。男の人は自分の過ちはけっして認めないものよ。父だって――」

ガレンは渋面を作った。「おまえの父親と比べるのはいい加減にしてくれないか」

彼が不機嫌になるのも理解できた。「ごめんなさい」テスは素直に謝った。「わたしが知ってる男の人なんてほんのひと握り。そんなんで判断するなんてフェアじゃないわね。父と同類に扱われたら、誰だって怒るに決まってるわ。だって、彼は好ましい人間とはとても言えないもの」

ガレンは笑顔になりかけたが、すぐに口元を引き締めた。「そう、好ましい人間とは言えない」手を伸ばして彼女の髪にやさしく触れた。「でももう心配する必要はないよ、父上のことは。キレン」

「心配なんてしてない」テスは肩をすくめた。「自分じゃどうにも変えられないことを心配したって、時間の無駄でしょ。人生において悪いことは受け入れて、いいことを楽しむほうが、ずっと賢いと思うの」

「ああ、ずっと賢い」ガレンの指が動き、テスの目の下の隈をそっと擦《こす》った。「グイナーからずいぶん速歩《はやあし》でここまでやってきた。今日はきつかっただろう？」

ガレンに触れられた部分がちくちくとうずき、昨夜と同じ興奮と恐れが胸に押し寄せた。あとずさりたい衝動を懸命に押し殺す。「いいえ。こう見えてもそれほどやわじゃないのよ。ただ、昨夜はあまり眠れなくて」うっかり口走り、テスは慌てた。「べつにそういう意味じゃ――」

「わかってる。おれもよく眠れなかった」ガレンは彼女の体をくるりと向こうに向けると、テントのほうにやさしく促した。「だから今日はわざとペースを上げたんだ。疲れきって、今夜はよく眠れるように。お休み、キーン」

「あなたは一緒に来ないの？」

「あとで行く。先に休むといい」

テスは言い返そうとしたが、こちらを向いた彼の背中に得体の知れない緊張感を感じ取り、口をつぐんだ。それでもどういうわけか、すぐに立ち去る気になれなかった。「明日は何時に出発するの？」

「夜明けとともに発つ」

「ザランダンまではどれぐらい？」

「あと五日だ」

「それじゃ――」

「さっさと寝ろ、テス!」

その声に潜む抑制された強暴さに、テスは飛びあがった。あたふたとテントの入口に向かう。「わかったわ」テントに入るや、ようやく歩を緩め、カーテンで仕切られた寝床にゆっくり入っていった。そうよ、ガレンが追いかけてくるわけでもなし。逃げる必要なんてないのに。

テスは薄いカーテンを引くと、低くて大きな長椅子の上に積み重ねられたクッションに身を沈めた。あんな乱暴な言い方をされて黙っていられるもんですか。シルクのような肌触りの枕に顔をすりよせながら思う。それにしても、この長椅子はなんて寝心地がいいのかしら。あの宿のベッドとは比べものにならないし……。


ベージュのサテン地の枕に広がったテスの巻き毛は、さながら深紅の炎のように見えた。ガレンが与えたローブがはだけて華奢な肩があらわになり、その肌はベルベットのようにやわらかで、サテン地さえかすむほどの輝きを放っていた。

テスがもぞもぞとみじろぎし、寝返りを打った。美しい脚が綿のローブの端からはみだした。肉感的な太ももではないが、ほどよく筋肉の付いた力強い脚だ。

美しい。ガレンは彼女を見おろして立ち尽くしながら、股間が痛いほど堅くなるのを感じた。彼女にわざと大きめのローブを着させたのは、昨夜のように裸の彼女を見ないですむようにと考えてのことだった。それなのに、中途半端に肌を露出したこの姿が、かえってこれほどの刺激をもたらすとは。

セディカーンに帰ってきたせいだ、とガレンは自分に言い聞かせた。この苦しいほどの体の反応を引き起こしているのは、いまだ女になりきれていない目の前の少女なんかじゃない。故郷の土地に戻ると、いつもきまって自分のなかの不安と荒々しさが頭をもたげてくる。過去に犯した放蕩の記憶はあまりにも鮮明で、砂漠に戻ってくるたびに蘇ってくる。しかし、これほどの荒々しさ、これほど激しく女を求めたことはかつてない……。

だとしても、コントロールできないことはないはずだ。なんとしても抑えなくては。

いや、そんな必要がどこにある？　彼女は単なる一人の女。ほかの女となんら変わりはないじゃないか。

そうじゃない。同じなものか。彼女には男も顔負けの道義心というものがある。契約を結んだからには、かならずや彼女はそれを守るだろう。ようは、ほんの少し手を伸ばせば、彼女を手に入れることができる。彼女の女性の部分を覆うやわらかで湿った巻き毛に、そっと手のひらを押しあて、あのセリクにしてやるようにやさしく撫でつけることもできる。敏感な秘密の核を探しあてて刺激し、彼女に歓喜の声をあげさせることも、彼女をひざまずかせ、力ずくで――。

力ずく？　その言葉でいっきに冷水を浴びせられたような気分に襲われた。女に対して力を行使しようとするのは、真の野蛮人のみだ。

ガレンはすばやく服を脱ぎ、テントの柱に吊りさがっている銅製ランタンのろうそくを吹き消すと、テスのかたわらのクッションの上に腰を下ろした。彼女の体に触れないよう、細心の注意を払って。いまや股間のうずきは耐えがたいほどの痛みに変わっている。彼女に背を向けたまま、そろそろと横たわる。心臓が激しく肋骨を打ち叩いていた。

大丈夫、コントロールできないわけがない。おれはそこまで野蛮な人間ではないし——。クッションがきしむのがわかった。ラベンダーと女性特有の香りがほのかに漂ってきて、ガレンはそれをできるだけ吸いこむことのないよう、懸命に息づかいを浅くした。

そのとき、髪に彼女の指が触れるのを感じた。

全身の筋肉が固まった。「テス？」

テスは半分ねぼけているのか、ものうげになにごとかつぶやき、彼のうなじあたりをしきりに指で撫でつけている。

「何を——」彼女の指先が肩を擦り、ガレンの全身に震えが走った。「何をしている？」

テスは一つに束ねた彼の髪からリボンを引き抜き、かたわらに放り投げた。「妻の務め……」

テスはふたたび離れていき、ほどなく規則正しい息づかいが聞こえてきた。また眠りに落ちたんだろう。

妻の務め？　これほど欲求不満で苦悩していなければ、大声で笑いたいところだ。そう、できれば彼女に、その妻の〈務め〉がどういうものなのか、手取り足取り教えてやりたかった。彼女の太もものあいだに分け入って、奥深く突きあげたい。彼女を砂漠のまんなかに馬で連れだして、彼女の尻を抱えてゆすり、自分のものを根元まで味わいつくさせたい。そして――。ガレンはそうした思いを無理やり脳裏から締めだし、ゆっくりと拳をほどいた。

野蛮な日々は過去のものとなったはずだ。もはや欲望のままに奪うような真似はできない。まずは考え、さらに考え、そして待つのだ。

くそっ、それにしても、この体をどうしてくれる？

「叫んでみろ。そのかわいらしい喉をぱっくり切り裂いてやるぞ」

しわがれ声に、テスははっと目覚めた。目を開けてはみたが、こちらに覆い被さる顔が暗闇のなかにぼんやり影となって浮かんで見えるだけだ。

いや、それどころか、不気味にきらめく短剣の先が、喉元に押しつけられているではないか！

わたしはここで死ぬのか。そんなのはあまりに不公平だ。よりによって、人生がいよいよ面白くなりそうだというこのときに死ぬなんて。

「彼はどこだ？」

　ガレンのことを言っているんだ。そう悟った瞬間、安堵感に頭がくらくらした。つまり、この男はまだガレンを殺してはいないということだ。ナイフの先が肉に食いこみ、生暖かな液体が喉を伝うのがわかった。

「どこだ?」

「ここだ!」男の背後にぬっと黒い影が現われ、短剣の先が男の喉元に突きつけられるのが見えた。「彼女を離せ、タマール」

テスに覆い被さっていた男がぴたっと動きを止めた。「おまえが息つく前に、この女の首を掻き切ることだってできるんだぞ、ガレン」

「やるならやってみろ。生きて、勝利を味わうことはできないだろうがな」

男は怯み、ついであろうことか、大きく頭をのけぞらせて大声で笑った。「さすがだな、ガレン。おまえの言う台詞にはいつも納得させられちまう」短剣がゆっくりとテスの喉元から遠ざかっていった。「剣を捨てろ。話し合おうじゃないか。もう終わりだ」

「おれの剣は、言葉よりもずっと説得力がある」ガレンが平静な声で言う。「おまえのほうこそ剣を捨てろ」

男はぞんざいな仕草で短剣を脇に放り投げた。

「よし。それじゃ彼女を離せ――ゆっくりだ」

「離すのはじつに惜しい。おまえのカディンの好みは、なかなかどうして、いつもたいしたものだったからな」男は乱暴に彼女の体を振りほどいた。「ランタンを点けてくれねえか。この女の顔をもっとよく見てみたい」

「おまえが点けろ。おれは両手を使える状態にしておきたい」

「疑り深いやつめ」ガレンがタマールと呼んだ男は、数ヤード離れた柱に吊りさがっている銅製のランタンに近づいた。「もうおしまいだと言っただろうが」石を打つ音が聞こえたかと思うと、すぐにランタンのなかで炎が揺らめいた。

ようやくタマールの顔を目にすることができた。若い男だ。ガレンと同い年ぐらいだろう。きちんと整えられた黒い顎鬚《ひげ》、流れるような黒髪、黒い瞳。並みの男性よりはいくらか背が高く、ガレンを振り返ったそのハンサムな顔立ちには、屈託のない笑みが浮かんでいる。

「期待どおりだな、ガレン。おまえが女を連れてきたと聞いて思ったんだ。今夜はさすがのおまえも死んだようにぐっすりだとな」

ガレンは白のローブをすっぽり被って裸体を覆い隠したが、片手にはなお短剣を握ったままだった。「あんなでかい音をたてて近づいてくれば、死人だって目を覚ますぞ、タマール」

タマールは顔をしかめた。「おまえはいつだってヒョウみたいに忍び足が得意だったが、おれは違う」低く笑い声を響かせる。「覚えてるか？　おまえがあのハーレムに忍びこんだときのこと――」

「昔の話だ」

タマールは悲しげに首を振った。「あの頃が懐かしいよ。いい時代だった」

「何をしにきた？」

タマールは眉を吊りあげた。「決まってるじゃないか。古くからの友人のガレン・ベン・ラッシドに会いにきたのさ」

「なんのために？」ガレンは繰り返した。

タマールは肩をすくめた。「単なる好奇心だ」

「その好奇心とやらを満足させるために、キャンプを横切りながらおれの部下を何人も殺したって言うのか？」

タマールはかぶりを振った。「誰にも出くわしゃしなかった」

「怪しいもんだな」

「おれがおまえに嘘をついたことがあるか？」

「必要なときには」

「たしかにそうだな。しかし、今回は必要もない。誰も殺しちゃいないさ」タマールはテスに目を向けた。「赤毛の女だと歩哨《ほしょう》から報告を受けた」彼女の顔をしげしげと眺めた。「きれいな肌だが、おまえがいつも選ぶカディンとはちと違うな、ガレン。この女の何におまえが惹かれたのか、もう少し調べる必要がある」

テスは慌てて起きあがった。「ガレン、この人が何者か、教えてもらえないかしら？」

「奇妙な発音だな」タマールがまた言った。「まさかおまえ、セディカーンの外で襲撃をやらかしてたのか？」

「彼女はフランスから戻ってきたばかりだ。ダイナーのカフェで拾った」

テスは驚いてガレンを顧みた。

「そう言われりゃそうだ。昔からおまえはフランス女にゃ目がなかったからな」タマールはぶらぶらとテスに近づいた。「で、具合はいいのか？」

「ああ、すこぶるいい」ガレンはちらっとテスに目をくれ、その首筋の傷に気づいて顔をこわばらせた。「くそっ、彼女を傷つけたな」足早にテントを横切ってテスのかたわらに膝をついた。「大丈夫か？」

タマールは額に皺を刻んだ。「何を大騒ぎしてる？　ほんのかすり傷じゃないか」

ガレンは彼のほうを見ずに警告した。「そろそろ帰る時間だぞ、タマール」テスの喉に走る小さな傷に指でやさしく触れる。「怖がらなくていい」

「怖がるもんですか」テスはタマールをねめつけた。「暗闇のなかをヘビみたいに忍び寄ってきて、眠っている女性を襲う男なんて、どうして怖がる必要があるの？」

タマールはぱっと顔を赤くし、醜く唇をゆがませた。「なんなら教えてやろうか？　売女《ばいた》め」傲然《ごうぜん》とした顔つきで彼女をにらみつけ、ぶっきらぼうに言う。「その女には教育が必要だな。おれに預けてみろ、ガレン」

「このおれがいつ、自分の持ち物をおまえに譲るような真似をした？」

タマールは驚いて彼を見た。「たかが女じゃないか。前にいくらでも分け合っただろう」

「彼女はまだ手に入れたばかりでね。目下、楽しんでる最中だ」

「それなら取引しようじゃないか。その女とふた晩過ごさせてくれりゃ、おれの領土を黙って通させてやる」

「おまえの領土じゃないだろう」

「おれがそうだと言えばそうなんだ」

「おれが違うと言えば違う。言葉なんてのはなんの意味も持たないさ」

「だが、血はおおいに意味を持つ」タマールは低い声で続けた。「それに、おれがどれだけ血の味を愛してるか、おまえならいやってほど知ってるだろう」

「ああ、知ってるとも」

「といっても、おまえには負ける。おまえときたら、戦いが熱を帯びてくるとえらく凶暴になる」

「それなら、熱を帯びないよう気をつけるんだな」ガレンが飽き飽きしたように言う。

タマールははたと彼を見つめた。いくつもの感情がその顔をかすめては消える。「おれを脅してるつもりか、相棒？」

「警告してるんだ、タマール」

タマールの視線が、カーペットに転がった自分の短剣にちらっと注がれた。テスは自分の太ももに押しつけられたガレンの太ももが、にわかに緊張するのがわかった。いつでも飛びかかれるよう身がまえている。

やがて、タマールがにやっと歯を剝きだした。「今夜はやめておくよ、ガレン。二日後にエル・カバールを襲撃する計画なんでな」茶化すようにお辞儀をしてみせる。「せいぜい、その女をかわいがってやれ。おれはエル・カバールのキャンプでいくらでも見つけられる」ざっとテントのなかを見まわした。「それじゃ、ワインでも一本もらうとするか。今夜のところはそいつで勘弁してやろう」

ガレンはあてつけがましくテスの喉元の傷を見つめ、唇を引き絞った。「ここにはワインはないよ、タマール」

タマールの顔に一瞬、不興の色がかすめたが、ほどなく肩をすくめた。「そうか。そういうことなら、おれの短剣だけは返してくれ」

「明日おれたちが立ち去ったあとに、池のそばのでかいヤシの木に突き刺さってるはずだ。帰り道に腹いせにおれの歩哨の喉でも掻き切られちゃ、かなわないからな」

「さすがにおれのことをわかってるな」タマールは低く笑い声を漏らした。すぐに真顔に戻って言う。「しかし、自分のことはさっぱりわかっちゃいない。一緒におれの野営地に来いよ、相棒。そうすりゃわかる」

「おやすみ、タマール」

「この次、また会おう」タマールはテスのほうに小首を傾げた。「痩せっぽちの女だが、小柄なのも悪かない。ちっちゃな女を突きあげてやりゃ、男は誰でも自分が雄牛にでもなった気になれる」わざとらしく彼女に向かってお辞儀する。「次に会うときには、おまえの女にもう少しましな口の利き方を教えてやるよ」捨て台詞を吐いて大股でテントをあとにした。

いつの間に息を詰めていたんだろう。テスはあらためて大きく息を吐いた。「すごく……興味深い体験だったわね」

「興味深い？　よほどその言葉が気に入ってるとみえる」驚きにも似たガレンの表情が、今度は敬意に取ってかわる。「しかし、そうだな。おまえならタマールを興味深いと思うかもしれない」

「あなたなら、彼のことをほかにどう言い表わすの？」

「殺し屋、強姦《ごうかん》者、悪党。セディカーンといえども、タマールほど邪悪なシャイフはそういない」

「あなたのことをよく知ってるような口ぶりだったけど」

「おれたちはザランダンで一緒に育った。一時期、彼の父親の部族とエル・ザラン族が協定を結んでいたことがあってね。ところがタマールが権力の座に就くと、協定は解消。やつは北に戻っていった」ガレンは立ちあがると、テントの柱に歩み寄ってランタンを吹き消した。

「さあ、もう少し眠るといい。やつは戻っちゃこない」

「彼はどうしてやってきたの？　いまの、理解できないわ」

ガレンはローブを脱ぎ捨て、長椅子に戻ってきた。「タマールの行動の理由なんてものは、誰も知りゃしないさ。単なる気まぐれだ」クッションに横たわり、手足を長々と伸ばす。

「始末に負えない山賊、あれこそ本物の野蛮人だ」

「でも、かつては友達だった」

「ああ、かつては」

ガレンはそれ以上語ろうとしなかったが、彼の体がなおも緊張しているのがテスには感じ取れた。

「ねえ、わたしのこと、なぜ彼に嘘をついたの？」

「そうするのが最善だったからだ。タマールはセディカーンの統一に反対している。いまのままの生活に満足してるんだ。もしおまえがおれの計画の一部だなんてことがやつに知れたら、やつはなんとしてもおまえを手に入れようとするだろう」

そういえば、あの男はわたしのことをなんて呼んでいたっけ？「カディンってなんのこと？」

「快楽のための女のことだ」

「わたしを妻だと打ち明けて、正体は隠し通すってことはできなかったのかしら？」

「できたかもしれないが、やつのことだ、疑ってかかるだろう。おれが結婚を望んでないことは、知ってるからな」

その言葉が、どういうわけかテスの胸に鋭く突き刺さった。ごくんと唾を呑みくだす。

「なるほど、そうかもしれないわね」じっと横たわったまま、この十五分間の驚くべき出来事を心のなかで反芻《はんすう》してみた。落ち着いたところでまた言った。「タマールの行動の意味なんて誰にもわからないって言ったけど、あなた自身はわかってるんじゃないの？」

「ああ、昔からタマールが次に何を企んでるか、想像がつく」

「どうやって？」

長いこと沈黙が続き、もはや返答はないんだろうとテスが思った矢先にガレンが言った。

「やつはおれの鏡だからだ」

「鏡？」

「彼は昔のおれ自身なんだよ。一歩間違えれば、いまのおれも、いつああいう姿に逆戻りしないともかぎらない」

テスは驚いて口走った。「だってあなた、彼は邪悪な悪党だって」

「そうだ」

「山賊で強姦者だって」

「そうだ」

こわばったガレンの体から、感情の波が幾重にも折り重なって襲いかかるのが感じられる。そこには、抑制がむずかしいほどの凶暴さもたしかに存在した。とはいえタマールの全身から滲みでていた悪意とはまるで別物だ。「間違ってるわ、あなた。あなたが彼のようになるなんてありえない」

「間違っちゃいないさ」ガレンはほとんど聞き取れないほどの声でつぶやいた。「しかし、絶対にそうはならない。おれが強ければ。意志を強くして戦いさえすれば。一瞬たりとも気を許さなければ……」

4

「ガレンから聞いたよ。昨夜、とんだ訪問者があったらしいな」翌日の夜明けに、サシャがテスを馬の背に持ちあげながら言った。「二度と起こらないから心配しなくていいぞ。タマールが歩哨の目を盗んで難なく忍びこんだことで、カリムはえらく屈辱を感じてる」

「ガレンに非難されたの?」

「ガレンは滅多にそんなことはしない。ただ、がっかりしたと言っただけだ」

「奇妙なやり方ね」

「それがガレンのやり方だし、常に効果を発揮してきた。マジロンの〈失望〉は、ほかのリーダーの叱責《しっせき》なんかより、よっぽど効くのさ」

テスは鼻に皺を寄せた。「カリムはきっと、わたしがあの野蛮なタマールに喉を掻き切られてしまえばよかったと思ってるでしょうね。彼はわたしのことが嫌いなんだもの」

サシャはさりげなく目をそらした。「そいつはきみの思いすごしだろう。きみのことをろくに知りもしないのに、嫌いもなにもあるわけがない」

テスはガレンが自分を紹介したときのカリムの憤りの表情を思いだし、首を振った。「思いすごしなんかじゃないわ」そのとき、ガレンの姿が目に入った。カリムと並んでキャンプをあとにしようとしている。「昨日のタマールのこと、あなたはよく知ってるの？」

「いや、じつはあまり知らないんだ。彼の部族とエル・ザランのあいだでここ数年、何度か小競り合いが繰り返されているんだが、ガレンは普段は彼を避けようとしてる」

「どうして？」

サシャは肩をすくめた。「さあ、どうしてだか。ガレンは彼のことはあまり話さないからな」

「二人は幼馴染みなんでしょう？　たぶん、ガレンはいまでもタマールのことをどこかで捨てきれないでいるのよ」

サシャはかぶりを振った。「ガレンはエル・ザランの問題に友情を差しはさむようなことは絶対にしないよ。むしろたがいの部族があまりに遠く隔たりすぎてしまって、もはや関わり合うこともほとんどないというのが現状だろう」

ガレンたちの姿はいまにも見えなくなりそうだった。「そうなのね、きっと」テスは手綱を握った。「さあ、行きましょう。ガレンがオアシスを出ていこうとしてるわ」

「急ぐ必要はない」サシャも自分の馬にまたがった。「ザランダンへは、きみはぼくと一緒にみんなの後ろからゆっくり行くことになってる」

「みんなと同じペースで行かれるわよ」テスは憤慨した。「乗馬にかけてはあなたよりも得意なんだから」

「そういう問題じゃない。ガレンはカリムと一緒に先に立って護衛隊を先導しなけりゃならないが、きみには本隊とは離れていてほしいと思ってるんだ」

「どういうこと？」テスは手綱を握りしめた。「昨日はテントに閉じこめられたと思ったら、今度は無理やり後ろに追いやられるの？　こういう扱いにはいい加減にうんざり――」

「そいつは心外だな」サシャが遮って言い、顔をしかめた。「何年かぶりに会ったっていうのに、もうぼくと一緒にはいたくないって言うのか？」

「そういう意味――」

「あと五日のことだ」サシャがなだめにかかる。「ザランダンに着けば、状況は変わる」

テスはしかめっ面をした。「自由が手に入る？」

「ある程度は」

テスは馬の腹を蹴って速歩で駆けだした。「全面的な自由よ」歯を食いしばって言う。「こういう息苦しい生活はまっぴらだわ。ザランダンに着いたら、黙っちゃいないんだから」

「マジーラ、待ってください！」

二人が揃って振り返ると、若い男が一人、猛然と疾駆してくる。男は目の前で手綱を引き、にっこり微笑んでから慇懃《いんぎん》にお辞儀した。「はじめてお目にかかります、マジーラ。あなたが本隊と別行動をなさるということで、道中、あなたをお守りし、お仕えするようカリムに申しつけられました。ユセフ・ベナルドンと申します」

「いとこの護衛役なら、このぼくが務めるよ、ユセフ」サシャがそっけなく言った。

ユセフは悪気のない目つきで彼を見つめた。まん丸の顔のなかで黒い瞳が、さながらボタンのようにくりくりと輝いている。「なるほど。では、わたしはあなたをお守りしましょう、サシャ。どっちにしろ、わたしには同じことですから」

「ぼくを守る？」サシャは素っ頓狂な声をあげた。

ユセフは瞼《まぶた》を閉じ、茶目っ気たっぷりにきらめく瞳を覆い隠した。「たしかに、これほどの名誉を授かるんですから驚くのも当然でしょう。セディカーン一の戦士を自由にできるなんて、たいていの人間は畏《おそ》れ多くて目がくらんでしまいますからね」

サシャは目を閉じた。「いかん。具合が悪くなってきた」

ユセフは軽やかに手を振った。「ほら、ごらんなさい。やっぱりマジーラにはわたしが必要だ。あなたはどうも神経が繊細すぎる」

サシャが怒りで目を見開いたのを見て、テスは笑いを噛《か》み殺した。いとこにとって、自分で自分の繊細な感受性を冗談の種にするのは問題なかったが、他人がそれを持ちだすのは我慢ならなかった。

ユセフはテスの顔に浮かんだ小さな笑みを目の端でめざとく捉えるや、おもねるような笑顔で彼女を振り返った。「お願いですから、カリムのもとには送り返さないでください。彼らといると、それはそれは退屈で寂しい思いをするんです。なんたって、ほかの男たちはこぞってわたしの勇敢さに嫉妬《しっと》するものですから。ここで一緒に旅したほうが、おたがいにとってずっと好ましいに決まってますよ」

「そうかしら」

ユセフは穏やかな笑みを浮かべた。「あなたとご一緒に旅ができるなら、それはもう天にも昇るほどの喜びです。かわりにいろいろ有益な話をしてさしあげますよ。けっして退屈はさせません。わたしと一緒なら、どんなに長い旅もあっという間に思えるでしょう」

「ほんとにそうなるのなら最高だけど」テスが言う。

「それじゃ話は決まりです」ユセフはまた魅惑的な笑顔に戻った。「先に行って、危険がないかどうか確かめてきますが、心配はご無用ですよ。こんなおぞましい退屈さのなかに、いつまでもあなたを一人で放っておくものですか」ユセフは男たちの隊列を追いかけて、オアシスから駆けだしていった。

小声で悪態をつくサシャを尻目に、テスはとめどなく笑いが溢れてどうしようもなかった。

「おかしいことなんてちっとも――」サシャもしぶしぶ表情をやわらげた。「カリムが体《てい》よく彼をここに追いやったのも、うなずけるよ。あいつの魂胆は見え見えだ。五日もやつと一緒にいたら、ガレンの部下は一人残らずいらいらして、護衛隊は崩壊してしまうだろうからな」

「彼は優秀な戦士じゃないの?」

「そうは言ってない。ガレンの部下のなかじゃ、一、二を争う戦士だよ。ただ残念ながら、彼は悪ふざけの天才でもある」

「わたしは好きだわ、彼のこと」

「だろうな。たいていの女性はユセフに好感を抱くんだ。それがまた、男たちの反感を買うべつの理由にもなる」

「彼は女たらしってこと?」だとしたら、あまりにも意外だ。ユセフはお世辞にもカリムやサシャのように飛び抜けて容姿が美しいわけでもなければ、ましてやガレンのような人を惹きつける力を備えているわけでもない。身長だって並みより若干高い程度で、たくましいというよりは、しなやかで機敏な印象だ。実際、きらめく瞳と快活な丸顔からは、人好きのするサルを思い起こさせた。

「女性に関しちゃ、来る者拒まずだよ。にこっとされればもう、夫とか父親とか些末な現実はどうでもよくなっちまう」サシャは肩をすくめた。「でも、心配しなくていい。彼は無分別だが、いかれちゃいない。マジーラを辱めるような真似はしないさ。ただきみを楽しませようと思ってるだけだ」顔をしかめた。「あんないたずら者、迷惑なだけなんだがな」

テスも口元を引き締めた。「ほんと、そのとおりよ」そう言いつつも、雌馬を走らせながら気分が沸きたつのを感じていた。カリムが彼女を楽しませるためにユセフを送りこんだわけではないことは明らかだった。それでも、いたずら好きのユセフの存在は、長旅の苦痛をやわらげてくれるという期待を高めずにはおかなかった。

「あそこです！」ユセフは指を差しながら歓喜の声をあげた。「ザランダンですよ」四分の一マイルほど先を行く縦隊を追いかけて走りだす。

「予想外だわ」テスはサシャと並んで丘の上で馬を止め、眼下の谷に広がる、城壁をめぐらした巨大な町を眺めやった。午後の陽光がその筆の先で、ターコイズ色の尖塔《せんとう》や白い石壁の家々に金箔《きんぱく》を散らしている。その美しさにテスは心の底まで揺さぶられる思いだった。「なんて素晴らしいの。ベラージョと同じぐらい大きな町なのね」

「似ているのはそこまでだよ」サシャが平坦な声音で言った。「ベラージョは西洋に傾倒してるが、ザランダンは紛れもなく東洋の町だ」

「でも、あなたは好んでこの土地で六年間も過ごしたんでしょう？」

「それは、この土地に呼ばれたからさ」

「どういう意味？」テスは不思議そうに尋ねた。

「そのうちにわかる」

二人は丘を下って町に入っていった。

説明した。

「ザランダンには独特の魅力があるんだ」二人で連れだって城門をくぐりながら、サシャが説明した。

人混みでごった返すザランダンの通りを進みながら、テスはなるほどと思わずにはいられなかった。スパイスの店やシルクを並べた露店では、ハトや白いボタンインコの入った巨大な籠《かご》を抱えた商人たちが、値切り交渉を中断し、市場を通過する騎兵隊の列を眺めている。

テスとサシャが市場に入ると、ユセフが戻ってきて合流した。「やっぱり、家に戻ってくるとほっとしますよ」満足そうに深々と息をついてから、あたふたと言い添えた。「あなたとご一緒した旅が楽しくなかったわけじゃないんですよ、マジーラ。この数日の素晴らしい体験は未来永劫《えいごう》、わたしの記憶に――」

「もういいわ、ユセフ」テスはうわの空で答え、両側に建ち並ぶ店や露店を熱を帯びたまなざしで交互に眺めやった。しばらくして奇妙な長い取っ手のついた、鮮やかな色合いの陶器がずらりと並んだ店を指さした。「あの店は何？　あんな形の花瓶は見たことないし、どれもまったく同じ大きさだわ」

ユセフは彼女が指し示した店にさりげなく目をくれた。「あれは花瓶じゃなくて、キャロベルというものです。カマールはザランダンじゅうに、素晴らしいキャロベルの店をいくつも持っているんですよ」にたりと歯を見せる。「それに、それはそれは美しい娘も」切なそうなまなざしを、また店に注ぐ。「顔立ちばかりか、心までも美しい娘を。ところで、マジーラ。無事にザランダンに到着したことですし、ここらでわたしは——」

テスは観念したように首を振った。自分と過ごしたこの数日のことなんて、気だても顔立ちもいい娘に会ったとたんに忘れ去られてしまうんだろう。でも、自分はこのいたずら者がいなくなったら一抹の寂しさに襲われるに違いない。サシャとユセフがともに旅をしてくれて、どれほど慰められたことだろう。なにしろ、最初の夜以来ガレンの姿をほとんど目にできなかったのだから。もちろんそんなことは、たいした問題じゃないけれど。「店主の娘さんのところへ行くといいわ、ユセフ」

ユセフはにっこりした。「またお目にかかれることを楽しみにしています、マジーラ」馬を方向転換させるや、大急ぎで店に取って返していった。

「少なくとも門をくぐるまでは、誘惑に耐えていたってことらしいな」サシャが言った。「彼にしちゃ珍しいよ。てっきり旅の途中で、山地の部族の女のもとを訪れてるとばかり思ってたのに」

いったん市場を抜けてしまえば、ベラージョやパリのように貧困を示す形跡があちこちに見られるだろうと思いきや、そうではなかった。家々はけっして大きくはないが驚くほど清潔で、住人たちも食料に不自由している気配はなく、活気溢れる表情を見せている。彼らはガレンのことは笑顔と歓声で派手に歓迎したが、騎馬隊の列が近づくと道の両側にさっと散らばった。

「宮殿はすぐそこだ」サシャは通りの突き当たりに広がる、巨大な中庭のほうにうなずいてみせた。

言われなくても気づかないわけがない。高さこそ二階建てにすぎないが、アーチ型の窓と繊細な雷文模様のバルコニーを備えた、日を奪われるほど美しい尖塔付きの建物。クリームがかったベージュの石造りのそれは、中庭の中央で日差しを一身に浴び、巨大な宝石のようにきらめいていた。

「なんて……すてきなの」

サシャは感きわまったようなテスの表情に気づき、心得顔にうなずいた。「言っただろう。この土地は人を呼ぶと……」

「ザランダンへようこそ」ガレンが馬から降りて、大股で二人に近づいてきた。

テスは物思いから引き戻され、はっと身がまえた。

ガレンのほうも彼女の警戒しきった表情を見て、眉を引きあげる。「気に入ってくれると嬉しいんだが」

「もちろんよ。気に入らないわけがないわ。こんなに美しいのに」

「意外だと思ってるんだろう?」ガレンはテスの体を持ちあげて、中庭に敷き詰められたモザイク模様のタイルの上に降ろしてやった。「前にも話したが、われわれ野蛮人にも、ある程度の快適な生活は約束されてる。金があれば、この世界のたいていのものは手に入るんだ」テスに鋭いまなざしを向けられて、慌ててかぶりを振る。「いや、おまえは買えなかった。金ごときと交換できる価値じゃないからな。しかし、金があればおまえのここでの滞在を快適なものにすることはできる」サイードに向きなおった。「彼女を部屋に案内して、ヴィアンヌに世話をするように言ってくれ」

「ぼくが連れていこう」サシャが急いで申しでた。「ほかにすることもないし」

ガレンは振り返って彼を見た。一瞬、その顔に不安の色がよぎったようにテスには見えたが、すぐに彼は肩をすくめて言う。「好きにしろ」そしてまたテスと向き合った。「ヴィアンヌに、日が暮れたらおまえの部屋で一緒に夕食を取ると伝えておいてくれ」

「忙しくなければ、の話でしょう？」

奥歯に物の挟まったような言い方に、ガレンは眉を吊りあげた。「今夜はそれほど忙しくはない」そう言い残し、カリムの待つ厩舎へ向かった。

カリムと連れだって厩舎のなかへ消えていくガレンの後ろ姿を見送りながら、テスは胸の奥で高揚感と説明のつかない憤りがせめぎ合うのを覚えていた。婚礼の夜以来、彼とは一度たりとも夕食をともにしたことはない。というよりも、ザランダンまでの道中で彼の姿はほとんど見かけなかった。彼は常に男たちと焚き火を囲んでいて、テントに戻ってくるのはテスが眠りに落ちてからだった。

「テス？」

振り返ると、サシャが物言いたげに、笑みを浮かべてこっちを見つめている。

彼はわざと大げさな仕草で、彼女を宮殿のなかへ促した。

テスが足早に階段を上るや、待ちかまえていたローブ姿の二人の護衛が、両側からさっとドアを開けた。「ヴィアンヌって？」

「ガレンの母違いの妹だよ」

「彼に妹さんがいるなんて知らなかったわ」むろん、それは驚くには値しなかった。なにしろ、夫について知っていることのほうが少ないぐらいなのだから。

「ガレンの母親は彼が十二歳のときに亡くなって、その直後に父親が再婚したんだ。ヴィアンヌはその結婚で生まれた唯一の子どもだ」サシャは先に立って、磨き抜かれた廊下を急ぎ足で歩いていく。その足取りは不自然なほどに弾んで見える。「ヴィアンヌのことはきみも気に入るはずだよ」

テスは顔をしかめた。「どうもわたしは、女の人とはなかなか仲よくなれないみたいなの。きっとずぶとい女に見えるのね」

「わからなくもない」サシャがにたりとする。「ボールルームよりも厩舎が好きだなんていう女性は、そう多くないからな。でも、ヴィアンヌとなら仲よくなれる」

「彼女も乗馬が好きなの？」

「そうじゃない。彼女はむしろ馬は苦手なほうだが、そんなことは問題ないさ」

テスは疑わしげな目つきで彼を見た。動物好きじゃない女性と親しくなれるとは、とても思えない。

その表情を目にして、サシャがくすくす笑う。「心配ない」彼は彫刻の施されたチーク材の扉の前で足を止めると、扉を開け、脇に寄ってテスになかに入るように促した。

やわらかなライトブルーのガウンを身に着けた、黒っぽい髪をした女性が進みでてきた。オリーブ色の頬を深いローズ色に染めて、サシャに向かってうやうやしく頭を下げた。「ようこそお戻りくださいました、閣下」テスに向き直ってやさしく微笑む。「ガレンからお話をうかがってから、お目にかかれるのを心待ちにしておりました。ようこそいらっしゃいました、マジーラ」

ヴィアンヌ・ベン・ラッシドからは温かさと思いやりが伝わってきた。大きな黒い瞳はユーモアを湛《たた》えてきらめき、美しい外見は内面の美しさが滲みでて輝くようだった。

「テスと呼んでください」テスは彼女に微笑みかけた。「ヴィアンヌを前にしてしかめっ面をしていられる人間などいるわけがない。「あなたという存在がいらっしゃることを知っていれば、わたしもお目にかかれることを心待ちにしてたところなんですけど、誰も教えてくれなかったものですから」

ヴィアンヌが大きく破顔した。「まあ、遠慮のない言い方をなさるのね」やさしく微笑む。

「率直さは素晴らしい美徳だわ。わたしは礼儀に縛られてしまって、あなたみたいに正直な物言いをできなくなってしまっているけれど」

テスは思わず噴きだした。「人によっては無礼だと思うみたいですけど。正直じゃなくて」

「あら、いやだ」ヴィアンヌはばつの悪そうな顔をした。「失礼なことを言ったのはわたしのほうね。そんなつもりで言ったんじゃなくて――」

「わかってます」テスは片手を挙げて彼女を制した。ヴィアンヌのやさしさと気高さという第一印象に惑わされてしまったが、どうやら彼女はテスよりもかろうじて年上という程度のようだ。はたしてこの若い女性は、無礼という言葉の意味を理解しているんだろうか、とテスはいぶかしんだ。「冗談を言ったんです。わたしったら、いつもこの調子で」サシャにちらっと目をくれると、彼はいまだうっとりとしたまなざしでヴィアンヌを見つめている。

「そうよね、サシャ?」

「は?」慌ててテスに目を向ける。「ああ、きみはいつだって生意気だよ」

テスは目をぱちくりさせた。こんな表情のサシャははじめてだし、ヴィアンヌの頬もまたもや真っ赤に染まっている。

「それじゃ、お世話をさせてもらうわ」ヴィアンヌは睫毛《まつげ》を伏せ、急いでサシャから顔をそむけた。「もしも、サシャ閣下が退室なさってくださるならですけど」

サシャは眉根を寄せ、それから短くうなずいた。「明日の朝、会おう、テス」きびすを返すや、そそくさと部屋を出ていった。

ヴィアンヌはほっと一つ吐息をつき、後ろ手に扉を閉めた。「まずはお風呂に入ってもらわないと。そのあいだに何か着るものを見つけておくわね」

「ガウンなら旅行鞄のなかに入ってるわ」

ヴィアンヌはかぶりを振ると、手を叩いて使用人を呼んでから、きびきびとした足取りで真珠の散りばめられた大きな衣装だんすに向かった。「ガレンから言いつかってるの。今夜のところはわたしの服のなかから何枚か貸してさしあげるようにって。そのうちに、彼が自分で選んで用意するつもりのようだけれど」

ヴィアンヌから借りたハイネックのガウンは、シルバーの縞目《しまめ》の入った真っ白なシフォン地で、テスの細い体に極端にぴったり沿うわけでも、完全に体の線を隠すわけでもなく、絶妙なラインを描いて体を包んでいた。

その夜、部屋に入るなり、ガレンは惚れ惚れとしたまなざしで彼女の全身を眺めた。「おれのローブよりはずっといい」そっけなく言う。「明日にはさっそく、おまえの服を見つくろわないとな」

「あなたがそんな細かいことにまで気をまわすなんて、驚きね。女性のファッションなんて面白くもなんともないでしょうに」

「細かいことを放ったままにしておくと、あるとき突然、手のつけようもない事態に陥ることがある。これまでに学んだ教訓だ」ガレンはかすかに口元を緩《ゆる》めた。「それに、妻の服装はおれにとっちゃ重大な案件だ」

「人目に触れないところに押しこめておいたとしても？」テスは冗談めかして訊いた。

「自分の問題は自分で処理するのがおれの信条だ」ガレンは部屋を横切って長椅子に向かう。

「それにいまや状況は変わった」

「どんなふうに？」

「まず第一に、おれたちはもはや男たちに囲まれちゃいない」ガレンはクッションの上に腰を下ろした。目の前の低いテーブルの上には、上質の陶磁器や宝石の散りばめられたゴブレットなどが、すでに滞りなく並べられている。「それに、薄っぺらな布ではなく堅固な壁に囲まれている」テスの目をじっとのぞき、声を落とした。「おれという人間は、とことん利己的でね。おまえの叫び声を自分以外の人間に聞かせたくないんだ」

テスは頬に熱が駆けあがるのを感じ、なぜか彼の顔から目が離せなくなった。「なるほどね」ぼんやりと応じる。彼の言うところの叫び声が意味することなら、ちゃんと理解している。子どもの頃からポーリーンやほかの大人たちが、情熱をほとばしらせ、苦しげに叫ぶのをいくらでも耳にしてきたのだ。「そういうことなら、がっかりするかもね。だってわたし——そういう行為って威厳に欠けると思ってるから」

ガレンは大声で笑った。「おまえもそう見えて、けっこう体面を気にするんだな」

テスはまた赤面した。「たしかにわたし、ときどき女らしくない振る舞いをするかもしれないけど、威厳を失うことはけっしてないわ」

ガレンは笑いを収めたが、ものやわらかな表情は留めたままだった。「ああ、おまえには威厳がある。それもきわめて好ましい種類の。自尊心に基づいたものではなく、ありのままの自分に対する自信に基づいた威厳だ」

驚いてテスは訊いた。「ほんとに?」

ガレンはうなずいた。「子どものときでさえ、おれは気づいてたよ。おまえのなかの威厳と道義心に。かならずや信頼に足る女性に成長するとわかっていた」

テスは体の芯《しん》が熱くなり、とろけるような感覚に襲われた。信頼に足る女性。まるでとんでもなく高価なプレゼントを受け取ったみたいな気がする。「ヴィアンヌも一緒に食事をするのかと思ってた」

ガレンはかぶりを振った。「彼女は女性同士で食事するんだ」

テスは額に皺を刻んだ。「どうして?」

挑むようなその口調に、ガレンは微笑んだ。「べつにおれが望んだわけじゃない。ヴィアンヌは母親から、昔ながらの古いやり方で育てられたんだ。それで、自分の部屋で食べるほうが落ち着くんだろう」

「それなら、新しいやり方に馴染ませてあげるように、あなたが努力すべきだったのよ」

「そんなことをすりゃ、毎日が戦いだ」

「外での戦いとはわけが違うわ」

「それはそうだが」ガレンは急に疲れきったような表情になった。「さすがのおれも、四六時中戦いに明け暮れるのではうんざりだ」

ふいにテスの胸に同情心が湧き、好戦的な物言いは影を潜めた。部屋を横切って彼に近づく。「心配はいらないわ。わたしが来たからにはなんとかしてあげる」

ガレンは微笑んだ。「ああ、頼んだよ。ただし、ヴィアンヌを沼に突き落とすような真似はしないでくれよ」

「そんなことするもんですか。わたしは彼女を気に入ってるのよ」ガレンの向かいのクッションに腰を下ろした。「それにしても、このお城にはヨーロッパの家具が少ないのね。あなたは長いことタムロヴィアに滞在していたから、てっきりたくさん輸入して――」

「タムロヴィアには必要以上に滞在しちゃいない。おれの居場所はここだ」簡潔な言葉だったが、並々ならぬ確信がこもっている。「エル・ザランとおれ自身に必要と思うものなら、他国からだろうと運んでくる。それだけだ」

「ダイニングテーブルは必要ないと？」

ガレンは首を振った。「床のほうがずっといい」

「どうして？」

「食べるというのは自然の行為だ。地面の近くに座るほうが落ち着くし、道理にかなっている。実際、おまえの国で使うクッション付きの硬い椅子に座るよりも、そうやってシルクのクッションに座るほうが心地いいと思わないか？」

言われてみれば、たしかにそのとおりだ。テスはゆっくりとうなずいた。「つまり、人生はシンプルで自然であるべきだと思ってるのね？」

「できるだけそうあるべきだとは思ってるよ。ただでさえ争いや悲劇が多くて、生きるという行為そのものがむずかしくなってる」ガレンは微笑んだ。「さあ、食べよう。もう充分に探索しただろう？」

「質問されるのはいや？」

「べつに。質問するのはおまえの権利だ」宝石の散りばめられたゴブレットにワインを注ぎ、テスに手渡した。「答えないのはおれの権利だが」

テスはワインを受け取り、中身の赤い液体に目を落とした。「もう一つ、訊きたいことがあるの」

「なんだ？」

「アポロとダフネを助けてくれたとき、わたしはあなたに約束した。なんでも望むものを与えるって」テスはつと目を上げ、テーブル越しに彼と目を合わせた。「あの宿で今回の取引を申しでたとき、あなたはその約束のことを持ちださなかった。なぜなの？」

「理由は二つある。一つは信頼だ。おまえには自分の意思でおれのところへ来てほしかった」

「二番目は？」

ガレンは笑みを浮かべた。「あの約束は、もっと有益な機会のために取っておきたくてね。とにかく、おまえをつなぎとめておきたかった」

二人のあいだの空気がふと艶めかしさを帯びた。部屋の隅に置かれた、アラバスター石製の巨大な花瓶に飾られたクチナシの香り、胸をかすめるやわらかなシフォンの感触、こちらを見つめる彼の真剣なまなざし。それらが急に意識されてくる。

テスは急いでワインをひと口すすった。熱と刺激がじょじょに喉を伝い落ちていく。「ばかに正直なのね」

「おれはいつも正直だ」ガレンは彼女の顔を見つめた。「アポロに会いたいかい？」

「今夜？」

ガレンは首を振った。「明日だ。朝の謁見が終わったら、迎えに来る」

迎えに来る？　ということは、今夜はこの部屋に留まるつもりはないのだろうか？

「そういうことだ」テスの表情を読み取ってガレンが言う。「あの晩は、ベッドにおれを迎えることに慣れてもらいたくてやったことだ。いまは、しばらく離れているべきだと思う」

「さっぱりわからないわ」テスは顔をしかめた。「それに、こういうどっちつかずの状態って、よけいに落ち着かない気がする」

ガレンの瞳がきらめいた。「おれだって好きでやってるわけじゃない。その〈どっちつかずの状態〉もじきに終わる」彼の顔にゆっくりと笑みが広がった。「そのときになったら、おれは毎晩おまえのベッドで過ごす。いや、日中だろうがかまわずベッドに入り浸る」

テスはまたも奇妙なうずきと息苦しさを覚えた。もう一度ワインを飲み、短くうなずいた。

「子どもを作るためにね」

ふいにガレンが表情をこわばらせ、自分のゴブレットにワインを注いだ。「もちろん、そうだ。そのためにおまえはここにいるんだからな」

「アポロは宮殿の厩舎にいるんだとばかり思ってたわ」白い石造りの小さな家を眺めやって、テスは眉をひそめた。ガレンとともにザランダンの細い通りを延々とやってきて、ようやくここに辿《たど》り着いたところだった。「そばに置いておくことはできなかったの?」

「やろうと思えばできたさ」ガレンはセリクから降りると、テスの体を持ちあげて雌馬から降ろしてやった。サイードに手綱を投げ、テスの腕を取る。「しかし、そうしないことに決めたんだ」

「どうして?　たしかにセディカーンに戻ってくる道すがらは、いろいろとあなたを悩ませたに違いないと思う。でも、だからといって――」

「タムロヴィアからの道中は、彼らのおかげでそれは惨めな思いをしたもんだ」ガレンが遮って言った。「しかし、彼らが宮殿じゃなくてここにいるのは、それが理由じゃない」飾りの付いた鉄門を開け、先に立って庭に入るよう彼女を促した。「ダフネとアポロをここに連れてくれれば、すべて丸く収まると思ったんだ。おれは常にあちこち旅をしなければならないから、おまえと同じように彼らの世話をしてやることはできない。かといって犬舎の小屋に閉じこめておくこともしたくなかった」テスに目を向ける。「彼らをあっちの小屋からこっちの小屋へとたびたび動かすのは、おまえだって賛成しないと思ったんだ」

「もちろんよ」テスはむずかしい顔のままだった。「でも、ここだって落ち着くとは思えないわ。いつもアポロのことを思いだしてたけど、てっきりあなたと一緒だと思ってた」

「彼らの世話を任されたんだ。彼らがどうすれば幸せでいられるか、おれはおれなりに精一杯考えたよ」ガレンは家のまわりを巡る小道にテスを案内した。「ちょうどザランダンに戻ってきたとき、丘陵地帯で些細ないざこざが起こって、おれの指揮官の一人とその妻が殺されたんだ。あとに十五歳の息子が残された。彼は独りぼっちで悲嘆に暮れていたものだから、ここに連れてきて、アポロとダフネの訓練の手伝いを任せてみたんだ」

「訓練？」テスは驚いて彼の顔を振り返った。「アポロを訓練しようとしたの？」

ガレンはうなずいた。「そして、成功した」

「狩りをさせるってこと？」

「そうじゃない。それは彼の気性に合っていなかった。その点はおまえの父上の過ちだな。アポロには殺し屋の本能は備わっちゃいない。しかし、追跡の能力に関しちゃなかなかのものだ」にやりとする。「いまやアポロは、砂漠の荒野だろうが、人や獣を追跡できる」

テスは信じられないとばかりに彼を見つめた。「アポロが？」

ガレンは笑みを収めて言った。「彼だっていつまでも跳ねまわるだけの子犬じゃいられない。残酷に利用されることはないにしても、生きる目的ってやつは達成しなきゃならなかった」

この数年、思いだすアポロの姿はいつも、手に負えない暴れん坊の友達だった。テスはどうにか笑顔をこしらえようとした。「で、ダフネは？　彼女の問題も解決したの？」

ガレンはうなずいた。「彼女はアポロほど追跡能力に長《た》けちゃいないが、追跡すること自体は好きらしい」いっとき間を置いた。「それに、アポロはいまやおじいちゃんだ。孫が何匹もいる」

「ダフネがついに彼を受け入れたのね？」

「結局、選択の問題だったんだ、力じゃなくて。おかげで、チャンスと選択を与えさえすればたいていは勝利できることを学ばせてもらった」

チャンスと選択。そうか、彼のわたしに対する態度と犬たちに対する忍耐は、同じ意味を持っている。「なるほど……ね」

「いや、おまえはわかっちゃいないよ、何も。チャンスと選択だけじゃ充分じゃない。雌自体がさかりがついてることも肝心なんだ」

露骨な言葉にテスは一瞬、たじろいだ。「さすがのあなたもその点はコントロールできなかったってわけね」わざと軽い調子で応じてみせる。

ガレンはにやりとした。「ある部分は自然に委ねることが肝心なんだ」

どこか淫《みだ》らな印象の笑みに、テスは慌てて目をそらした。ふと、いくつか通りを隔てた向こうに、周囲の建物に比べてひときわ高い屋敷の先端が目に入った。「立派なお屋敷だわ。誰が住んでいるの？」

「ユセフ・ベナルドンだよ」

「ユセフ？」テスはガレンに目を向けた。「彼はそんなにお金持ちなの？」

ガレンはうなずいた。「彼の父親はザランダン一裕福なシルク商人なんだ」

「それなのに、なぜユセフはあなたの護衛隊に？」

ガレンは肩をすくめた。「町の生活は単調だし、若い男ってのはたいがい、商いよりも戦闘を好む」ひと息ついてから、穏やかに続けた。「やけにユセフに興味があるようだな。やつを気に入ったか？」

「もちろんよ」テスは彼方の家を眺めたまま、ぼんやりと答えた。「そりゃそうでしょう？

彼のおかげでとても楽しい時間を過ごせたんだもの」

「ハンサムだとも思う?」

「そうだけど」言いながら、何やら考えこむ。「誰かと一緒にいるときのほうが、魅力的に見えるわね、彼は」

ガレンは唇を引き締めた。「おまえを彼と一緒にいさせたのは間違いだったようだな」テスが答える間もなく、彼は口をすぼめて鋭く口笛を吹いた。たちまち、けたたましい犬の吠え声とともに、二つの巨大な白い塊が家の周囲をまわって突進してきた。

テスの胸が熱くなった。ああ、六年のときを経てようやく……。

「アポロ!」くずおれるように地面に膝をつく。しかし、二頭の大型犬は彼女の前を素通りし、ガレンのもとへ走って狂ったように歓迎している。

「伏せ」ガレンが片手を挙げるや、二頭はぴたりと動きを止め、尻尾だけを狂おしげに振った。失望感をあらわにしたテスに気づき、彼は低く悪態をついた。「そんな顔をするな。たかが犬なんだ」

「わかってる」テスはぎこちなく笑顔をつくり、瞬きをして涙を堪えた。「わたしのことを覚えていてくれるなんて、期待するほうがおかしかったのよ。わたしは修道院でもいつも彼らのことを考えて……そのうちにきっと、思いだしてくれるわよね」

「時はたつんだ、テス」ガレンがやさしく慰めた。「何ものも変わらずにはいられない」

テスはすっくと立ちあがると、手早く乗馬服の埃《ほこり》を払った。「二頭とも、あなたのことが大好きなんだわ。よほど手厚く世話をしてくれたのね」

「くそっ、おまえから彼らの愛情を奪うつもりはなかったんだ」

「もちろん、わかってる。わたしは子犬の頃の彼らしか知らないから、成長する過程も見守れたらよかったのにと思っただけ」晴れやかに笑ってみせる。「頭ではちゃんとわかってるの」

ガレンは小声でなにごとかつぶやいた。「だが、おまえは傷ついてる」だみ声で言う。「こうなることを予想しておくべきだったよ」

「あなたは予言者じゃないのよ。動物がどんな反応を示すかなんて、知らなくて当然だわ」

テスは手を伸ばして、ダフネの艶《つや》やかな毛並みをいとしげに撫でつけた。「わたしが馬鹿だったのよ——」突然、二頭が小道を駆けだし、家のほうから近づいてくる一人の男性に突進していく。「誰が——」

それはカリムだった。けれど、テスがこれまで目にした、いかめしい顔つきの不機嫌なカリムとは別人だ。少年のように笑い、二頭の犬のほうも嬉しくてしょうがないといった様子で彼にじゃれついている。

テスは身動きできずにいた。「彼がこんなところで何をしてるの？」

「ここに住んでるのさ。六年前、父親を失った彼を山から連れてきたとき、この家を与えたんだ」

「さっき話していた少年がカリムなの?」テスは目を見張った。彼はなんて愛情溢れる仕草で犬に接するのだろう。「思いもよらなかった」

「彼はきわめて責任感の強い男でね。少年を卒業する前に、無理やり男にならざるをえなかったからなんだろう」

「彼のことが好きなのね?」

ガレンはうなずいた。「それに理解してもいる。おれもわずか十七歳にして父親が死んで、エル・ザランのシャイフになった」小道を歩いてカリムに近づいた。「ここに来たのは間違いだったな。カリムに挨拶して戻るとしよう」

ガレンを迎えるカリムの顔には、まだ朗らかな笑みが浮かんでいる。「あなたじゃないかと思っていました。アポロがこんなふうに飛びだしていくなんて――」テスの姿に気づいて、はっと口を閉ざす。たちまち笑みが消散し、彼は丁重にお辞儀した。「マジーラ」

テスは全身を冷たいものが駆け抜けるのを感じた。「ごきげんよう、カリム。アポロとダフネにこんなによくしてもらって、お礼を言わなければならないわね」

「それには及びません、マジーラ。わたしが好きでやってるだけですから」カリムはガレンに向きなおった。「これから二、三日の予定はいかがです? とくに用事がなければ、丘へ戻って大叔父に会ってこようと思うのですが」

「ああ、行ってくるといい。ただし、気をつけてな。今朝到着した使者の話だと、サイード・アバラの境界がまた襲撃を受けたらしい」

「いつだって警戒は怠ってやしません」弾けるような笑みを浮かべると、最後にまた犬たちをやさしく撫でてやった。「あなたに常々教えられてますから、マジロン。週末には、襲撃に関する正確な情報を持って帰ってきますよ」ガレンとテスに向かってお辞儀をしてから、急ぎ足で家に戻っていった。

ガレンは心配そうに額に皺を刻んで、彼を見送った。「一人で行かせるのは気が進まない」

「ほんとに彼のことが好きなのね」テスは驚いたように言った。

「おれにだって感情はある」からかうような調子で言ってテスの腕を取り、庭を通って門へと戻っていく。「こう見えても、ヴィアンヌとカリムとサシャ、ほかにもおまえの知らない大勢の人間を愛している」

「でもカリムはどこか……」テスはできるだけ穏やかな言葉を探して口ごもった。「冷たい感じがするわ」

「冷たくはない。おまえが彼を理解していないだけだ」

「理解なんてできそうにない。だって、彼はわたしのことを怒ってるみたいなんだもの」

「たしかにそうだな」

サシャのようにてっきり否定するとばかり思っていたのに、意外だった。「どうして？

あなたがわたしと結婚したから？」

「それもある」ガレンは門を開けた。「しかし、第一の理由はおまえが西洋の人間だからだろう」

「どういうこと？」

「彼はときどきセディカーンの外に出かけることがあってね。西洋の影響力というものがいかに大きいか、よくわかってるんだ」

テスはまだ呑みこめないというように顔をしかめた。「影響力ってあなたに対して？」

「おれじゃない」ガレンはテスの体を持ちあげて、横鞍に乗せてやった。「おれの継母が亡くなる前に、カリムとヴィアンヌの結婚を取り決めたんだ。今度の夏に結婚式が行なわれる予定になってる」

「ヴィアンヌも承諾したの？」

ガレンは唇を引き絞り、セリクにまたがった。「そうじゃなければ、おれが認めるわけがないだろう。あくまでおまえは、おれを暴君のように思っているらしいな。古いやり方のなかにはいいものもあるが、おれはアポロやダフネと同じように、ヴィアンヌを籠に閉じこめておくつもりはない」

「これからどこに行くの？」テスはガレンに追いつきながら、訊いた。

「宮殿に戻る」そっけなく告げた。「間違いは犯したが、取り返しがつかないわけじゃない」

黄金色のパロミノの雌馬はちょうど五フィートほどの高さで、一身に日差しを浴びて、クリームがかった金色に輝いていた。

「名前はパヴダ」ガレンは雌馬の鼻面をやさしく叩いた。「馬番が運動させるために乗っているだけだ。一度はヴィアンヌに与えようと思ったんだが、彼女はひどく怖がってしまってね」

「こんなにかわいい子を怖いだなんて」テスは前に進みでて、ガレンのかたわらに立った。「どうしてかしら。この日を見れば、子羊みたいにおとなしい子だってことはすぐにわかるのに」

「毎朝彼女に乗っている馬番に、そう言ってやってくれ」

「彼女は狭いところに閉じこめられるのが好きじゃないのよ」これみよがしに、ガレンに一《いち》瞥《べつ》をくれる。「わかるような気がするわ」

「とんだとばっちりだな」ガレンは顔をしかめた。「それだけ彼女の気持ちがわかるなら、仲よくなれるだろう。パヴダを受け取ってくれるんだな？」

テスは物欲しげな目で雌馬を見つめた。「でも、わたしはヴィアンヌのことが好きよ。彼女からこの美しい馬を盗むような真似はしたくない」

「彼女のものでもないものを盗めるわけがない」

「信じられない。ほんとに彼女をもらえるの？」テスは興奮のあまり頬を紅潮させ、パヴダの鼻面を熱心に愛撫した。「わたしのものになるの？」

「それが取引の一部だったはずだろう？」

「そうだけど、父だったら――」言いかけて慌てて口をつぐんだ。「あなたが父と比べられるのが好きじゃないってこと、すっかり忘れてたわ」いらだたしげに手を打ち振った。「あなただって知ってるでしょ。女性との約束を守る男性はそう多くないってこと」

「それはわれわれ男が、ある種の女性の武器には太刀打ちできないと感じてるからだろう」

「よく言うわ。この世のあらゆる力を独り占めしてるのは男性のほうでしょう」テスはうっとりとパヴダを見つめ、なかばうわの空で応じた。「彼女がわたしのもの？　あとで取り返そうなんてしないでしょうね？」

「おまえのものだ」ガレンはやさしく言った。「それに、彼女の愛情を得ようと躍起になる必要もない。彼女にとってはおまえがはじめての女主人だ。これから先もずっと」

テスは心が温もるのを感じた。「わたしのもの」小さな声で繰り返す。「いまから乗ってみてもかまわない？」

「いまはだめだ。明日でいいだろう」

「でも、いますぐ――」

「明日だ」ガレンがにべもない言い方をした。「おれはこれから二、三時間やらなけりゃならないことがある。おまえに教える時間はない」

「教える？」テスはむっとして訊き返した。「乗馬なら得意なのよ。たいていの男性相手なら負けないわ」

「横鞍で、だろう？」ガレンは彼女の肘を取り、厩舎の出口のほうへやさしく押しやった。「これからはまたがって乗るんだ」

テスは目を丸くして彼を見た。「男の人みたいに？」

「おれの母親は横鞍で乗っていて亡くなった。馬に振り落とされて下敷きになった」険しい顔で言った。「そういう危険なやり方で、おまえを馬に乗せるわけにはいかない」テスの表情を目にして低く笑う。「なぜ、そんな顔でおれを見る？　おまえは自由を好むんじゃなかったのか？」

「そんなこと——だって、いつも言われてたのよ、女性は横鞍で乗らなければならないって——」じょじょに瞳がきらめいてくる。「そんなことができるなんて考えてもみなかった」

「ザランダンじゃ、ほかの土地でできないこともいろいろできる」ガレンは期待に輝くテスの顔に、やさしく微笑んだ。「古い考え方を脱ぎ捨てるだけでいい」

「でも、あなた自身は古いやり方にしがみついてるじゃない」

「選択だよ」ガレンはテスのほうを見ずに言った。「可能性があるからといって、かならずしもそれに基づいて行動しなけりゃならないわけじゃない」

「でもあなたは、わたしの乗馬のやり方に選択肢を与えてはくれなかったわ」

「それは話が別だ」

「まさに男の人の答えね。論理もなにもあったもんじゃない」テスは嬉しそうに微笑んだ。

「でも、パヴダをもらったんだもの。許してあげる」

「それはどうも」ガレンはわずかに頭を垂れた。「それじゃ機嫌のいいところで、ついでに大目に見てもらうとするか。これから、おまえの服を選びに行かないとならないんだ。織物の商人と仕立屋を午後二時におまえの部屋に呼んである」

「あら」テスは仏頂面をした。「すぐにも厩舎のなかに戻って、パヴダともっと仲よくなりたいのに」

「許してくれると言ったんじゃなかったか？」

テスは肩をすくめた。「そうね。どのみち乗馬服は必要になるし。これは横鞍用だから」

ガレンはそっぽを向いたが、その口元がかすかに緩んだのをテスは見逃さなかった。「そうとも。乗馬はきわめて重要な問題だからな」

厩舎から宮殿に戻るとすぐ、テスはヴィアンヌに会いにいった。彼女の部屋もテスの部屋とそっくり同じ造りだったが、ただ一つ違う点があった。ヴィアンヌのテラスでは、白い格子状の石壁と低木が備えられた大きな鳥小屋に、種類も色も異なる数えきれないほどの鳥が飼われていた。

　鳥小屋の扉がかすかに開いていたが、テスは入口の外で足を止めた。「ヴィアンヌ！」

「入っていらっしゃいな、テス」ヴィアンヌがなかから声を投げてよこした。「鳥たちに餌《えさ》をやっているところなの」

「ここで待ってるわ」格子の合間からおそるおそるなかをのぞくと、巨大なオウムがヴィアンヌの細い腕に止まっている。「鳥が好きなの？」

「ええ、大好き」ヴィアンヌが腕を持ちあげると、オウムは飛び立って、彼女のかたわらの木の枝に止まった。「美しいと思わない？」

「すごくすてき」

　ヴィアンヌは驚いたようにテスを見て、格子状の扉に近づいてきた。「まさか、怖いとか？」

「そんなことないけど」

　ヴィアンヌは不思議そうに彼女を見つめた。「あなたは馬が大好きと言ったわよね。あんな大きな動物のことは怖くもないのに、どうしてこんなやさしい生き物を怖がるの？」

「馬は誰彼かまわず、頭の上から糞《ふん》を撒《ま》き散らしたりしないもの」

　ヴィアンヌは噴きだした。「たしかにそうね。それでもわたしは、獰猛《どうもう》な雄馬の背中に乗っているよりも、空を飛んでる鳥を眺めているほうがいいわ」

テスは意を決して早口で言った。「ガレンにパヴダをもらったの。あなたには伝えておこうと思って」

「どうして？」ヴィアンヌは眉を引きあげた。「わたしは乗馬なんてこれっぽっちも興味がないのに」

今度はテスが不思議そうに眉をひそめる。「ガレンもそう言ってたけど、信じられない」断じて納得がいかないとでも言いたげなテスの表情を見て、ヴィアンヌはやさしい微笑みを浮かべた。「この際、わかってもらわないとならないわね。わたしはあなたとは違うの。性格も育てられ方も。あなたみたいな大胆さは持ち合わせていないし、自分の限界を越えたいとも思わないのよ」

「自分の限界がなんなのか、どうしてわかるの？　それを越えてみようともせずに」

「だってわたしは——」ヴィアンヌはまた笑いだした。「ほんとに、わたしたちはまるで性格が違うのね」鳥小屋の扉を閉めて、優雅な足取りでテラスを横切っていく。「今朝はずいぶん早く出発したんでしょう？　いま、お茶を運ばせるわね」

「なぜ知ってるの？」

ヴィアンヌはばつが悪そうに顔を赤らめた。「べつにあなたを見張っていたわけじゃないのよ。母が亡くなって以来、宮殿のことをすべて取り仕切るように使用人たちから期待されてしまって。それにガレンも反対してこなかったから」慌てて言葉を継いだ。「でも、あなたがマジーラになられたからには、わたしはもう——」

「わたしが？」テスはぽかんとして彼女を見た。「冗談でしょう？　断じてそれはないわ！　わたしはザランダンにいるあいだは、宮殿よりも厩舎で時間を過ごすつもりなんだから」

「ザランダンにいるあいだって？」ヴィアンヌは当惑して訊いた。「それってどういう——」

「ねえ、それ、ハトでしょう？」

ヴィアンヌはうなずいた。

「知り合いの伯爵がハトを飼っていたの。そのハトを訓練して、パリにいるいとこにメッセージを届けさせていたのよ。すごく面白かった」

「メッセージを？」

テスはうなずいた。「伯爵が言うには、ハトは紀元前十二世紀頃からメッセージを運ぶために使われてきて、ときには何百マイルも、何千マイルも飛んで届けるんですって」顔を輝かせてヴィアンヌを振り返った。「わたしたちもハトを訓練したらどうかしら？」

ヴィアンヌは眉をひそめた。「そんなこと——」

「できるに決まってるわ」テスは遮《さえぎ》って言い、瞳をきらめかせた。「ねえ、すてきな考えだと思わない？　あなたがわたしに鳥のことを教えてくれて、わたしがあなたに馬のことを教えてあげるの」背中で両手を組んでテラスのなかを行きつ戻りつする。「伯爵からあまり詳しいことは教わらなかったけど、たいていのハトにはそういう本能があって、あとはただチヤンスを与えてあげればいいってことみたい。大丈夫。あの伯爵ができたんだもの、わたしたちならもっとうまくやれるわ。彼はあまり頭がよくなかったし。とにかく、わたしがザランダンを立ち去るまでには、できるだけ多くのことを学んで――」

「ここを立ち去る？　どうしてあなたがここを去るの？　ここはあなたの夫の家じゃないの」

しまった。夢中になるあまり、つい口が滑ってしまった。「だからって、ここに永遠に留まらなきゃならないということにはならないの。わたしたちの結婚って、ちょっと種類が違うのよ」

「結婚の種類なんて一つしかないに決まってるわ。そんな考え方をしたらだめよ」ヴィアンヌはきっぱり言った。「第一、あなたが立ち去るっていうのに、ガレンが黙っているわけがないわ」

「まあ、そのうちにわかるわよ」テスはふと足を止め、ヴィアンヌを顧みた。「そういえば、あなたも今年の夏に結婚するんですってね」

「ええ」ほのかに頬を染めて目をそらし、コショウボクの低い枝に移動したハトを見やった。「母が決めたことなの。カリムはいい人だし、とてもやさしくしてくれるわ」

「あなたはそれでいいの？」

「もちろんよ」ヴィアンヌはしどろもどろに続けた。「でも、女性のなかには結婚に向かない人もいるんじゃないかと思うの。わたしはカリムのことを考えると、すごく恥ずかしくて逃げだしたいような気持ちになってしまって」

「それなら、考えなければいいのよ」テスが言う。「この夏までに何が起こるかなんて、誰にもわからないんだし」にやりとした。「そのあいだは、一緒にハトを訓練して楽しみましょうよ。名前はあるの？」

「アレクサンダー大王とロクサネー」

テスは笑った。「知ってる？　アレクサンダー大王って、驚くほど旅好きだったそうよ。あなた、このハトの運命を予感していたんじゃないかしら」

ヴィアンヌは力なく微笑んだ。「この子たちにメッセージを運ばせるだなんて、逆立ちしたって思いつかなかったわ」

「でも、わくわくすると思わない？」

ヴィアンヌの顔にやさしい笑みが広がり、興奮しきった様子のテスの顔を見つめた。「ええ、とてもわくわくするわ、テス」

5

「あなたが選んで。わたしはなんでもかまわないから」テスはじれったそうに言った。部屋じゅうの椅子やテーブルやソファにところ狭しと広げられた、何反ものきらびやかな織物を興味なさそうに眺めた。「見ているだけでうんざりしてくるわ」

「飽きっぽいんだな、おまえは」ガレンは椅子の背にふんぞり返り、長い脚を前に伸ばして足首を組んだ。「ろくに見てないじゃないか」

「だから、どうでもいいのよ。だいたいにおいて、時間がかかりすぎよ」沈みつつある太陽を心配そうに見やった。「夕食前にパヴダにリンゴをあげる時間ぐらいはあると思ってたのに」

「このミッドナイトブルーのブロケードなど、よろしいと思いますが、マジーラ」顎鬚《ひげ》をたくわえた織物商人が機嫌を取るように言った。

テスは床に広げられた美しい織物に熱のない目を向けた。「そうね。すてきだわ」ガレンに視線を転じる。「ハトの話はしたかしら?」

「二回、聞いた」ガレンはまじめくさった顔で応じた。

「すてき？」商人は小さくつぶやいた。「このブロケードは中国から取り寄せたものでして、真珠を使った刺繍《ししゅう》は七カ月もかかってようやく仕上げたものでございます」

「ええ、だからすごくすてきよ」テスはいらいらと答えた。「あなたの商品には、どれも文句はないわ」

「そのブロケードをもらおう」ガレンが立ちあがった。「それとグリーンのシフォンとゴールドのそれ」ぶらぶらと部屋を歩きながら、一つ一つ手際よく選んだり、却下したりしていく。「マジーラの寸法と、おれの好みのガウンの形はわかってるな。最初の一枚は来週、仮縫いができるようにしてくれ」

「かしこまりました、マジロン」小柄な男は心底ほっとしたようだった。ぱちんと指を鳴らすと、若い助手が手早く反物を片づけにかかる。「それから、先日ご依頼をいただいておりましたお服でございますが、あちらは明朝八時にお届けにあがらさせていただきます」

テスがガレンを振り返った。「服って？」

「おまえの乗馬服とかだ」ガレンは手を振って商人と助手を部屋から追い払い、また椅子に身を沈めた。とたんに活気づいたテスの表情を見て、口元をゆがませる。「どうやら、おまえの好奇心に火を点けてしまったみたいだな」

「どんなスタイル？　もしかしてズボンを穿《は》くの？」

「まあ、そんなところだ」ガレンは渋面を作った。「とはいえ、男みたいな格好はさせたくない。まあ、ガウンの足元が分かれていると言えばいいか」

「生地はベルベット？」

「この気候でそれはない。おれのローブと同じ生地であつらえさせた」

先日のローブの手触りを思いだして、テスは思わずにんまりした。「なんてすてき」

「そいつがおれの役目だからな」ガレンの顔にゆっくりと笑みが広がった。「おまえに快適さと喜びを与えるのが。もちろん、乗馬服の下には何も着ないでもらいたい」

「何も？」テスは怪訝《けげん》そうな顔をした。「それが快適だとは思えないわ。ジョゼフィーヌ皇后はガウンの下に何も着けないという噂《うわさ》をポーリーンから聞いたけど、きっとすうすうして寒いんじゃないかと想像してたのよ」

ガレンは唇を引きつらせた。「セディカーンの気候はフランスよりもずっと暖かい」

なるほど、そう言われれば納得できる。「やってみるしかないわね」

ガレンは彼女の顔にちらっと目を向け、短くうなずいた。「そうだな。そうしよう」

「何が？」

「やってみるしかないと言っただろう？」ガレンは腰に巻いていた黒の飾り帯をほどいた。「服が到着する前に試しておいたほうがいいな。さあ、その乗馬服を脱げ」

にわかに淫らな雰囲気をまとったガレンに、テスは戸惑った。「いま？」

「いますぐだ」飾り帯をゆったりと握りしめ、思わせぶりに右手でそれを撫でつける。「どのみち、ほかにやることもない」

テスは飾り帯をもてあそぶ彼の両手を、引き寄せられるようにじっと見つめた。美しくも力強く優雅な指が、クロテンの毛皮の折り目のあいだを艶《なま》めかしい仕草でゆったりと動く。人差し指がひだの隙間に探るように入りこみ、上下に行ったり来たりするのに見とれているうち、おのずと胸の鼓動が高まってきた。

「それに、夕飯前にパヴダを見にいく時間はなさそうだし」

テスはわれに返って彼の手から目を離した。パヴダのことがすっかり頭から抜け落ちていたとは、われながらあきれたものだ。

「わたしに服を着ていろと言ったり、脱げと言ったり。ほんとにあなたは気まぐれだわ」テスは辛辣《しんらつ》な口調で言った。「おかげでこっちはどぎまぎしっぱなし」

「それがおれの狙いかもしれないぞ」

テスは震える息を吸いこむと、ゆっくりと乗馬服のボタンをはずした。「あなたの狙いがわかった気がするわ」

「ほう?」

テスはうなずき、乗馬服をぽとりと床に落とした。「ようするにあなたは、アポロやダフネにしたみたいに、わたしを訓練しようとしているのよ」彼をにらみつける。「それに対してわたしは、黙って従うしかない。二人のあいだで交わした取引を守る必要があるから。でも、わたしは動物じゃないわ。こういうのは好きじゃない」

「いや、そのうち好きになるはずさ」ガレンは微笑んだ。「おれからどんな要求をされようと、自分でコントロールできるとわかれば」

「以前にもそんなことを言ってたけど」テスは床に落としたペチコートを、またいでよけた。

「わたしはそうは思わない」

「それじゃ、自分の心を探ってみるといい。おまえが自分からおれに調子を合わせようとする別の理由が見つかるはずだ」

「理由？」

「好奇心だよ。生き生きと活気に溢《あふ》れ、人生のすべてを味わい尽くしたいと思っている女なら、すべからく備えているべき特性だ」テスの全身に舐めるように視線を這《は》わせた。「それにしても、素晴らしい胸をしている。小さいが、まさに完璧な形だ」

露骨に淫らな表情を向けられて、テスは全身が熱くなるのを覚えた。一つ咳払いをしてみるものの、出てきた声はしわがれ声だった。「〈どっちつかずの状態〉はもうおしまい？」

ガレンはにやりとした。「それもまた、検討課題の一つだな。期待があればあるだけ、状況はある種の熱を帯びる。そうは思わないか？」

最後の下着を床に落としながら、その言葉が妙に意識された。「わたしはダフネみたいな

「雌犬とは違うと言ったはずよ」

「たしかに、雌犬ならそんなところに突っ立っちゃいない。いそいそと四つん這いになって、おれに突きあげられるのを待ちこがれる」ぎょっとしたテスの顔を目にして、苦しげな笑みを浮かべた。「これでもおれは……必死で自制してるんだ」

「わたしに何をしてほしいの？」

「熱だ」ガレンはしゃがれ声を漏らした。「自分からおれのところへ来てほしい。気持ちが高ぶってもはや抑えが利かないという風情で」

テスは下腹部の筋肉がきゅっと収縮し、太もものあいだがじんわりと潤うのを感じた。

「それなら、さっさと自分からやることね。待っていたって起こりゃしないわ、そんなこと。わたしはポーリーンとは違うんだから」

「おまえに彼女みたいになってほしいとは思っちゃいない。ここへ来い」

テスはためらった。深々と息を吸ってから、おもむろに歩きだし、彼の座る椅子の前で足を止めた。「来たわ」

「ああ」ガレンは動かなかった。じっと座ったままテスの胸に目を据える。それはしだいに速まる息づかいに合わせて、上下に小刻みに震えていた。

「それで次は？」

「忘れたのか？　生地の手触りがどんなものなのか、確かめるのが目的だっただろう？」ガレンは黒の飾り帯を振り広げると、それを彼女の胸に巻きつけた。すべすべした生地が冷ややかに肌を撫でる。「どうだ、心地いいか?」

「ええ」

ガレンは飾り帯を乳房の下にするりと滑らすと、手首をひねって帯を引っ張りあげ、ぐっと胸を盛りあがらせた。「これはどうだ?」

テスの胸はいまや驚くほどに膨らみ、乳首は堅くなってうずいている。「悪くは……ないわ」

ガレンはいっそう胸を持ちあげたかと思うと、急に力を抜いて黒の飾り帯を彼女の体からほどいた。じわりとじらすように、緩慢な動きで。

帯がなくなったからといって、なんら変わりはなかった。テスの胸はあいかわらず盛りあがったまま、乳首は上を向いて痛いほどうずいている。

「これで……おしまい?」頼りなげに訊いた。

「まだだ」ガレンの目がぎらつき、頬が紅潮した。そろりと椅子から腰を浮かす。「もう一カ所、確かめておかなければならない場所がある」彼の指がテスの内股をかすめ、彼女は鋭く息を吸った。「馬にまたがるからには……」

ガレンの腕がテスの腰にまわされ、飾り帯の一方の端を摑んだ。そして太もものあいだに巧みに帯をはさみこむ。

テスは息を呑み、さっとガレンの顔を見た。「何を――」

「リズムはゆっくりとスムーズだな」黒の飾り帯をそろそろとやさしく前後に引き動かす。やわらかな折り目があたかも官能的な囁《ささや》きのように、テスのもっとも敏感な部分を刺激した。

「いや、おまえの性格からすればおとなしくなんて、まずありえない。もっと激しく、すばやくだな、やっぱり」ガレンは飾り帯を持ちあげ、ひときわ強く前後に動かした。

テスはたまらず叫び声をあげ、背中を弓なりにそらせた。強烈な感情の波が幾重にも体を駆けめぐる。ガレンは傷つけないよう慎重に手加減しているのだろうが、おもねるようなその摩擦がよけいにエロティックな衝撃を生んだ。帯が前後に動くたび、やわらかな部分が刺激されて全身がぞくぞくとうずく。テスはやみくもに手を伸ばしてガレンの肩にしがみついた。こんな感覚は生まれてはじめてだった。このままじゃ、熱に焼き尽くされて死んでしまう。それにこの耐えがたいほどの渇望感……。

「ガレン！」下唇を嚙み、ますます加速していく太もものあいだの動きに懸命に耐えた。

「これって――」

ふいに動きが止まって帯が引き抜かれたかと思うと、かわりにガレンの手が彼女に被さった。刺激的な部分を執拗《しつよう》に愛撫し、撫でつける。「大丈夫だ」彼女の体をソファのクッションの上にやさしく押し倒した。「おまえもわかっていたはずだ」

何を？　何をわかっていたというの？　テスは朦朧《もうろう》とする頭で問いかけ、彼の顔を見あげた。この手の熱情は人を狂気に追いやり、虜《とりこ》にし、どこまでもむさぼりつくす怪物に変えてしまうということ？　テスは激しくあえいだ。「どうして？」

ガレンは黒の飾り帯をシルクのクッションの上に置いた。「生地が体に触れるたびに、おれのことを思いだしてほしいからだ。この感覚を思いだしてほしい」ぞくっとするような笑みを浮かべる。「所有欲が強くて野蛮なおれらしい衝動さ」一転して淫らな印象の笑顔をこしらえた。「しかし、おまえはかならず思いだす。そうだろう、テス？」

ほかにどうすることができるだろう。いまだに全身に震えが走り、呼吸だってまともにできないというのに。「ええ」と囁くのが精一杯だった。

「二人で馬に乗って出かけ、おれの視線を感じたときに、おまえは悟るんだ。いまこの瞬間のことをおれが脳裏に思い浮かべているってことを」ガレンのせわしない息づかいが、静まりかえった部屋のなかで耳障りに響いた。「そしておまえは思いだす。熱に浮かされる気分というのがどういうものだったか」ブロンズ色の頬を紅潮させ、黒い瞳をぎらつかせてテスを見おろした。しゃがれ声が続く。「今夜は一緒に食事はしない。おれには時間が必要だ――」唐突に戸口に向かった。「明日の朝九時に中庭で会おう」

後ろ手にドアを閉めて立ち去った。

テスは意を決すると、肩をそびやかせ、階段を下りてガレンのもとへ向かった。「おはよう」できるだけさりげなく聞こえるように挨拶し、中庭を横切って、サイードが手綱を握って待つ噴水へ向かう。「今朝のパヴダの様子はどう?」

「いたって元気だ」ガレンの眉が引きあがった。「セリクも良好。アポロとダフネも同様だ」いっとき間を置いた。「そしておれもすこぶる健康だ」

「そうみたいね」テスは雌馬の前で足を止めると、手を伸ばして鼻面を撫でつけた。「もっともその点に関しては少しも心配してなかったけど。あなたは自分のことは自分でちゃんと面倒見られる人みたいだから」

「どうやら、おれに腹を立てているらしいな」ガレンはつと彼女に近づき、低い声で囁いた。「昨夜はおれのせいで無力感を味わわされたから、憤慨してると」

「そうよ」

「おまえがあんなふうに感じたのは、なにもおれのせいじゃない。おまえ自身の性格がそうさせたんだ。とことんおれに抵抗することだってできたはずだ」。ただひと言、いやだと言えば、おれだって無理じいはしなかった」

テスはぱっと顔を赤らめた。「不意を衝かれて驚いたのよ。だって、あなたがあんなことをするなんて――」

「このおれがただ単に奪うだけで、戯れることもしないと思ったのか?」ガレンはかぶりを振った。「そいつはおれのやり方じゃない」一歩あとずさり、ブーツを履いたテスの足先からふわりと髪を覆うフードまで、ゆっくり視線を滑らせる。「新しい乗馬服はよく似合ってるな」

テスは目をそらした。「この生地は少しきらきらしすぎてるわ。もっとシンプルかと思ったのに」

「充分シンプルだよ」テスの表情をそれとなく観察した。「それに、おまえも気に入ってるように見える」

そう、たしかに気に入ってはいたが、昨夜の心もとなさが消えないうちは、彼に対してそれを認める気にはなれなかった。二つに分かれた白いガウンの裾部分が歩くたびにたおやかに揺れ、テスはこれまで知らなかった自由という感覚をはじめて体験しているような気がしていた。腰まで達するゆったりしたフード付きケープには、贅沢なゴールドの刺繍が施され、動きに合わせてふわりと膨らむ。「悪くはないわ」胸元の一連のネックレスにぶらさがった、粗野な造りのゴールドのペンダントヘッドに手をやった。「ヴィアンヌがすてきな宝石箱をくれて、そのなかにこれが入っていたの。出かけるときにはいつもこれを身に着けるようにって、あなたからの伝言だそうね」テスは唇を引き締めた。「アクセサリーは好きじゃないの」

「それでも身に着けるんだ」

「そういう命令には――」

「それはただの飾りじゃない。おれの家の人間だけがそのペンダントを身に着けることを許される」

テスはふいに焼き印を押されたような気分になった。昨夜クッションの上に裸で押し倒されたときのように、彼にこの身を所有されてしまったようなもとなさが襲う。「それならヴィアンヌに身に着けさせればいいじゃない」

「彼女はもう持ってるさ。町なかに出かけるときには常に身に着けてる」いかにも文句ありげなテスの表情を探るように見つめた。「なぜ、そんなにいやがる？　そのペンダントはおまえを守ってくれるんだぞ」

「考えてみるわ」テスはパヴダの左側にまわりこみ、サイードの横を通りすぎた。彼はわざとらしく空を見つめ、何も見ないふりを決めこんでいる。

「それを身に着けないなら、部屋から出ることは認めないからな」

テスは挑むような目で彼のいかめしい表情を見返した。「考えてみると言ったでしょう」

ガレンは宮殿のほうに頭を振ってみせた。「二人きりにしてくれ、サイード」

若者はほっとしたように何かつぶやくと、ガレンの手に手綱を押しつけた。「承知しました、マジロン」次の瞬間には、宮殿の階段を一度に二段ずつ大急ぎで上っていく。

「そのことについては議論の余地はないんだ、テス」ガレンが穏やかに言った。「何かしら争いごとを見つけて、おれに勝ちたいと思ってる気持ちはわかる。しかし、この問題ではおまえに勝ち目はない。そのペンダントはおまえを守ってくれるんだ。常に身に着けていろ」

「どういうこと？」テスは宮殿に入っていくサイードの後ろ姿を見守りながら訊いた。そしてガレンを振り返る。「なぜ彼を追い払ったの？」

いきなり話題を変えられて、ガレンは目をぱちくりした。「言っただろう。この問題ではおまえに勝ち目はないと」

「それじゃ、わたしが負けるところを彼に見せたくなかったと？」テスは驚いて彼の顔を見つめた。「やっぱり変わってるわ、あなた。わたしの父なんて、母が恥をかくところを使用人に見られようと気にもしなかった」口を開きかけたガレンを手を挙げて押しとどめる。

「はいはい、悪かったわ。また口が滑っちゃった。これからは気をつけるから。それより、パヴダに乗るのに手を貸してくれない？　一人でまたがれるかどうか自信がないのよ。女性が横鞍で乗るのには、やっぱり肉体的な理由があるのかしら」

ガレンは困惑げな顔をした。「まだ話は終わっちゃいないぞ」

「あら、もう終わったわ」じろりと彼をひと睨みする。「このけばけばしいネックレスはもう身に着けなくていいんでしょ？」

「いや、かならず身に着けてもらう」

テスの顔つきがふっとやわらいだ。「いいから、パヴダに乗るのに手を貸して」ガレンが歩み寄ってテスの体を持ちあげると、彼女はおそるおそる両脚を広げて馬の背にまたがった。

「なんだか……変な感じ」

「じきに慣れる」ガレンはかたわらに立ったまま、目を細めて彼女を見あげた。「なぜ怒りの矛《ほこ》を収めた？」

「べつに怒ってなんか――」彼と目が合うといったん言葉を呑み、それからひと息に言った。「あなたの言うとおりよ。わたしは無力感を味わわせられるのは好きじゃないの。でも、あなたがわたしのプライドを傷つけないでいてくれるなら、なんとか耐えられる」

ガレンは厩舎に目を転じた。「激しい欲望に襲われるときには、男だって自分で自分をどうしようもできない感覚を味わうんだ。体のなかがうずいて夜も眠れず、ただただ女のなかに深く身を埋めることだけを考えてしまう。昨夜おまえの部屋を出たあと、べつの女のところへ行こうかと思ったよ。女なら誰でもかまわないと」

テスは身を硬くした。「で、行ったの？」

「いや」

「どうして？」

「結婚したばかりだからだ」

「意味がわからない」

「おれの動きを誰もが注視している。おれがおまえに満足していないなんていう噂でも流れたらことだからな」

テスは顔を赤らめた。「わたしだって馬鹿じゃない。男なんてみんな不誠実なことぐらいわかってる。気にしやしないわ」

「おれが気にする」

「あなたが?」テスは眉間に皺を寄せた。「あなたってほんとに変わった人ね」

「たしかに自分でもそう思う」ガレンは皮肉っぽい笑みを浮かべた。「それにおまえに会ってから、ますます奇妙な行動に走るようになってる」

「わたしたちの関係だけど……もっとはっきりさせたほうがいいと思うの。こういうじらすような真似は好きじゃないわ」

「そうかな。正直に言ってみろよ、テス。ほんとはこういう状況を〈興味深い〉と思っているんじゃないのか?　次に何が起こるのかと、どぎまぎしているんじゃないのか?」

「たしかにそうだけど、だからってそういう感覚が心地いいとも言えないわ」

ガレンは笑いだした。「そのうちに楽になる。欲望っていうのは一日二十四時間続くものじゃないんだ。引いては満ちるの繰り返しだ」

「なんだか退屈で時間のかかる話ね。それにあなたが忍耐強い人間だとは思えないけど」

「目的のものがそれだけ価値のあるものなら、いくらでも忍耐する」だしぬけに手を伸ばしてテスの太ももに触れた。

テスはぎょっとして彼の顔を見た。たくましい手のひらの温かな感触が薄い生地を通して伝わり、昨夜の親密な触れ合いがまざまざと脳裏に蘇《よみがえ》った。急いで唇を舌で湿らせる。

「護衛が——」

「見えやしない」ガレンは宮殿のドアの脇に立つ護衛たちの視線を遮るように立ち、彼女をじっと見据えたまま、ゆっくり手のひらを前後に滑らせた。「おれは忍耐強い男じゃないが、修道士でもない。だからこれからも、こうやっておまえに触れなくてはいられないときがある」

ガレンの手が、生地を通して焼けつくように熱く感じられる。彼の顔を見おろすうち、いつしか胸が膨らみ、服に押し当たるのがわかった。

唐突に手が離れたかと思うと、ガレンはあとずさった。「だが、もう少し待つように自分自身に言い聞かせている」勢いよくセリクの背にまたがった。「期待を楽しむことも学んでる。ただし、この先それほど長く待たされなければの話だが」

テスは震える声で訊いた。「もし時間がかかったら？」

一瞬、ガレンの落ち着き払った表情の奥に、彼の持って生まれた不埒《ふらち》さが顔をのぞかせたような気がした。「そのときは、人間の本能が意思に勝つことになるだろう。そうならないように願ってはいるが」セリクを方向転換させると、パヴダの手綱を摑んだ。「両膝《ひざ》でしっかりとパヴダの背を挟んで、背筋をまっすぐに伸ばしていろ。新しいリズムに慣れるまで、おれが手綱を扱ってやる」

「しっかり摑まれ」セリクが後方で猛然と加速し、いっきにパヴダを抜き去った。「手綱を引くんだ、テス」

ガレンの鋭い口調からすると、当然ここは従うべきなんだろう。でもテスは止まりたくなかった。今朝の空は抜けるように青い。日差しは肌を焼き、風は髪をなびかせ、息を奪い、頬を打ち叩く。全身を激しく血液が駆けめぐり、ギャロップでパヴダを走らせていると、まるでシルクの上を滑っているような感覚に酔う。テスはパヴダを蹴《け》って、さらに加速させた。

セリクが隣りに並んだかと思うと、いきなりガレンがこちらの手綱を摑もうとした。

「いや！」テスは抵抗した。「まだだめよ！」

ガレンは低く笑って、パヴダの歩調を緩めた。「あと二マイルも走れば、サイード・アババまでの中間地点に達するところだぞ」真顔になって言う。「おれの言うことにまるで従おうとしない」

テスは愉快そうに笑い声をあげた。「だって今朝はパヴダが走りたいって言ったのよ」雌馬の首をやさしく叩く。「それにセリクが遅すぎるんだわ」

「たしかに彼が追いつくのに苦労するなんて、珍しいことだ」言ってから、口元を引き締めた。「二度とおれの言うことに逆らうんじゃない、テス。とくに町の外に出るときには、間違っても逆らうな」

「危険なことなんて何もありゃしなかったじゃないの。この道なら先週一日も欠かさず通ったし、人に会うことも一度もなかったし」テスは荒れ果てた風景を見まわし、彼方の緑の丘を眺めやった。「ほら、数マイル先まで人影なんて見えやしない。だから言ったとおり――」ふいに口をつぐみ、手前から二番目の丘に見える背の高い円形の建物を指さした。これまで何度も通ったはずなのに、どういうわけだか気づかなかった。「あれは何？」

ガレンは彼女の指の先にある灰色の石造りの塔のほうをちらりと見やり、たちまち表情を硬くした。「監視塔だよ。おれの祖父が建てたものだ。山間部の鉱山から金を積んだ荷馬車がザランダンまでやってくるのを、あそこから監視して、山賊による襲撃を防いだんだ。こしばらくは使われてないが」

「どうして？　もう山賊はいないってこと？」

「いや、山賊ならいまもわんさといるさ。けっして変わらないこともある」

「それならなぜ――」

「さあ、もう戻る時間だ」ガレンがだしぬけにセリクを方向転換させ、テスは唖然《あぜん》とした。

「今朝はずいぶん時間を無駄にしてしまったからな」

いいえ、わたしがあの塔に気づくまでは、時間の無駄だなんて思ってはいなかったはずだ。

「なんだか……寂しそうに見えるわ、あの建物。いつだったかポーリーンが話してくれたおとぎ話があるの。ある人が娘を愛するがゆえに塔に閉じこめたんですって。世のなかの荒波から守るため。それに、誰にも娘を盗まれないように」

「元気旺盛なポーリーンが興味を持ちそうにない話だな」

テスはくすくす笑った。「そうでもないのよ。娘は髪をうんと長く伸ばして、それを使って恋人が塔を上ってこられるようにしたの。毎晩、恋人はこう叫ぶの。『ラプンツェル、髪を下ろしてくれ』って。そうすると彼女が髪を下ろし、恋人はそれを伝って塔を上り、一夜を彼女とともにする。ポーリーンの興味をそそったのは、その密通の部分なのよ」

「で、結末はどうなる?」

「さあ、知らない。ポーリーンはその部分にしか興味がなかったらしいから」テスは肩越しにまた塔を見やった。「ねえ、明日、あそこに上ってみない?」

「だめだ!」

あまりの剣幕に驚いて、テスは彼の顔を振り返った。そしてその表情を目にするや鋭く息を呑み、思わずパヴダの手綱を握りしめた。

「あの塔には近づくな、テス」

「どうして?」

「おれがだめだというだけじゃ、充分じゃないのか?」ガレンが声を荒げた。「すべての命令に理由づけしないと気がすまないのか? いいからあの塔には近づくんじゃない」

「理由を言わないなんて、おかしな話だわ」テスはいきりたって言い返した。「危険があるなら、ちゃんと言って」

「ああ、危険がある」ガレンはわざと一語一語、はっきり発音してみせた。

「山賊?」

「違う」

「あの塔が古くて傷んでるとか?」

「さあ、そいつはどうだか。おれは何年も上ってないからな」

「それなら、どういう理由が——」

「おまえが理由を知る必要はない」彼の張りつめた顔のなかで目だけが異様にきらめいた。

「あそこが危険だってことを知ってれば充分だ」

「だけど、山賊もいないっていうなら、いったい——」

「おれだ」凄みの利いた低い声で言う。「このおれが理由だ、くそっ」

ガレンはセリクを駆り立てると、あっという間にザランダンの門をめざして走り去った。

「昨日、山のなかで監視塔を見かけたわ、サシャ。すごく陰気な場所だった」テスはチェスボードに目を落としながら、努めてさりげない口調で切りだした。「ガレンのおじいさんが建てたものだって、彼が言ってた」

「へえ」サシャはナイトを動かした。

テスはじっとボードに見入った。「どうしていまは使われていないの？」

「ガレンに訊いてみなかったのか？」

「訊いたけど」

「きみに知っておいてほしいと思うなら、話してくれたはずだろう？」

「腹の立つ言い方をするのね」テスは上目遣いに彼をにらみつけた。「どうしてわたしには教えられないの？」

「何もかも知る必要はないんだよ、おチビちゃん」サシャは椅子にそっくり返った。「この一週間というもの、きみは町じゅうぼくを引きまわして、まるで食い意地の張った少女みたいに、景色やら情報やらを片っ端からむさぼってたじゃないか」

「だってザランダンは好奇心をそそる町なんだもの」テスは目の前の象牙でできたクイーンをいじくった。「なぜガレンが、あの塔のことをそんなに秘密にしたがるのかわからないのよ」

サシャの顔から笑みが消え失せた。「あの塔には近づくな、テス。あそこをほじくったって、出てくるものはきみの嫌いなものかもしれないぞ」

「クモの巣とかネズミとか？」

「それに思い出とか」

「思い出？」テスは彼の目をのぞいた。「あなた、何か知ってるのね。ねえ、教えて」

サシャはかぶりを振った。

テスは小さく悪態をついた。「思い出なんて脅威でもなんでもないじゃない」

「ガレンの場合はそうでもないかもしれない」

「どうして?」

「ガレンの思い出はたいていの人間よりも無情で野蛮なのさ」

「どんな思い出?」

サシャはまたゆっくりと首を振った。「そのへんにしとけよ、おチビさん」短い沈黙のあとに、あらためて語を継いだ。「ガレンのなかには常に二人の人間がいて、いまもそのあいだでもがいているんだ。彼が思い出を寄せつけないでいるうちは、きみにとって彼は危険な存在じゃないってことだ」

テスは顔をしかめた。「ずいぶん大げさな言い方ね。ガレンはいつだって感情をコントロールしてるわ」

サシャが面白そうににたりとした。「で、きみはトラを刺激したいと思ってるわけか」

「まさか、そんなこと。わたしはただ興味があるだけよ」

「それにもどかしくも思ってる」サシャが穏やかに指摘した。

なんてことだろう、自分がこれほどまでにわかりやすい人間だったとは。このうえは、ガレンがそれに気づいていないことを願うのみだ。たしかにこの一週間、ガレンはからかい半分の好意を示してみたかと思うと、ふいに露骨な好色さをあらわにし、両者のあいだで故意に釣り合いを取っていたようなふしがある。おかげでこっちは、始終どぎまぎさせられてきた。冗談や話の最中でも、突然、まなざしや言葉や軽い接触によって思わせぶりな態度を取り、結果、こちらは暗い期待を抱きつつ激しく動揺することになる。じょじょに緊張が高まって、彼の甘く悩ましい言葉やまなざしを息を詰めて待ちこがれる。はたから見れば、その姿はきっと彼に手を伸ばして触れてもらいたいと――。

テスは顔を赤らめ、だしぬけに立ちあがった。「あなたの言ってること、さっぱりわからないわ。それにこのつまらないゲームにもうんざり。ヴィアンヌを探して鳥小屋にでも行ってこようかしら。あなたも一緒に来る？」

サシャはチェスボードにちらりと目を落とした。「いや、やめておく。今日の午後には夕ムロヴィアに出発することになってるから」

テスは驚いて彼を振り返った。「何をしに？」

「ガレンが言うには、きみの親父さんにきみがフランスにいないことがばれたらすぐ、その事実を知りたいんだそうだ。しかもそのときに、ぼくがその場に居合わせたほうが都合がいいってわけだ」

「だってまだ三週間よ。父が気づくわけがない。そうでしょ？」

「まあ、ありえないだろうな」サシャは椅子を押しさげて立ちあがった。「でも、ガレンは不意を衝かれるのが好きじゃないんだ」

テスは落ち着かない様子でテラスを横切り、彼方の丘を眺めやった。「なんだかベラージョが別世界のように思えるわ。わたしはここのほうが好きよ、サシャ」

「ぼくも同じだ」

「最初はこんなふうに思うなんて考えもしなかった。ここの人たちはみんな堅苦しく見えたけど、いまはヴィアンヌのことは大好きだし、ユセフやサイードや――」

「カリムも好き?」

「彼のことは好きになれっこないわ。あの目で見られると、こっちは石みたいに動けなくなっちゃう」テスは顔をゆがめた。「ヴィアンヌが彼と結婚するなんて信じられない」

「右に同じ」

その辛辣な響きに、テスは驚いて振り返った。そして彼の表情を見て、目を丸くする。

「サシャ?」

脆弱《ぜいじやく》な印象はさっと影を潜め、一転、彼は憂いを秘めた顔つきになった。「心配するな、テス。どうにか乗り越えられる」

「ヴィアンヌのこと?」テスは途方に暮れ、首を振るしかなかった。「理解できない。だってあなたたちはまったく似てないじゃない」

「たぶん、だからこそ彼女に惹かれたんだと思う。似ているなんてことは、強烈な情熱を抱くうえじゃさほど重要な要素じゃないんだよ」彼は肩をすくめた。「ぼくが言えるのは、彼女をひと目見たときに、生まれてこのかた感じたことのない落ち着きと静穏さを感じたってことだ」

「静穏？　あなたが？」

「きっと、それこそがぼくが長いこと追い求めてきたものなんだ」

テスは疑うような目つきを彼に向けた。静穏さとサシャはどうにも結びつかないけれど、移り気ないとこにとって何が心地いいのか、この自分が知るよしもない。「それなら、彼女を手に入れなくちゃ」テスはきっぱり言った。「なんの問題もないじゃないの。あなたのほうが、あのいかめしい顔のカリムなんかよりもよほど魅力的だわ」

サシャはくすくす笑った。「やけに簡単な言い方をしてくれるな」

「実際に簡単なことだもの。あとはそれをやり遂げる方法を考えればいいだけ。ガレンだって反対はしないでしょう？」

「彼はそうだが、ヴィアンヌ自身がそうはいかない」

テスはいらだたしげに手を振った。「彼女の気持ちなら変えられるに決まってる」

「人の心まで思いどおりにはできないんだよ、おチビちゃん」

「でもトライすることはできるわ。ヴィアンヌは思いやりがあるし頭もいいんだもの」テスは渋面を作った。「ただ、独立心に欠けるのよね。いいわ、あなたがタムロヴィアに出かけているあいだに、彼女にその手の資質を教えこんでおくから」

サシャはかぶりを振った。「それよりも、自分の心配をしろ、テス」

「だって、何か手助けをしたいのよ」いとこの顔を見つめるうちに、おのずと目頭が熱くなってくる。「あなたのことが大好きなんだもの、サシャ」

「だから、この世のなかをぼくの都合のいいように変えたいというわけか」サシャは手を伸ばし、テスのこめかみに垂れさがる鮮やかな色の巻き毛にやさしく触れた。「ヴィアンヌはこの世界の人間なんだ、テス。彼女のルーツはここだ」

「そして、あなたは違う？」

サシャは力なく首を振った。「ぼくはエル・ザランの人間じゃないし、ここの人間はよそ者をそう簡単には受け入れない。結局、ぼくはどこの世界にも属していないんだ」

そして、このわたしも同じ。テスは奇妙な胸のうずきを覚えた。「あなたはタムロヴィアの王子だわ」

「そんなもの、エル・ザランの人間にとっちゃなんの意味も持たない。ここではカリムのほうがよほど名声を備えてる」サシャは身を乗りだし、テスの鼻の頭に軽くキスした。「一時間後に出発するよ。ベラージョに着いたらメッセージを送る。元気でいろよ、テス」

「それじゃ、中庭で見送ってあげるわ。神のご加護をお祈りしてる」

サシャは戸口で振り返った。「あの塔には近づくなよ、テス」

サシャを見送りながら、テスは身震いした。そう、あんな陰鬱《いんうつ》で不気味な塔にこれ以上深入りするつもりなんてありゃしないわ。ガレンが自分の秘密や思い出を守りたいなら、そうさせておけばいい。どのみちわたしがここに留まるのはほんの短期間なんだし、彼が苦心して築きあげようとしている壁を無理やり打ち壊したいとも思わない。

だけど、ヴィアンヌのことは別だ。サシャがどれほど素晴らしい夫になりえるか、ヴィアンヌにわかってもらおうとすることは問題ないだろう。

サシャ。夫。テスは思わずにやりとした。その二つのイメージがなんとかけ離れていることか。

だとしても、ヴィアンヌこそが大事ないとこの心を射止めた女性なら、なんとしてもここは一肌脱いであげなくちゃ。

6

一時間後、テスが玄関に達する前から、敷石を蹴る馬の蹄《ひづめ》の音や男たちの話し声が響いてきた。中庭に出てみると、そこはすでに三十人ほどの馬にまたがったローブ姿の男たちで埋め尽くされ、ちょうどサシャが厩舎《きゆうしや》から姿を現わすところだった。セリクにまたがったガレンも、ゆっくりと彼女のほうへ近づいてくる。

「あなたも一緒に行くの？」テスはショックと失望感が極力声に表われないよう注意して、訊いた。「どうして言ってくれなかったの？」

「別れが苦手なんだ。サイードも一緒に連れていくが、カリムに頼んでおまえ宛ての手紙をあとで渡してもらうつもりだった」

「それはまた、やさしい気遣いだこと」

ガレンは小声で悪態をついた。「おれは国境まで行くだけだ。カリムが丘に住む民族から持って帰ってきた情報が気に入らなくてね。サシャはおれのためにタムロヴィアに戻るわけだから、せめて彼がタマールの領地を無事に通過するのをこの目で確かめておきたいんだ」

「べつに説明してくれる必要なんてないわ。文句があるわけじゃないの。一人になれてむしろ、嬉しいぐらいよ」テスはぐいと顎を持ちあげた。「ただ、前もってわたしに直接話してくれるのが礼儀ってものじゃないかと思っただけ」

「だから言っただろう。おれは別れが嫌いなんだと」

「礼儀を重んじることも嫌いなんでしょう？」テスの声はかすかに震え、一度落ち着かせてから言葉を継いだ。「わたしたちはみんな、嫌いなことだってしなくちゃならないの。そうでなきゃ、わたしだってザランダンにいるわけがないわ」

「さあな。おれを苦しめ、悩ませるためとか？　わかった、わかった。おれのやり方が礼儀に反してた。だが、おまえを傷つけるつもりはなかったんだ。おれの旅の無事を祈ってくれないか？」

「もちろんよ。ご無事でお早いお帰りを、閣下」

ガレンは冷たい風から身を守るかのように背中を丸めた。「これなら、荒野を旅しているほうがましってもんだな」テスが答えないと見てとると、続けて言った。「何か必要なものがあったらカリムに言え。おれの留守中は彼が責任者になる」

「彼なら適任だわ。傲慢さはあなたと変わらないもの」

「テス、いい加減にしろ。こうするのが最善なんだ」ガレンの張りつめた顔のなかで黒い瞳がぎらついた。「おれの忍耐が限界に近づいている。しばらくおまえから離れる必要があるんだ」

「そして、当然ながら、決定はいつだってあなたが下す。わたしはまるで、あなたが決めたルールに従ってボードの上を動きまわるチェスの駒のような気持ちになってくる」テスはまっすぐに彼を見つめた。「いい加減にわたしたち、そろそろ新しいゲームを始めるべきときだと思うわ」

「そうか」ガレンははたと動きを止め、一転、不敵な表情が顔をかすめた。「それじゃ、その件は一週間後に帰ってきたときに話し合おう」

テスは首を振った。「タムロヴィアから一週間では無理よ。だって、国境からここまでだって五日もかかったんだから」

「これまでのおれには、たいした励みもなかったからな」テスの顔を目を細めて見つめた。

「でもいまは、急いで帰りたいと思える理由ができた」

テスは体の芯が熱くなり、肺がぎゅっと締めつけられるのを感じた。「ほんと？」と囁く。

「ああ、ほんとうだとも」二人の視線が絡みあう。「どういう理由か、わかっているだろうな？」

それはもう、わからないわけがない。馴染み深い緊張感が戻り、二人の上に舞い降りようとしている。テスは驚きつつもはっきりと思い知った。これこそが、まさに自分が彼のなかに呼び起こしたいと思っていた反応なのだと。そう、サシャは正しかったのだろう。たしかに自分はトラを刺激したかったのだ。テスはごくりと一つ、唾を呑みくだした。暗い高揚感が湧きあがるのを意識しながら、ガレンを見つめた。「あなたの口から言いたいんでしょう?」

「ああ、言いたいとも。おまえの言葉を借りて言おう」ガレンはにやりとした。「〈どっちつかずの状態〉はもうおしまいだ」

彼はサシャとともに中庭を出ていき、その後ろから大勢の男たちがゆったりとした隊形で従っていく。テスは心臓が激しく鼓動するのを感じていた。新たな体験に対する期待と興奮で、頭がくらくらするほどだ。

思わず半歩歩みでて、足を止めた。彼のあとを追うわけにはいかない。どうせ追い返されるのは目に見えている。ここでじっと彼の帰りを待つしかないのだ。

ああ、よりによって待つだなんて、わたしの一番不得意なことなのに。

仕方がない。ここは諦《あきら》め、何か気晴らしになることを見つけて時間をやりすごすしかないだろう。

テスはくるりときびすを返すと、階段を駆けあがって宮殿に戻り、廊下を走り抜けてヴィアンヌの部屋に向かった。

ヴィアンヌはテラスにいた。テスが勢いよく飛びこんでくると、驚いて顔をあげた。テスの頬はまっ赤に染まり、目はらんらんときらめいている。

「アレクサンダーとロクサネーの訓練のことだけど、ずいぶん手ぬるかったと思うの」そう宣言するなり、ずかずかと鳥小屋に向かう。「そろそろちゃんと、彼らに仕事を教えこむときだわ」

「どうしてわかってもらえないの？　だから、話がしたいだけなの。あなたの――」テスはドアを押さえている女件の使用人の背後に目をくれた。ちょうどユセフが階段を下りてこようとしている。「もういいわ。彼が見つかったから」テスは遮ろうとする使用人の脇をすり抜けて、ユセフに突進した。彼のほうは驚きのあまり、階段の途中で凍りついている。「よかったわ、あなたが現われてくれて。あなたに話があって来たと、何度彼女に説明してもわかってもらえなくて。どうして――」

「マジーラ！」ユセフは口元をきつく引き締めた。「彼女を責めるのはお門違いというものです。ザランダンでは、徳の高い女性は男性のもとを訪れたりしないものなんですから」

「ザランダンだけの話じゃないわ。女件はどこでだって、鉄格子やばかばかしい規則に閉じこめられてるのよ」テスはそっけなく手を振った。「でも、わたしは気にしない。そういうものから逃れる方法を身につけたから。意志を強く持って、屈せずにやりとげればいいのよ」

「なる……ほど」ユセフは手を振って使用人を追い払うと、最後の三段を下りてきた。警戒しきったまなざしで、テスの背後の廊下を見やる。「護衛はどこです?」

「ばかなことを言わないで。あなたに会いにくるのに、護衛なんて必要なものですか」

「まさか、いない?」ユセフは弱々しい声で訊いた。「あなたが護衛もなくわたしのもとを訪れたなんてことがマジロンに知れたら、わたしのほうが護衛をつけなけりゃならなくなる。そんなことはマジーラとしてふさわしくない——」

「サイードみたいなことを言うのね」テスは顔をしかめた。「その台詞《せりふ》にはもううんざり。口うるさい雄鳥たちにまわりでピーチクパーチク鳴かれるのはごめんだわ」

衝撃と不満でこわばっていたユセフの顔に、ようやく笑みらしきものが浮かんだ。「雄鳥の鳴き声はクックッですよ」

「細かいことはどうでもいいの。それよりあなた、わたしが訪ねてきた理由を訊かないのね」

「恐ろしさのあまり、まともに口がきけませんでしたから」

テスはくすくす笑った。

ユセフはただ首を振った。

「動揺させちゃったみたいだから、とにかく説明するわね、ここに来た理由を」テスが言う。

「あなたの家の屋根を使わせてもらいたいの」

「は?」

「いつだったかガレンと一緒にカリムのもとを訪れたときに、このお屋敷がとても背が高いことに気づいたの。ここの屋根なら、町のどの家よりも高いわ。アレクサンダーを飛ばすのに、ぜひともその屋根を貸してほしいの」

「アレクサンダー？」

「伝書バトよ。実際はまだそうとは言えないけど、いまにきちんと訓練を終えれば伝書バトの役割を果たしてくれるはずだわ。ほんとはヴィアンヌと一緒に二羽を訓練中なんだけれど、ロクサネーのほうは残念ながら、生まれつきそういう本能に欠けているらしくて、だからアレクサンダーだけに——」

ユセフは慌てて遮った。「とにかく、こんなところへいらしてはだめです。ふさわしい行為とは言えません」

「それじゃ、別の家を探せと言うの？　ねえ、お願いよ。これほど適当な屋根はほかに見つかりっこないわ。それに、見も知らぬ家から家に一軒ずつ訪ね歩くのも——」

「まさか！」ユセフはまた遮った。「そんなことが許されるはず——」断固としたテスの表情を目にし、深々とため息をついた。「どれぐらいの期間、うちの屋根を使う必要があるんです？」

テスの顔がぱっと華やいだ。「それほど長くはないのよ。約束する。たぶん、二、三日ってところね。わたしが毎日午後に来られるとすればだけど」

「それと、マジロンが戻られたときには、ただちに訪問をやめていただかなければ」テスはうなずいた。「アレクサンダーはすごく頭がいいから、週が明けないうちにコツを身につけてしまうと思うわ」

「ぜひとも、そう願いたいものですよ」ユセフはまた吐息をついた。「あなたがいらっしゃるときには人払いをして、つまらないゴシップが広まらないようにしておきます。あとはあなたであることを誰にも気づかれないといいんですが」ロビーに差しこむ陽光を受けて、燃え立つように見えるテスの髪にちらっと目をくれた。「まあ、無理な相談でしょうが」

「大丈夫。何もかもうまくいくわ」テスはにっこりと彼に笑いかけた。「ありがとう、ユセフ。あなたならきっと助けてくれると思ってたの」足早に戸口に向かう。「それじゃ、また明日のお昼過ぎにおうかがいするわね」

ユセフは苦りきった表情でうなずいた。「承知しました。お待ちしていますよ、マジーラ」

砂丘の砂が月明かりを浴びて、不気味な美しさをともなってうごめき、持ちあがり、あげくに渦を巻いた。

砂漠には人っ子一人いないように見える。しかし、単なる印象ほどあてにならないものはない。ガレンは暗闇に目を凝らした。

「タマールがいると思うのか？」

振り返ると、サシャが野営地からぶらぶらと近づいてくる。「ああ、たぶん。ここはやつの領地だからな」

「何か仕掛けてくると？」

「よほどの気まぐれでも起こさないかぎり、それはないだろう」ガレンは肩をすくめた。

「今夜は大勢の歩哨を配置しておいた。いずれにせよ、明日国境を越えてタムロヴィアに入ってしまえば、危険はなくなる」

「とんでもない疲れは残るけどな」サシャは眉を引きあげてガレンを見た。「こんなに急がせて旅するなんてはじめてのことじゃないか？」

「おまえを無事に国境まで連れてきたかったんだ。噂はあっという間に部族間に広がる。タマールがおれの結婚のほんとうの目的に気づいて、何か仕掛けてこないともかぎらなかった」

サシャは疑うような目で彼を見つめている。

ガレンは肩をすくめた。「ああ、そうだ。たしかにおれは、一刻も早くザランダンに戻りたいと思ってるよ」焚《た》き火のそばに広げられた自分のブランケットに向かう。「ここ数カ月は留守することが多かったからな」

サシャの口元がほころんだ。「ほう、そいつはまた責任感の強いことで。まあ、国事の責務こそ支配者たるものの命みたいなものだからな」自分のブランケットの上に腰を下ろすと、尻を焚き火のほうに向けて丸くなった。「よかったよ。ぼくは自分の好きなことしかしない、単なる自堕落なきざ男で」

そうか。やはりサシャは、急いで家に帰りたがっている理由を知っている。ガレンは申し訳ないような気持ちになった。二人はもうずいぶん長いこと、親しい関係だ。欲望に駆られてテスのもとに急いでいることぐらいお見通しだろう。むしろ、なぜいつもの調子で素直に打ち明けてくれないのかと不思議に思っているに違いない。ガレンには常に女性が必要なのに、ザランダンに戻って以来、これまでのように売春婦のもとを訪れてもいないことを、サシャならとっくに気づいているはずだ。

べつにテスに恥をかかせたくないというだけが理由じゃない、とガレンは自分に言い聞かせた。実際、忙しくてそれどころではなかったのだ。やることが山積みでそんな時間など――。

いや、みずから体を投げだすような相手なら、満足を得るのにそれほど時間はかからないだろうが。くそっ、ようするにおれは、自分自身にも嘘をついているのだ。テスやサシャに対してだけでなく。そう、おれは売春婦が欲しいんじゃない。欲しいのはテスだけだ。

厩舎で過ごした最初の晩以来、彼女が欲しくてしかたがなかった。しかもその熱い思いは日に日に膨らんで、いまはもう彼女の姿を目にするだけでおのずと体が反応してしまう。

いまこの瞬間だって、こうして彼女のことを考えるだけで股間がうずいてくる。

ガレンは低く悪態をつくと、ごろんと寝返りを打って焚き火に顔を向けた。炎が燃え盛り、テスの赤い巻き毛にも似た輝きを周囲に撒き散らしている。いや、テスの髪の輝きのほうがもっとずっと深くてやわらかい。

ガレンはぎゅっと目を閉じ、彼女のことを脳裏から締めだそうとした。たぶん、こんな馬鹿なことは、いったん彼女と寝てしまえば終わるんだろう。口伎まとわりつく彼女の影から解放され、欲望も薄れ、やさしさだって——。

彼女によって喚起されたやさしい気持ち。彼女と一緒に過ごすときのこのうえない楽しさ。よりによって、そんなものを思いだしてどうなるというんだろう。考えてみれば、数時間離れただけですぐにも彼女に会いたくなるというのも、それほど不思議なことじゃない。彼女はあのとおり、内面から放たれる生きる喜びで光り輝いていて、それがこのおれを引きつけずにはおかないからだ。だとしても、肉体的な反応以外のことを、あれこれと思い起こすのはやめておいたほうがいい。欲望なら、いつかは満足させることができる。欲望なら、傷つかずにすむ。

傷つかずにすむ？　よく言ったもんだ。それじゃこの、おぞましいぐらいの居心地の悪さはなんだというんだ？　しかし、これもじきに終わる。ザランダンに戻れば、ひと月近く抑えつけてきた欲望をとうとう満足させることができる。

ガレンは断固として、テスの姿を脳裏から締めだした。明日こそはザランダンに向かって出発できる。しかしまだまだ道のりは遠い。故郷に帰るまで……テスをこの手に抱くまでは……。

誰かにあとをつけられている！

テスは足取りを速め、そそくさと角を曲がった。ちょうど夕食時ということもあって、ザランダンの通りは閑散としている。通りの両側に並んだ店の入口が、さながら薄暗い洞窟《どうくつ》のように見える。テスは不安に駆られて、身を震わせた。

後ろから聞こえる足音が、こちらの歩調と合わせるように速くなったり遅くなったりしている、ひょっとしたら考えすぎかもしれない。誰かにつけられる理由なんてまるで思いあたらないし。テスは思わず胸元のゴールドのペンダントに手をやった。ザランダンの通りにはたしかにやくざ者がうろついてはいるけれど、この数日出歩いてもなんの面倒にも巻きこまれずにすんでいる。ペンダントの力。そう、こうして自由に歩けるのは、きっとこのペンダントのおかげなんだろう。これは、わたしを守ってくれる目に見えない甲冑《かっちゅう》。ガレンの甲冑だ。

とはいえ、そのガレンも出かけたきり、もう三日も帰ってきていない。もしかしたら後ろの男は、よほどこのゴールドのネックレスがほしくて、ガレンの甲冑の力も――。

「止まれ！」荒々しい男の声が、背中から飛んできた。

心臓が跳ねあがり、テスは脱兎《だっと》のごとくに駆けだした。

「マジーラ！」

聞き覚えのある声だ。いくぶんほっとして振り返ると、ローブ姿の背の高い男がゆっくり近づいてくる。カリム。

「カリム、脅かさないで。てっきり――」震える息を吐きだしつつ、自分から彼に歩み寄ったものの、その険悪な形相に思わず言葉を忘れた。

「一人で通りをうろつくなんて、とんでもありません」

「だって、これまで一度も怖い目に遭ってないのよ」

「わたしはマジロンの留守中、あなたの身の安全と行動に責任を負っているんです」と唇を引き締める。「今後いっさい、宮殿を出ることは認められません」

テスの胸に猛然と怒りが湧いた。「わたしは行きたいところに行くわ」

カリムはおかしくもなさそうに笑った。「それで、ユセフ・バナルドンの屋敷に行かれるわけですか」

テスは目を見開いた。「なんてこと。わたしのあとをつけていたのね、カリム？」

「マジロンに約束した義務を果したまでです」ひと息ついて続けた。「厩舎の馬番から、マジロンの出発以来、あなたがパヴダに乗っていらっしゃらないと聞いて、それはまたどうしてかと思いまして」

「それで今日、わたしのあとをつけた」

「あなたをお守りするためです」カリムは小首を傾げた。「てっきりお気に入りの店か市場に行かれて、装身具でもお求めになるのかと思ってましたよ」

「なんでそんなことを?」

「わたしが間違ってました。あなたがどういう方か考えればすぐにわかったはずなのに。西洋の女性は、夫の部屋にいないときにはたいていろくでもない快楽を求める」

テスは目を細めて彼の顔を見た。「どういう意味?」

「ご存知のはずだ」

「はっきり言ってちょうだい」

カリムは意地の悪そうな笑みを浮かべた。「ユセフは若いしたくましい。雄牛のような男だ。ご婦人方は誰でも彼を好きになる」

「だから?」

「マジロンは留守。西洋の女性は自分の快楽を求めることにかけては忍耐しない」

「どうやらあなた、西洋の女性についてろくに知りもしないみたいね」テスは憤慨した。

さっとカリムの笑みが消えた。「友人がエル・ザランの公衆の面前で恥辱を受けることは阻止しなけりゃならない。それぐらいはわかります。二度とユセフの屋敷には行かないでいただきたい」

「わたしは行きたいところに行くわ」

「もう一度行かれたら、そのときは彼は命を落としますよ」

テスは目を見開いた。「なんですって？」

「マジロンの許可なくしてあなたに手を触れるわけにはいかない。しかし、それ以外ではわたしの権威は絶対です。ユセフを始末するぐらいできる」間を置いて、さらに言いつのる。

「マジロンの脅威になるなら容赦はしない」

テスは呆然《ぼうぜん》と頭を振った。「わたしが彼の家を訪れたというだけで？」

「あなたがこの二日、彼と二人きりで午後を過ごされたからです。人目につかないよう慎重に振る舞っていたことは認めましょう。でもこのまま続くようなら、そのうち世間の衆目を集め、マジロンが恥辱を受けることになる」

「だから、そうならないために人が死ぬって言うの？」

「あなたの国でもそうでしょうが、気まぐれな不貞はここでも認められてはいない」いかめしい顔のなかで目だけが不気味にぎらついた。「それにガレンもあなたのそうした行動を黙認されはしないでしょう。あなたに対してはずいぶんと自由をお許しになってるが、自分以外の男と寝るとなれば話は別だ」

テスは震えがらに息を吐きだし、懸命に怒りを抑えた。「わたしを侮辱するのね」

カリムは無表情に彼女を見返した。

「わたしが不貞を犯していないと言ったら、信じてもらえる?」

「西洋の女性は嘘がうまい」

「いい加減にして」テスは両手を掲げた。「あなたの馬鹿な言いがかりに付き合って、これ以上息を無駄遣いするのはうんざり」くるりときびすを返すと、速足で通りを歩きだした。

「ユセフの屋敷に行くことは許しませんよ」カリムが背後から叫んだ。

「わたしのやりたいようにやるって言ったはずよ」肩越しに彼をにらみつける。「わたしの生活に口出しすることは許さないわ、カリム」

「彼のもとをもう一度訪れてごらんなさい。彼の首をバスケットに入れてお届けしますよ」

ぎょっとして、テスは彼の顔を凝視した。背筋に震えが走る。彼の言葉が単なる脅しではないことをはじめて思い知った。「良心のかけらもない野蛮人ね、あなたは」

「場合によっては」カリムはにやりとした。「ただそれは、子どもの頃からガレンを見て学んだってことを忘れちゃ困る。怒りに駆られたときの彼に比べたら、わたしなどかわいいものですよ」


「彼はいる?」テラスに飛びだすなり、テスはコショウボクの木の下に彼の姿を探した。

「戻ってきた?」

「ええ、一時間前に」ヴィアンヌは顔を輝かせて、急いで鳥小屋から出てきた。「これで三度目よ、テス」

「それで、ご褒美の餌はあげてくれた？」

ヴィアンヌはうなずいた。「ロクサネーの隣りに止まったあと、すぐに」

「たった一時間前？」テスは顔をしかめた。「あまりいい記録とは言えないわね。だって、ユセフの屋根から飛ばしたのは二時間も前よ。きっと回り道をして飛んできたんだわ」

ヴィアンヌは笑った。「そんなこと、どうでもいいじゃないの。最終的に帰ってきたことだけでも、まるで魔法だわ」

「単なる本能よ、魔法じゃなくて」テスは肩をすくめた。「でも、絶えずご褒美をあげるようにすれば、だんだんとやる気になるわね。それが訓練のコツだって伯爵が言ってたもの」また眉をひそめる。「それにしても、ハトってやっぱりお馬鹿さんじゃないかしら。だって、ユセフのお屋敷からここまで、歩いて帰ってもほんの一時間よ。わたしのほうが速く戻るところだったなんて」

「歩いて？」ヴィアンヌは目を丸くした。「町なかを歩いて戻ってきたの？　そんなこと、するべきじゃないわ。わたしなら――」

「危ないことなんて一つもなかったんだってば」つい声を荒げて、しまったと思った。パヴダに乗らずに町なかを通ったことを、ヴィアンヌに話すつもりなどなかったのに。ガレンの許可なく動きまわることだけでも充分心配している彼女に、ますます気を揉《も》ませてしまう。

「最初はパヴダに乗っていったんだけど、がたがた揺れるとアレクサンダーが動揺するみたいなの。彼を落ち着かせて飛ばせられる状態にするのに、すごく時間がかかったのよ」

ヴィアンヌはかぶりを振った。「それなら、馬番を連れていって——」

「そろそろもう少し長い距離を飛ばしてみてもよさそうね」テスはすばやく遮って言った。

「どういうこと？」ヴィアンヌがこわごわ訊いた。「ユセフのお屋敷は城門のすぐそばにあるのよ」

「それなら、門の外に行くまでだわ」テスが平然と言った。

「とんでもない！　家庭を持つ女性が門の外に出るのは固く禁じられているのよ」

「ガレンはよく、乗馬の練習に町の外まで連れだしてくれたわ」

ヴィアンヌは額に皺を刻んだ。「あなたが一人で行くことは許されっこないわ。たとえ馬番が一緒だとしても。ねえ、ガレンが戻るまで、ユセフのお屋敷で我慢すればいいことよ。そのあとで彼を説得して——」

「説得？」テスは顔をしかめた。「嘆願と似たりよったりだけど、なんだかいやな響きね」

「ガレンはあなたにはずいぶん寛大な態度を取ってきたわ。実際、ほかの女性たちにはこれほどの自由は認められていないのよ」ヴィアンヌは大まじめな顔で続けた。「よくよく覚えておかないとだめ。女性が部下を連れて馬で門の外に出かけるなんて普通のことじゃないの。ましてや一人だなんて。あなたにそんなことをさせたら、非難されるのはガレンのほうよ」

「彼は気にしてないみたいだけど」

「彼は戦うことに慣れっこだから」ヴィアンヌが言う。「わたしの父が亡くなって以来、彼はことあるごとに西洋の上質なものをザランダンに取り入れようとしているの。でも、多くの人間は古いものから引き離されることを、よしとは思っていないわ」

「カリムみたいに」

「それにわたしも」

「あなたも？」

　ヴィアンヌはうなずいた。「その点ではわたしとカリムは似ているのね。古いものには上品さと理性が備わっている」

「あなたの鳥たちみたいに、この部屋に閉じこめられていることが、理性的だって言うの？」

「彼らの小屋は清潔だし、餓《う》えを知らずに一生を送れるわ」

「自由も知らずに」

　ヴィアンヌの瞳がふいにきらめいた。「アレクサンダーは自由を知ってる。あなたが彼を大空に飛ばすたびに味わってるわ」

「だとしても、わたしたちは彼が戻ってくるように餌で縛りつけているのよ」テスは首を振った。「彼がこれほどのお馬鹿さんじゃなければ、自由に飛んで、自分の力でなんとか生きていくはずだわ」

「だけど、そうなったらあなたは伝書バトを失うことになるのよ」

「それはそうだけど」突然、ついさっきカリムと出会ったときのことが思いだされ、テスは顔をしかめた。「あなたはカリムとはちっとも似てないわ。彼は野蛮な獣よ」

ヴィアンヌは優美な眉を引きあげた。「なんだか彼に怒ってるみたいね。彼が何かしたのかしら、あなたに迷惑かけるようなことを？」

カリムとの諍《いさか》いをわざわざ彼女に話す気はなかった。「ただ彼が嫌いなだけ」テスは力なく言った。

「たしかにときどき気が立って見えるときもあるけど、彼には彼の理由があるのよ。野蛮な辺境の民族の一つに生まれて、戦争と流血しか知らずに育ったの……その気になれば、すごくやさしくなれる人なのよ」

「でも、ちっとも面白みがない。いつだってむずかしい顔しちゃって、頭にあるのは退屈なお説教と義務のことだけ」横目でちらっとヴィアンヌを見る。「サシャなら、絶対にあなたを退屈させるようなことはないのに」

ヴィアンヌはぱっと赤面し、目をそらした。「そうね。彼なら誰のことも退屈させないでしょうね」

「それに、やさしくなれる」公平を期して言い添えた。「その気になったときには」

「あなたはわたしよりも彼のことをよく知っているはずですものね」

「それに彼はハンサムだわ。どんな女性に訊いたって、サシャは驚くほどハンサムだって言うはずよ」

「ええ、とてもハンサムね」ヴィアンヌはテラスを横切って手すりに向かい、眼下に広がる町並みとかなたの丘を見るともなしに眺めた。「どうしてサシャの話ばかりするの、テス?」

「彼があなたのことを好きだからよ」

「知ってるわ」

「それに、あなたも彼のことが好き」

「彼といると、心が掻き乱されるの」ヴィアンヌは石造りの手すりをきつく握った。「とても落ち着かない気持ちになるのよ」

「カリムよりもサシャと一緒のほうが、ずっと幸せになれるわ。彼なら、あなたに自由を与えてくれるもの」

「さっきも言ったけど、わたしにとって自由はそれほど価値のあることじゃないの」

「それなら、価値があると思いなおすべきよ」テスは真剣な顔で言った。「自由ってことがどれほど素晴らしいか知ったら、あなただって――」

「これ以上この話はしたくないわ。すごく気持ちがざわついてくるから」

せっかく手応えを感じはじめたところだったから、できればこのまま押しきりたかったが、やめておいた。今日のところは、これぐらいで充分だろう。「そうね。とにかくわたしはあなたにとっての最善を願ってるだけよ」

振り返ったヴィアンヌの大きな瞳は、磨き抜かれたオニキスのようにきらめいた。「唐突に話を打ち切ったりして、あなたが気を悪くしないでくれるといいんだけれど。だってわたし、あなたのことが大好きになったんですもの」

「わたしのことを？」テスは驚いて訊き返した。「あなたにとっては、むしろ癇《かん》に触る存在じゃないかと思ってたのに。ときどきわたし、あなたを煽《あお》るようなことを言うでしょう？」

「煽る？」ヴィアンヌはくすくす笑って、首を振った。「そうね。まるで全速力で駆けるセリクにまたがって、後ろにつんのめるときの感じに似てるかしら」急いで言い足す。「でも、少しも気にしてはいないわ。あなたがザランダンに来てくれてから、生活がずっと活気に満ちた感じがしてるの」

降って涌いたようなこのチャンスに、もうひと言言わずにはいられなかった。「わたしなんかより、サシャのほうがずっと刺激的だわ。だって――」ヴィアンヌの咎《とが》めるような視線をまともに食らい、おどおどと作り笑いを浮かべる。「でも、ほんとよ。わたしなんてまだ、サシャに太刀打ちできるほど長く生きてないけど、そのうちに彼を追い越すことを楽しみにしてるの」笑みを収め、ためらいがちに続けた。「わたし、これまでは女の友達なんて一人もいなかったけど、あなたのことは――」口ごもり、それからひと息に言った。「つまり……もしあなたさえよければ……あなたがいやじゃなかったら——」

「もちろん、わたしたちは友達だわ」ヴィアンヌは晴れやかに微笑した。「友達だし、姉妹よ。あなたにはじめて会ったときから、こうなることはわかってたの」

「ずいぶん……賢いのね」テスは背を向けると、いまにも丘の向こうに姿を消そうとしている太陽を眺めた。喉の奥がちくちくしていた。漏れでた声はしわがれていた。「わたしって誰に対しても何に対しても、信頼するということができないの。ただ、もしもそうなれたら……」咳払いを一つし、つとめて快活に言った。「それじゃ、アレクサンダーの次の旅のことを考えなくちゃ」

ヴィアンヌが眉をひそめた。「さっき　ユセフのお屋敷から飛ばすってことで話は決まったんじゃやなかった？」

「決まってないわ。じつは、少しユセフに負担をかけすぎた気がしてるの」テスは慎重にヴィアンヌの視線を避けた。「これ以上彼のお屋敷を使いつづけたら、彼にとって困った事態になるかもしれないわ」

「困った事態？」

テスの脳裏に、柳細工のバスケットに入ったユセフの血まみれの首が浮かんだ。「すごくすごく困った事態よ……たぶん。明日、彼にメッセージを送るわ。二度と彼のお屋敷の屋根は使わないって」そしてついでに、ガレンが戻ってくる前にザランダンを離れたほうがいいと警告することも忘れないようにしなくては。テスは鳥小屋の自分のとまり木で、すっかり落ち着いた様子のアレクサンダーのほうを見やった。「二、三日休ませてから、さらに厳しい仕事をさせてみるわ」

「どんな仕事?」ヴィアンヌが用心深く訊いた。「それに、ユセフのお屋敷じゃないなら、どこを使うの?」

「これから考えてみるつもり」テスは返事をはぐらかした。いまここで、ヴィアンヌに新しい計画について打ち明けるつもりはなかった。彼女のことだ。いったん、彼女の考える正しい礼儀作法に反すると感じたら、もはや何を言おうと聞く耳を持たないだろう。テスには考えがあった。これから二日間かけて、さりげなくヒントや情報を与えつづけ、最後には彼女の同意を取りつけてみせる。テスは地平線に視線を転じた。この位置からでは監視塔は見えなかったが、わざわざ目にするまでもなかった。最初に見たときの、こちらを手招きするような謎めいた力強い姿が、はっきり脳裏に刻まれている。「そのうちに何かいい案が浮かぶと思うわ」

城門を抜けてすぐのところで、カリムはガレンを出迎えた。「ずいぶんとお早いお帰りですね、マジロン」

「ああ」ガレンは宮殿を眺め、予想どおりとはいえ、早くも股間が脈打つのを感じた。くわえて驚いたことに、わくわくと胸までときめいてくる。まだだ。落ち着け。あともう少しだ。

「馬を急がせたからな。何も問題なしか？」

カリムは答えず、自分の馬を歩かせてセリクの隣りまでやってきた。

ガレンは顔をこわばらせ、鋭い目を彼に向けた。「そうじゃないらしいな」

カリムは彼のほうを見ようとしなかった。「エル・ザランには何も問題はありません」

ガレンは宮殿に視線を走らせた。

「ヴィアンヌも元気にしています」カリムはためらいがちに言い添えた。「問題はマジーラでして」

ガレンはどきんとし、低く悪態をついた。「くそっ。彼女の面倒を見るように言っておいたはずだぞ。病気なのか？」

「体調はすこぶる良好です」カリムは頬を紅潮させ、落ち着きなく周囲の男たちを見まわした。「ここではお話しできかねます」

ガレンはセリクの腹を蹴り、護衛たちから遠ざかるように駆けだしていった。宮殿の中庭に入っても止まらない。階段の前でようやく手綱を引き、鞍《くら》から下りるやカリムに向き合った。「二人きりで話さなければならないとは、いったいどういうことだ？」

カリムはごくりと唾を呑みくだし、しゃがれ声で言った。「あなたに部下の面前で恥をかかせるわけにはいきませんでした」

ガレンははたと押し黙った。「恥だと?」

「マジーラは今週三度もユセフ・ベナルドンの屋敷を訪れ、何時間も過ごされました」カリムはそこで思わせぶりに息をついた。「お一人で」

ガレンはみぞおちを叩きつけられたような衝撃に見舞われた。「たしかなのか?」

カリムはうなずいた。「歩いていかれ、馬番も連れていかれませんでした。ユセフの隣人に話を聞いたところ、彼は人払いまでしてマジーラと午後を過ごしていたそうです」慌てて言い添える。「彼らが噂を広める心配はありません。このことを口外すれば、誰であろうと斬り殺すと言い渡してありますから」

恥。ガレンはどす黒い怒りが胸にたぎるのを感じた。テスがユセフのベッドに? クッションに横たわって身もだえし、その彼女の上にユセフが覆い被さって……。全身の血管を猛烈な勢いで血液が駆けめぐった。真っ赤なかすみがかかって視界が遮られる。ガレンは雄々しくも冷静に考えようとしてみた。「物事はときどき、見た目と違うことがある」

「彼女に直接問いただしてみましたが、否定なさいませんでした。とても……ふてぶてしい態度で」

いかにも、テスならそういう態度で臨むだろう。カリムの目の前に仁王立ちになり、瞳をきらめかせている彼女が目に見えるようだ。「それで?」

「もしこのまま続けられるなら、彼女の恋人は首を切られると警告しておきました」カリムは険しい口調で言った。「あなたのためでしたら、喜んで彼の首を切り落としますよ、マジロン」

ガレンは慎重に平静な声を保って言った。「それで、彼女はまだやつと会いつづけているのか？」

カリムは首を振った。「ユセフの使用人の話によりますと、彼は翌日メッセージを受け取り、ただちに町を離れたそうです」

「どこへ向かった？」

「丘陵地帯の部族のもとへ」カリムはこれみよがしにため息をついた。「それで、さすがに二人の関係は終わったと思ったんですが」

ガレンはカリムに表情を悟られないように、顔をそむけた。「終わってないのか？」

カリムは悲しげにかぶりを振った。「マジーラは今日の昼過ぎに町を離れました。あとをつけるのがわたしの努めと判断しました」ひと呼吸置き、「向かった先は、塔です」

ガレンはさっと彼を振り返った。「塔だと？」

「あそこでの密会があなたにさらに恥をかかせることになると、彼女がわかっているとは思えませんが」カリムは声を落とした。「知っているはずはないのですから」

「彼女は知らなくても、ユセフは間違いなく知っている」ガレンは唇をゆがめた。「あそこなら、丘の野営地からも近くて好都合なことも、わかってるはずだ」

カリムの瞳がふいに潤んだ。「信じてください。できればあなたにこんな話はしたくなかった。あなたが戻られる前に、自分で解決するつもりだったんです」

「わかってるよ、カリム」カリムの心の動揺は充分に理解できても、慰めてやる余裕はガレンにはなかった。とにかくいまは全身全霊を注ぎ、この身を占領しようと目論《もくろ》む荒々しい怒りをなんとしても抑えつけなければ。とにかく考えるんだ。そして理性を保つ。野蛮な自分を解き放ってはならない。

「わたしはこれからどうしたら？　塔まで行って、彼女を連れ戻してきましょうか？」

「いや」ガレンはきびすを返すと、セリクにまたがった。「この先はおまえが心配することじゃない、カリム」

「一緒に行かせてください。おそらくユセフが――」

「いてくれたら、望むところだ」ガレンは冷ややかに笑った。「探しだす手間が省ける」

カリムは両手を拳に握った。「西洋の女性があなたに災難をもたらすことは、わかっていたことなのに」

「これはおれ自身が招いた問題だ。女ってのはきわめて退屈しやすい人種だからな。いっときたりとも目を離しちゃならないってことだ」くそっ、これじゃまるで親父の台詞そのものじゃないか。ああ、そうだとも。いまのこの気持ちは親父が味わったものとそっくり同じ。裏切られた思い。怒り。そして毒々しい欲望が体の奥から湧きあがる。「彼女を一緒に連れていかなかったおれが悪い」馬を方向転換させる。「ヴィアンスに今夜は戻らないと伝えてくれ」

ガレンは中庭から駆けだしていくと、町なかを疾走して城門に向かった。

おれは親父とは違う。

〈それなら、この燃えたぎる怒りはなんだ？　この荒々しさはなんだ？〉

テスは貞節を破ることなどしていない。

〈彼女はユセフを魅力的だと言っていたじゃないか。彼と一緒になって笑い、冗談を言い合っていた〉

しかし、旅立つ前の数日間、おれはわざと彼女をじらし、彼女のほうからベッドに誘いこむように仕向けた。そしてあの出発の日の中庭で、思惑どおりに彼女は自分から誘いをかけてきた。男を受け入れる準備が整ったということだ。

男なら誰でもいいということじゃないのか？

ガレンは歯を食いしばり、両手で手綱をきつく握りしめた。

冷静さを失ってはならない。落ち着いて理性的に行動する。まずは彼女に説明の機会を与えることだ。

〈さあ、どうかな。彼女を傷つけずにすめばいいが〉

ガレンは門を駆け抜けると、丘をめざしてセリクを走らせていった。

テスはアレクサンダーを慎重に籠《かご》のなかから持ちあげた。「さあ、いいわね。これまでだって何度もやってきたことよ。ただ気持ちを集中させればいいの」背筋を伸ばすと、窓越しに身を乗りだしてハトを空に放った。

アレクサンダーは灰色の翼を激しくはばたかせ、脚に付けた小さな鈴を軽やかに響かせて空高く飛びあがったかと思うと、緩やかに旋回して……西の方角に向かっていった。

「そっちじゃないってば。お馬鹿さんね」テスはぼやきながら、塔から離れていくハトを見守った。「それじゃ、サイード・アババに着いちゃうわ。そんなところへ行ったって、誰もご褒美はくれないわよ」

ハトは嬉しくて仕方がないといった様子でさらに高く飛翔し、塔からも、ザランダンからも離れていった。

テスは窓枠に肘をつき、片手に顎を載せて、国境の方角に飛んでいくハトを渋い顔つきで見送った。「いいわ。そのうち気づくでしょうから」だけど、あの間抜けなハトが自分の間違いに気づくまで、いったいどれぐらいの時間がかかるかわかったものじゃない。そのあいだ彼が戻ってきた場合に備えて、ここを離れるわけにはいかなかった。しかも帰ってくるという保証もない。方角がわからなくなって、結局、宮殿に帰ってこないなんてことも考えられる。

テスは部屋に差しこむ日差しを眺めて、思案した。あの感じだと、日が沈み、ヴィアンヌが心配しはじめるまでに、少なくともまだ二時間はあるだろう。

とりあえず、日没までは帰りを待つことにしよう。それでももし戻ってこなかったときにはここを出て、彼が方向感覚を取りもどして、優秀な伝書バトよろしく宮殿に戻ってきたかどうか、確かめればいい。

そのあいだ暇をつぶすには、この塔の部屋はそれほど悪くないように思えた。階下の詰所はそれこそひどいありさまで、テーブルや椅子は壊れたりひっくり返ったりし、部屋の隅という隅にはクモの巣が絡みついていたが、この塔の部屋は贅沢《ぜいたく》な趣さえ宿している。この前哨地を統率していた指揮官は、よほど快適さを重視したということなのだろう。部屋の奥に鎮座した大きなベッドは、砂漠の夜の寒さを防ぐため、分厚いブルーのベルベットのカーテンで囲われていて、石の床を覆っているノルーとクリームの模様のカーペットは、宮殿のテスの部屋のものに比べても遜色《そんしょく》がないほど肉厚で上質だった。けれど、どれほど贅沢な家具が揃っていようとも、あらゆるところを覆う埃やカビの層は見逃しようもない。アレクサンダーの知能に対する自分の判断が正しければ、それほど待つこともないだろうが、そのあいだも、あの薄汚れたベッドに横たわったり石の床に座る気にはなれなかった。

テスは巨大な暖炉の前を占領している、玉座のような大きな椅子に近づいた。埃だらけの椅子からカビの生えたクッションを取りあげ、炉床の上に慎重に放り投げてから、マントを脱ぎ、それを椅子に広げた。堅い座面にそろそろと腰を下ろし、背もたれに寄りかかって吐息をついた。

それにしても、この塔にはがっかりさせられた。謎めいたことや好奇心をそそられることなど何一つ見あたらない。なぜガレンがあれほど強固にここに来ることを禁じたのか、理由がわからなかった。なにしろ、ここの住人といったらネズミとクモだけなのだから。

いえ、じつのところはそれは本心じゃない、とテスはいらだちながらも自分自身に認めた。なぜ自分はここに来たかったのか、その理由はちゃんとわかっている。引きつけられたのは塔そのものじゃなく、それに対するガレンの反応の仕方だったのだ。ここに来れば、ガレンの新しい面を知るきっかけが手に入るんじゃないか、そんな淡い期待を抱いた。彼は常に自分のまわりに壁を張りめぐらし、けっして自分から打ち明けてくれようとはしない。今度彼が戻ってきたときには、二人の関係は否応なく変わらざるをえなくなる。そのときに彼のことがわかっていれば、少しは安全で——。

安全? ずいぶん、おかしな言葉を思いついたものだ。これまでガレンを恐れたことなど一度もなかったのに。彼がときとして周囲の人間にとって危険な存在になりうることならすでに気づいているが、彼の自制心は絶対的なものだ。けっして揺らぐことがないという確信がある。

そう、結局、この塔からガレンのことを知ろうという目論見《もくろみ》はもののみごとに打ち砕かれた。こうなったら彼が戻り、みずから明らかにしてくれるのを待つしかない。あと二日、遅くとも三日もすれば彼はザランダンに戻ってくる。そうなったら新しいゲームが始まる。全身にさざ波のように興奮が走り、息苦しくなった。いよいよガレンと結ばれることを考えると、どうにも落ち着かない。かわりにテスは、サイード・アバパに向けて飛び去ったあの間抜けなハトのことに急いで思いを馳せた。

細長い窓から部屋に差しこんでくる日差しの筋の上で、埃の微片が躍っている。この塔に辿り着くまでの道のりは遠いうえに暑くてまいったけれど、その暑さもいまはやわらいできている。実際、この円形の部屋にいるとすごく心地よくて、顔に注ぐ陽光が……。

遠くからでも、沈みゆく真っ赤な太陽を背に浮かぶ監視塔の姿がはっきりと見えた。パヴダは真鍮《しんちゆう》製の腕木の付いた扉の、すぐそばの木に結ばれていた。

馬は一頭きり。彼女は一人で塔にいるということか。

やはり間違いなのかもしれない。カリムの勘違いの可能性もある。

だが、カリムはけっして嘘をつくような男ではない。

いずれにせよ、彼女がここにいるということは何か目的があるということだ。

もちろん、彼女には目的がある。愛人からここで落ち合おうと言われたのだ。

〈ラプンツェル、さあ、髪を下ろして……〉

塔の細長い窓は暗いままだった。ろうそくさえ点けずに、ひたすら愛人の到着を待っているということか。

不気味な塔は、いまにもそのかぎ爪を伸ばし、この身を暗闇に引きずりこんでいきそうな気がする。

おれは断じて野蛮人ではない。まずは考え、なんとしても理性を探しだし、魂のなかを引っかきまわしてでも思慮分別を見つけださなければならない。

しかし、塔に近づくにつれ、そうした思いもぼやけてきた。じょじょに時間が逆戻りしていくような気がする。苦労して築きあげたガレンという男は消え失せ、この曲がりくねった道を最後に塔に向かって走ったときの、荒々しく野蛮な少年が戻ってくる。

炎のような怒りがその舌で彼を舐め、彼を取り囲み、食いつぶし、やがては彼と一つになる……。

7

ほんとは怖がるべきなんだろう。目を開け、細長い窓の向こうに広がる真っ赤な空を背景に、大きな黒い人影が浮かぶのを最初に目にしたとき、テスは眠気の覚めやらぬ頭でそう思った。大きく膨らんだマント姿。まるで炎に包まれた獰猛なタカのようだ。ガレンだった。

じつのところは、少しも怖くなかった。目が覚めたとき、ガレンがそこに立ってこちらを見ていることが、いとも自然なことのように思えたのだ。これで待つという作業も終わると思うと、嬉しかった。時はあまりにのろのろと通りすぎ、孤独はあまりにも長く彼女につきまとってきた。「ガレン……」

「ああ、がっかりさせて悪いな」どことなく棘《とげ》のある声音に、テスはいっきに目が覚めた。

「しかし、人生なんてのは失望の連続じゃないか？」

テスは首を振って頭をはっきりさせるし、もぞもぞと背中を起こした。「あなたがここに現われるなんて、思いもよらなかった。だって、あと二日はかかる予定だったでしょう？」

「愛する者のもとへ急いで帰らずにいられる花婿などいるものか」またも皮肉っぽい口調。

テスはたじろいだ。ガレンは部屋を横切って暖炉に近づき、炉床に膝をついた。「待ちわびたおれの腕からおまえが逃げてしまったと知って、どれほどがっかりしたことか」

「わたしはあなたの愛する人じゃないわ」ガレンが火打ち石を打って暖炉に火を熾《おこ》す様子を見つめながら、テスは部屋の暗さをうらめしく思った。これでは彼の表情が見て取れない。今日の彼の態度や声のトーンは、どこかいつもと違う。「わたしのこと、怒ってるの?」

「怒ってたが、いまはどうでもいい」

そう言われても安心できるわけもなく、テスは早口でまくしたてた。「ここに来るなと言われたのはわかってるけれど、どうしても来る必要があったのよ」何かに思いあたったように、ふいに眉をひそめる。「わたしがここにいること、どうしてわかったの?」

「カリムがおまえのあとをつけた」

「カリム……」テスは椅子から身を乗りだし、暗闇にくっきり浮かぶ彼の横顔に目を凝らした。なるほど、彼が怒っている理由はそういうことか。「彼から訊いたのね。あの馬鹿な――」

「カリムの話はしたくない」火花が散り、突然、薪《まき》が炎を吐きだした。「この件に関する彼の役目は終わりだ」

「でも話しておかないと。もしも――」こちらを振り返った彼の顔を見て、テスは鋭く息を呑んだ。顔の造作は変わりないはずなのに、表情のせいでまるで見知らぬ人間のように見える。若くて冷徹。暗い瞳が火明かりを受けてぎらついている。残酷さを帯びたふてぶてしい笑みが口元に浮かんでいた。「話し合ったほうがいいと思うの」ぼそぼそと言う。

「話は終わりだ」ガレンは身をくねらせてマントを脱ぐと、暖炉の前のカーペットの上に落とした。「それに、待つのも終わりだ」

待つのは終わり。その言葉にはどこか彼女の記憶に響くものがあった。そう、ほんの少し前、半分寝ぼけた頭のなかで、わたしもそうつぶやいたんだっけ。「いまのあなた、なんだかあなたらしくない。宮殿に戻って、一人で——」

「あいにくだが、いま以上におれらしいおれは見たことがないはずだよ」ガレンはシャツのボタンをはずして脱ぎ、慎重な手つきで床に落とした。口調は穏やかでくつろぎ、楽しげでさえあるのに、テスはまるで獰猛な獣と対峙《たいじ》しているような緊張感を覚えずにいられなかった。その表現は少しも言いすぎじゃない。目の前のガレンはまさにネコにも似た堂々たる生き物。しなやかで優美で、おまけに淫らな雰囲気をもまとっていた。

ガレンは窓際に歩み寄ると、窓枠に半分腰掛けるようにしてブーツを脱ぎ、ついでズボンを脱いだ。「服を脱げよ」いたって気楽な調子で言う。「おれを受け入れる準備はできてるんだろうな」目を上げ、テスが体を硬くするのを見てかすかに微笑した。「これからは、常に準備をしておいてくれ。いつなんどきも、おれの望むやり方で応えてもらう。おまえの赤ん坊がおれの子とはかぎらないが、それでも騙《だま》されたことにはならないだろう。エル・ザランの跡継ぎが手に入るわけだからな」

「あなたの子じゃない？」そこまで言われたら、普通なら食ってかかってもいいところだ。恐怖さえ覚えるかもしれない。しかし、テスはむしろ好奇心に駆られていた。ガレンの新たな面を見せつけられて目が離せない。

「結果が手にできればそれでよしとするさ。たとえおれの子じゃないとしても」完全に裸になったガレンが、部屋を横切って近づいてくる。またしてもテスは、彼の力強いながらも優雅な物腰を意識せざるをえなかった。歩くたびに収縮する太ももの筋肉。猛々しく隆起した下半身。

「立て」彼が命じた。

テスは慌てて彼の下半身から目を上げ、のろのろと立ちあがった。彼に見つめられると、わけもなく高揚感が全身を駆け抜ける。「やっぱり話を聞いてもらったほうがいいと思うの」

「おれも、さっきまではそう自分に言い聞かせていた」ガレンはにやりとした。「だが、そのあと気づいたんだ。男とは理屈なんてものには目をつぶれる生き物なんだとね。そもそも女のサガに理屈を探そうというのが、どだい無理な話だろう？　おまえは売春婦に育てられた女だ。そのおまえに、彼女とは違う道徳心を期待するのが間違いってものさ」テスのガウンを脱がしにかかる。「おまえは欲望に駆られた。そのときにおれは留守をしていて、満足させてやれなかった」指関節で胸に軽く触れ、テスの体に震えが走るのを見て、笑みがさらに広がった。「二度と同じ過ちは繰り返さない。これから先おまえは、おれの行くところどこにでも一緒に来るんだ」ガウンの前身頃を広げ、しげしげと胸を見おろす。頬が紅潮し、声がしわがれた。「だが、その体でおれを喜ばすことは学んでもらう。このおれだけを」片手を伸ばし、左の乳房を摑んだ。

テスは声をあげまいと下唇をきつく噛んだ。堅くごつごつした手のひらがやわらかな乳房を刺激し、全身に奇妙な熱が駆け抜ける。

ガレンは親指の爪で乳首をやさしくはじき、それが堅く膨らむさまを眺めた。「どうだ、気に入ったか？　正直に言え。ユセフは魅力的な愛人だったのか？」

「どうしてユセフが――」彼の親指と人差し指に乳首をつままれ、息を呑んだ。けっして乱暴ではなく、体の芯《しん》を熱くうずかせるのに充分な、絶妙な力加減。テスはなすすべなく背中を弓なりにそらせた。ほんの少し触れられただけで、自分の体がこんなふうに反応するとは思いもよらなかった。これじゃ息さえままならない。どうにか肺に息を取りこもうとして、大きく胸を上下させた。

「ユセフの話はしたくない」

「言いだしたのはわたしじゃない」憤慨して言う。

「おれがうかつだった。おまえが彼の名前を口にするのを聞いて、これほど怒りに駆られるとは思わなかった」大きく息を吸い、胸を摑んだ手を握ったり開いたりした。「それに、おまえを傷つけようがかまわないと思ってたのに、いざとなるとこれほど怯《ひる》んでしまうとはな」

ただ胸を摑まれているだけなのに、太もものあいだにちくちくと奇妙なうずきが走るのはなぜなんだろう。テスは唇を濡らした。「傷ついたりしないから平気よ」

「いや、ある種の体勢じゃ、女は完全に無力になる……それを一つ残らずおまえに教えこもうとしてるんだ」ガレンはふいに手を下ろすと、背中を向けた。「そろそろ抑えが利かなくなってきた。引き裂かれたくないなら、残りの服は自分で脱げ。宮殿に戻るのに服がないと困るだろう」

テスはためらった。そう言われてもどうしたらいいのか。本能はひきつづき彼と話をするようにせっついてくる。でも彼が耳を貸してくれるとはとても思えない。それにじつのところは、自分もこの先を望んでいるような気がしていた。ガレンによって呼び起こされた新しい体験への期待感は、もはや異常な興奮の域にまで達しつつある。この先を知りたい。そう。彼があれこれ戯《ざ》れ言を言うからといって、わたしが欲しいものを諦めなけりゃならないという理屈にはならない。

テスは半分脱げかかったガウンを肩からするりと脱ぎ、足元に落とした。

「どうして魔女に同情する人間が一人もいなかったんだろう?」ガレンが低い声で訊いた。

テスは目をぱちくりした。「なんて?」

「魔女だってラプンツェルを愛していたからこそ、彼女を世間の苦しみから守ろうとしたんじゃないのか？　それなのに、彼女を裏切った人間たちばかりに同情が集まる」

「何を言ってるんだか——」

「気にしないでくれ。ただちょっと思いついただけだから」

テスは足元のガウンをまたぎ、椅子に腰を下ろすと、ストッキングとスエードのブーツを脱いだ。そしておもむろに立ちあがった。さて、これから何をするべき？　彼はいったい何を望んでいる？　そろそろと彼に近づき、髪をたばねているリボンをほどきはじめた。

はずみで彼の背中に胸が触れ、筋肉が小さく波打つのがわかった。「何をしている？」

「だって、そのために背中を向けたんでしょう？」

「そうじゃない」ガレンの声はしゃがれていた。「背中を向けたのは、立ったままでおまえを持ちあげて、深く突きあげるような真似をしないためだ」

たちまち、テスの好奇心が頭をもたげた。「できるの、そんなこと？」

「たぶん」息づかいが早くも荒くなる。「いや、間違いなくできる」

「だけどポーリーンがそんなことをしてるのを見たこと——」ガレンが振り返り、テスは驚いて口をつぐんだ。「なんだか痛そうだけど？」

「いや、おまえの準備さえできていれば大丈夫だ」

「準備ができているかどうか、どうやればわかるのかしら？」

「どうやれば？　そんなことも知らないとなると、ユセフはよほど未熟な——」途中で言葉を呑み、冷笑した。「いや、そのほうが好都合ってものだ。やつから何もかも教えてもらったとなると気分が悪い」唇を引き締める。「どのみち気分は悪いが」彼女に近づくや、脚のあいだの敏感な部分にそっと片手を押しあて、こすったり撫でたりした。ついで二本の指が探るように動く。「くそっ、きついな」

思いもよらない侵入に、テスはぎょっと息を詰めた。「そんなこと、やめて——」

「やめてたまるか」ガレンはつぶやいた。「しかし、どうやらこのやり方はまずい」テスを自分のマントの上に座らせると、自分も膝をついて向き合った。「なんたっておまえは小さすぎるからな」

テスは結婚初日の夜に彼に言われた言葉をぼんやり思いだした。「女性は男性を受け入れられるようにできてるって言わなかった？」

「そんな寛大な言い方をするべきじゃなかったよ。おまえはおれを受け入れるようにできてるという意味だった」うなるように言うと、彼女を押し倒して両脚を開かせた。「じっとしてろ。おまえを見せてくれ」

実際には、見るだけではすまなかった。陰部にじっと視線を注ぎながら、一方で指で押し開いたりまさぐったりする。突如、テスは言いようのない恥ずかしさに襲われ、急いできつく目を閉じた。まるで体が溶けて、背中に敷かれたマントに体ごと呑みこまれてしまいそうだ。こんなあられもない姿で彼の前に横たわっているなんて。息をするたび胸が大きく上下し、次から次へと熱い震えが全身を走り抜ける。

彼の手のひらが腰を滑りあがり、細いウエストを両側から挟んだ。「なんて細さだ。両手で摑めちまう」自分の力を思い知らせようとするかのように、ぎゅっと両手に力を込めた。「その気になれば、簡単におまえを壊せる」ふっと力を抜くと、今度は両手を腹へ滑らせ、さらにその下の巻き毛へと進めた。「とはいっても、気がふれでもしなければこいつを破壊する気にはなれない」やわらかな巻き毛を指でいじったり梳《す》いたり、やさしく撫でたりする。

「こっちを見ろ」

テスは目を開けた。ガレンが自分の上に覆い被さっていた。紅潮した顔のなかで黒い瞳を異様にぎらつかせ、片手でしきりにまさぐっている。「快感に震えるおまえの顔を見たい。これまでに何度、この場面を思い描いたことか」目的のものを探りあてると、親指と人差し指でつまんだ。

テスは目を見開いた。痙攣《けいれん》にも似た熱い快感の波に全身が押し流される。

ガレンは入念に引っ張ったりつまんだりを繰り返しながら、彼女の表情の変化を見逃すまいとじっとその顔に目を据えた。「感じるか、テス?」

「ええ……」快感のあまり頭がぼうっとして、それだけ言葉を絞りだすのが精一杯だった。

彼の指のリズムがしだいに速まってきて、テスは下唇を嚙《か》んで叫び声を懸命に堪えた。下腹部の筋肉が収縮し、おのずと背筋がそって床から浮きあがってしまう。「いったい――何をしてるの？」

「おまえを傷つけたくないんだ」テスの太ももを押し広げてそのあいだに収まると、一番敏感な部分をそっと突いた。「だからおれを受け入れる準備をしてる」

テスははっと体を硬くした。すると、たちまち彼の両手が腹部に押しあてられ、落ち着かせるように撫でたりさすったりする。「大丈夫だ……」

そうつぶやいたガレンのほうがよほど大丈夫じゃなさそうに見える。肉欲に取り憑《つ》かれたようなうつけた表情。うわの空の言葉。テスはふと、心が温もるのを覚えた。どれほど激しい怒りに駆られようとも、意識しようがしていまいが、ガレンはこの体験をわたしにとってできるだけ心地よいものにしようとしてくれている。それならこっちも、いつまでも怖《お》じ気《け》づいてはいられない。そもそもどんな女性だろうがすべからく体験していることじゃないの。それに自分から望んだことでもあるんだし。「いいわ」テスは囁いた。「もう準備はできた」

ガレンはひと息に腰を突きだすと同時に、口から荒々しい声を漏らした。

テスもとうとう叫び声をあげた。彼が壁を押し破って、さらに奥まで侵入してくる。

そのとき、ガレンがぴたっと動きを止め、鋭く悪態をつくのをテスはぼんやり耳にしていた。しかし突然の侵入者を受け入れるのに必死で、気にするどころじゃない。痛みはじょじょにやわらぎ、えもいわれぬ充足感に取ってかわりつつあった。

「くそっ、準備なんてできてやしなかったじゃないか」ガレンがしゃがれ声を漏らす。「どうして――」

「しーっ」ガレンと一つになれた感慨に浸っていたはずなのに、早くも満ち足りない思いが兆しはじめた。うずくような飢餓《きが》感はまだ解消していない。おしゃべりはなし。動いてみて。あなたを感じたいの」

ガレンは一瞬沈黙したが、やがてゆがんだ笑みが顔に広がった。「そうだな。おまえの言うとおりだ。いまさら話したところで遅い」いったん引き抜くと、ふたたび突いた。ゆっくり、早く。そして浅く、深く。「こうか？」

テスは夢中でうなずき、マントの上でさかんに頭を前後に振った。熱い緊張感が体の奥から湧きあがってくる。

ガレンはいったん動きを止め、両手をやみくもに伸ばして彼女の胸を摑んだ。「くそっ、なんてきついんだ――おれを殺すつもりか」

どういうこと？　わたしが何か間違ったことをした？　だけど、ガレンの表情には苦しんでいるふしは見あたらない。こちらに馬乗りになって一心に腰を動かしている。黒髪を肩に垂らし、しっかと目を閉じ、快感に顔をゆがめて。

テスはみずからも動いてみようかと思った。少しは彼の助けになれるかもしれない。でも、ガレンの動きはとりとめがなくて、ひと突きするたびに跳ねたり、こっちの体を床から持ちあげたりする。とてもじゃないが彼にしがみついて、狂乱の波に乗り遅れまいとするので精一杯だ。

ガレンがふいに体を起こし、仰向けになった。小さく毒づき、テスを自分の体の上に引きあげるや、またも激しく突きあげた。何度も何度も、繰り返す。それでもまだ満足できないとみえ、ふたたび寝返りを打って起きあがると、今度は彼女の脚を自分の腰に巻きつかせた。

「もっと、もっとだ」盛りあがった頬骨の筋肉が引きつり、唇が半開きになる。熱に浮かされたように猛然と腰を動かした。「もっと奥まで。一つになるんだ……」

「やってるけど……」はたして彼の耳に届いているのか、確信はなかった。もはや、テスが馴染みつつあった落ち着きはらったガレンの面影は微塵《みじん》もない。目の前にいるのは、感情を剝《む》きだしにした荒々しい男。エロティックなもやのなかに容赦なく彼女を引きずりこもうとしている男。彼が向きを変え、体勢を変えるたび、テスの体を新たな興奮が突き抜けた。

じょじょにリズムが速くなり、テスは彼の肩に爪を立てた。これ以上はもう耐えられない。緊張が限界に達しようとしているのに、なおも体の奥から熱いうねりが湧きあがってくる。

美しさ。渇望。尽きることのない追求。

ガレンはさらに深く、強く突きあげる。上になった彼の荒い息づかいが耳をかすめる。

「一つだ」歯を食いしばった。「くそっ、もうこれ以上——」

どこか遠くで、低い動物の鳴き声を聞いた気がした。いえ、違う。自分の喉の奥から絞りだされた声だ。まさにこれは交尾。輝き。

そして達成感。

ガレンは低くうめき、頭を後ろにのけぞらせると、全身を激しく震わせた。

なんて美しいんだろう。彼の顔を見あげながら、テスはかすみのかかった頭でぼんやり思う。この体のなかでついに弾けた解放感も、この瞬間の彼の表情も、美しいという以外に当てはまる言葉が見つからない。しかも、その喜びに満ちた表情はこのわたしが彼にプレゼントしたものなんだ。そう思うと、テスはこのうえない満足感に満たされた。

ガレンが急に前のめりに倒れ、テスの体に体重をかけないよう両肘で自分の体を支えた。胸を大きく上下させながら、必死で息を整えようとする。しばらくテスのなかに留まったまま、動こうとはしなかった。彼の獰猛なほどの鼓動が、重ね合った胸を通して伝わってくる。

やがてゆっくりと、ぎくしゃくした動きで体を起こした。胸は依然として、息するたびに苦しげに波打っている。ガレンは悪態をついて彼女の体から下り、立ちあがった。裸足のまま炉床まで行くと、椅子からテスのマントを拾いあげて戻ってくる。「起きるんだ」

「まだ、いや」動きたくなかった。それところか二度と動く気になるかどうかも、わからない。なんという甘美なけだるさ。これほどの快感は、おそらくかつて味わったことがないだろう。「もう少しこのまま……」

ガレンは眉をひそめて彼女を見おろした。「痛かっただろう？」

テスはたったいま体験したばかりの嵐の余韻に浸りつつ、思いだそうとした。「そうね、少し。最初のうちは……」

「おまえが悪いんだぞ。くそっ、なんて考えなしなんだ。おれがもう少しで何をしでかすところだったか、わかってるのか？」ガレンは膝をつくと、辛辣な口調とは裏腹に、やさしい仕草で彼女の体をマントでくるんでやった。「ユセフに触れられてないことを、ちゃんと話してくれるべきだったんだ」

「あなたが聞く耳を持たなかったんでしょう？」

「耳を貸すように仕向けりゃよかっただろう」かたわらのカーペットに腰を下ろし、両腕で膝を抱えた。肩と腕の筋肉がうねって見える。「ないがしろにできる問題とは違う」

「話したら、信じてくれた？」

ガレンは返答に窮した。「たぶん、信じなかっただろう。あのときのおれは――おれであっておれじゃなかった」

それでも、テスにはわかっていた。今夜ガレンのなかに発見した荒々しいほどの無謀さは、これまでに知りえた確固たる自制心と同じく、ガレンのほんの一部でしかないということを。

「それじゃ、なぜ怒ってるの？」

「それより、おまえのほうこそなぜ怒っていないんだ？　無理じいされたというのに」

「無理じいなんかじゃなかったわ」テスは起きあがり、マントを体に巻きつけた。「その点ははっきりさせておかないと。長い時間かけて好奇心を煽ったのはあなたじゃないの」

ガレンは目を細めて彼女を見た。「その好奇心が満たされたなら嬉しいが」

テスは短くうなずいた。「それはもう、すごく気に入ったわ。ポーリーンがあれほど夢中になるのも不思議じゃないわね」

ガレンはかすかに口元を緩めた。「それじゃ、彼女は単にほかにすることがないから、肉欲にふけっているわけじゃないという結論に達したわけだ」

テスは眉根を寄せて考えこんだ。「なんていうかすごく……」適当な言葉を探す。「力強いって言えばいいかしら。そんなだなんて思わなかった……」

「なにごとも経験しないとわからないってことだ」ガレンはしばし押し黙った。「まだ痛むのか？」

「少しひりひりする感じ」鼻に皺を寄せる。「でも、はじめてまたがって乗馬したときほどじゃないわ。パヴダの足並みに比べたら、あなたのほうがよっぽどおとなしかったし」

ガレンの顔に驚きの色がかすめ、次の瞬間、大きく頭をのけぞらせて笑った。「まいったな。おまえの父親と比べられなくなったと思ったら、今度は馬にたとえられるとは」

テスはにやっとした。「文句を言う筋合いはないでしょう？　紳士というのは誰でも、雄馬にたとえられると喜ぶものだって聞いたわ」

ガレンは真顔に戻って言った。「男が雄馬になっていいのは、売春婦を相手にするときだけだ。処女はやさしく扱われて当然だ」

「わたしは気にしなかったけど。何もかもすごく興味深かった。きっとわたし、本物の処女じゃなかったのね」

ガレンの瞳がきらめいた。「処女に本物以外あるわけがない。あるとしたら、処女じゃないってことだ」

「つまり、そういうことよ」テスは目をそらした。「だって、いつものことだけど、大胆に振る舞いすぎた気がするもの。それにこんなに気に入るなんて」

「光栄の極みだ」

テスはさっと彼の顔を見た。「ほんとに?」

「ほんとうだとも」ガレンは真剣な表情で答えた。「まさにおれが期待していたとおりの反応だ」指先で彼女の髪にやさしく触れた。「生命力だよ、キレン」

頭がくらくらするほどの喜びに打たれ、一瞬にしてけだるさが吹き飛んだ。「しおらしさに欠けるのを気にしないでくれるなんて、安心したわ。だってもし――」テスはつと口をつぐんだ。聞き覚えのある鈴の音が聞こえた気がした。それにかさかさという乾いた物音。

「アレクサンダー!」

「なに?」

テスはマントを払いのけて立ちあがり、駆けだした。「アレクサンダーよ。戻ってきたんだわ」

「何者だ？　アレクサンダーってのは」

テスは無視して窓際に近寄った。「入ってらっしゃい、お馬鹿さん。真っ暗ななか、迷子にならなかったのが不思議なくらいよ」

アレクサンダーは窓から飛びこんでくると、暖炉の上の炉額《ろびたい》に止まった。

ガレンは呆気《あっけ》にとられ、大きな石造りの炉額の上をよたよたと歩くハトを見つめた。「鳥か？」

「ただの鳥じゃないのよ。彼は伝書バト。ザランダンに来て二日目に話したはずよ」

「そうだった。おれとしたことが、そんなとっておきの情報を忘れるなんて」ガレンはテスが鳥を取りあげ、窓の下の柳細工の籠まで運んでいくのを見つめた。「正直なところ、あれこれくだらないことで頭がいっぱいだったものでね。山賊に部族間の戦いに統……で、このアレクサンダーのために、おまえはここに来たと？」

「そうに決まってるわ」テスは逆に驚いて彼を見た。「だって、カリムがユセフの首を切るって脅してきたのよ。まあ、どっちみち、ユセフのお屋敷の屋根じゃ、アレクサンダーにとってはもう物足りなくなってたし」怖い顔で鳥を見おろす。「だめよ。ご褒美はあげられない。そんな働きはしていないでしょ。ほんとはザランダンに戻るはずだったんだから」テスは籠を閉じた。「まったく彼にはあきれちゃうわ。きっとサイード・アババまで飛んで、戻ってきたのよ」

「ユセフの屋敷を使って、このハトを訓練していたのか?」

「ザランダンじゃ、あそこの屋根が一番高いの。アレクサンダーはそれほど頭がよくないけど、目で確認できれば、宮殿を見つけられるチャンスもふえるんじゃないかと思って」さかんにさえずっている鳥をにらんだ。「甘えた鳴き声が聞こえるでしょう? 間違ったことをしたのに、ちっともわかってないのよ」籠のそばに置かれた革のポーチから種を三粒取りだして、柳の格子のあいだからそっと放ると、厳しい口調でハトに言い聞かせる。「いい? これはご褒美じゃないのよ。ただあなたに餓死してほしくないからあげるだけ」

「なぜそのことをカリムに話さなかった?」

テスは彼と目を合わせずに答えた。「彼が信じてくれるわけがないわ。わたしのことが嫌いなんだから」彼を振り返り、挑むように顎を突きだす。「それに、なぜ彼を相手に弁解じみたことを言わなけりゃならないの? なぜ彼にあれをしろ、これをしちゃいけないって言われなけりゃならないの?」

「そうすれば、おまえだって不愉快な思いをしないですんだかもしれないだろう」

「不愉快な思いなんてしなかった」テスは眉をひそめた。「まあ、そうね。最初にここで目を覚ましたとき、一瞬、不快な思いをさせられたけど。だってあなたの態度、すごく奇妙だったから」

ガレンは顔をそむけて炎を見おろした。「さっきも言ったが、あのときのおれはおれじゃなかった。この場所が嫌いなんだ」

「どうして？」

「昔の自分を思いだす」唇がゆがんだ。「今夜は一瞬、当時の自分に戻った」

「それが邪悪な自分だって思うの？」

「違うか？」

テスはふと、彼が普段自分のまわりに張り巡らせている強固な壁の奥に、不安と寂しさを垣間見たような気がした。彼を助けてあげたい。どうにかして慰めてあげたかった。しかし、彼がそれを受け入れるわけがないことはわかっている。でも一つだけ、二人がともに楽しみを分かち合い、しかも彼が受け入れる慰め方をすでに彼女は知っていた。「違うわ」ガレンの目をしっかとらえたまま、部屋を横切って彼の前に立った。「邪悪なわけじゃない。ただいつもと違うだけ。それにすごく……興味深かった」

ガレンは首を振った。「おまえにとっちゃ、世界はすべて興味深いんだな」

テスはうなずいた。「だけど、邪悪な面白さと好奇心をそそる面白さとの違いはわかるわ」

「どういう意味だ？」

「タマールに感じるのは邪悪な面白さ。彼には絶対に触られたくない」手を伸ばし、彼の胸で三角形を描く黒々とした毛に触れた。「でも、あなたに触られるのは好き」

ガレンはすぐには答えなかった。「それは嬉しい言葉だ」

「ねえ、もう一度やりたいわ」

「いますぐ?」

「いいでしょう?」さすがに彼と目を合わせるのがはばかられて、テスは彼の腕に身を預け、胸に頬を寄せた。「あなたを見てるとなんだか……もう一度やりたくなってくるの」

「もう痛くないのか?」

「大丈夫」テスは頭を上げて囁いた。「それにキスしてほしい。まだ今日は一度もしてないわ」

「そうだったな」ガレンはテスの唇に自分の唇を重ねながら、そっと彼女をカーペットの上に押し倒した。「キスといってもいろんな種類がある。おれたちが交わしたのはなかでも甘いキスだ。でも、ほかにもいろいろ教えてやりたい」彼女の太ももを開いてあいだに押し入った。「なんたって、おれにはおまえの人生を興味深いものにしつづける義務があるからな」


テスは腕に頭を載せ、部屋の奥の鳥籠に収まっているアレクサンダーを、満ち足りた気分で眺めた。彼のほうもビーズのような瞳で見つめ返し、小さな声でさえずってみせる。なぜかいま、アレクサンダーに奇妙なほどの親近感を覚えていた。今夜は彼女自身、まさしく空をかけるような気分を味わった。今日の午後にここに来たときには、まさかこうして満ち足りた気持ちで横たわり、たがいに触れ合うことでもたらされる喜びに感動することになるとは思ってもいなかった。ただガレンが身にまとう謎を解くために、少しでもヒントが得られればと思っただけなのに。その点に関して言えば、まだ目的は達せられていない。そしてその話題を持ちだすには、いまほど絶好のタイミングはないように思えた。

「この場所で何があったの？」テスは寝返りを打って反対側を向き、ガレンの顔をのぞいた。「わたしをここに来させたくなかったのはなぜ？」

ガレンは長いこと答えなかった。そしてテスが諦めかけたそのとき、とうとう彼が言った。「お袋がここで死んだんだ」

「この塔で？　でも馬から落ちて亡くなったって聞いたわ」

「この塔から逃げようとして死んだ」ガレンは暖炉の薪を包みこんで狂ったように巻きあがる炎を、じっと見つめた。「親父は階下の詰所でお袋の恋人を殺した。彼女は外へ飛びだして馬に飛び乗り、親父から必死で逃げようとした」ひと息ついた。「十五分後、サイード・アババへ続く道で、おれたちは馬の下敷きになって死んでいるお袋を見つけた」

「おれたち？」テスはぴたっと動きを止めた。母親が亡くなったときにはガレンはわずか十二歳だと聞いたはずだ。「あなたもそこにいたの？」

ガレンはぎこちなくうなずいた。「この塔でお袋が恋人と密会してることを親父が突きとめて、おれを送りだしたんだ。彼の言い分じゃ、お袋はおれたち二人を裏切った売女《ばいた》だから、懲《こ》らしめる必要があるんだと。彼女はおれたちのことをこれっぽっちも愛していなくて、恋人と一緒にサイード・アババに逃げるつもりなんだと」

「なんてひどいことを」

「でも事実だった。お袋はおれを愛してはいなかった」また押し黙った。「だけど、彼女に死んでほしいなんて思っちゃいなかった。おれが親父と一緒に塔に行けば、彼女を救う道が見つかるかもしれないと思ったんだ」

「あなたの勘違いよ。自分の子どもに愛情を抱かない母親なんているもんですか」

「おれのお袋は違ったんだ。お乳をあげる必要がなくなるとすぐ、お袋はおれの世話を親父に任せっきりにした」

「それはお父さまがそうしろと言ったのかもしれないわ」

ガレンはかぶりを振った。「お袋はおれを憎んでたんだ。実際、そう言われたよ」肩をすくめる。「たぶん、彼女なりの理由があったんだろう。親父はディランの通りでほんの三十分のあいだに彼女を見初め、誘拐してザランダンまで連れてきて、愛人にした」

「それはお父さまの罪であって、あなたが悪いんじゃない」

「彼女はおれのなかに親父を見てた。いつだったか言われたことがあるよ。おれも大きくなったら親父みたいな野蛮人になるんだから、いっそのことお腹のなかにいるときに死んでくれたらよかったと」

テスは思わず身震いした。「ずいぶんひどい女性だったみたいね。そんな人と離れてお父さまといるほうが、よっぽどよかったわ」

「売春婦よりも野蛮人のほうがましだと？」

「彼は野蛮人だったの？」

「ああ。タマールよりもはるかにたちが悪かった。おまけにそのやり方を、徹底しておれにも仕込んでくれた。おれは十三になる頃には、その親父からも野蛮人呼ばわりされていたよ」炎から目を離し、テスを一瞥《いちべつ》した。「そして十六の誕生日に、おれは酔っぱらい、友達と一緒になってここに何人もの売春婦を連れこんだ」目を見開くテスを見て言う。「おぞましいか？　たしかにそうだ。だがそれが当時のおれだった。この場所の何かがおれを狂乱に引き入れたんだ」

　絶望。そして自暴自棄。テスは何も言わずに、ただそっと彼に近づいた。

「タマールが酔ってかっとなって、売春婦の一人を殺した」ガレンは炎に目を戻した。「絞め殺したんだ」

「止められなかったの？」

「おれも酔っぱらっていた。翌朝目が覚めたら、ベッドに横たわるおれたちのあいだに死体があった。一瞬、おれがやったのかと思った。ひどく胸がむかついて寒気がしたよ。それからタマールを見て、ようやく気づいたんだ。自分がどんな人間になりつつあったか、自分がすでにどんな人間になりさがっていたか」ガレンは語気を強めた。「おれたちがどんな人間だったか。そこで思ったんだ、別の道があるはずだと。このまま血にまみれた肉欲と無法な行ないを続けていてはならないと」膝をついて起きあがり、火に薪をくべた。「それきり、この塔には近づかなかった」

テスは部屋を見まわし、ぶるっと体を震わせた。この場所で肉欲と暴力にまみれた行為が行なわれたのだとわかると、壁という壁が邪悪な空気を吐きだしているような気がしてくる。この塔でガレンは痛みと幻滅を味わい、かつての弱い人間を破滅に追いこんだ。そして自分を厳しく鍛錬し、かわりに強さを手に入れたのだ。それでいまも、この場所に来るとどうしようもなく心がざわつくのだろう。

テスは起きあがり、マントを払いのけた。「もうこの場所は充分」立ちあがると、床からガウンを拾いあげてスカート部分に脚を差し入れた。「もう興味がなくなったわ。宮殿に帰りましょ」

「いますぐか?」ガレンが彼女を振り返った。「夜明けまで待つのかと思ってた」

テスは首を振った。「ここじゃ眠れない」大きな椅子に腰を下ろし、さっさとブーツを履きはじめる。「寝心地がよくないもの」

ガレンは床にしゃがみ、かすかに微笑んだ。「夜明けまでここに留まれば、おまえの好奇心をもっと刺激できると思ったんだがな」

テスは快活に微笑んだ。「わかってるわ。わたしはベッドでのお遊びが気に入ったし、あなたはすごく経験が豊富。でしょ？」

「おまえを喜ばせてみせるよ」彼は声を落とし、テスの胸に目をくれた。「もちろん、おれ自身も楽しむつもりだが」

「それなら、宮殿に帰ってからのお楽しみってことにしましょうよ」テスは椅子から立ちあがり、ガレンの服を見つけると、それを彼に向かって放り投げた。「そのほうが快適だし、アレクサンダーも自分の小屋に帰れて落ち着くと思うの」

「おお、そうだった。旅上手のアレクサンダー」ガレンは笑みを浮かべた。「彼のことを忘れちゃならない」

「旅上手なものですか」テスは顔をしかめた。「彼のやることはすべて的はずれ」肩をすくめる。「でも、そのうちにできるようになるわ。ちゃんとした伝書バトになるまでに三年の猶予はあるんだから」

ブーツを履いていたガレンの手がはたと止まった。「期限を決めたのか？」

「もちろんよ。いまじゃヴィアンヌのことは大好きだし、アレクサンダーをうまく鍛えられれば、わたしがセディカーンを離れてからもおたがいにメッセージの交換ができるかもしれないじゃない」

「ほう」ガレンは急に乱暴な仕草でブーツを履き終えると、すっくと立ちあがった。「おまえはもう、自分の出発のことまで計画しているわけだな。だが覚えておいてくれよ。本来の目的が達せられなければおまえをザランダンから出すわけにはいかない」

「赤ん坊のことね？」テスは窓際に近づき、柳細工の籠を拾いあげた。「そんなに時間はかからないと思う。こんなにいいスタートが切れたんだもの。わたしは若いし健康だし、神さまのご意志さえあれば、秋までには叶うんじゃないかしら」ガレンを見た。「この塔が使えないとしたら、アレクサンダーを放つ場所をほかに見つけないと。どこかいい場所を知っている？」

「まあな」ガレンはぼそぼそ言い、大股で戸口に向かった。「考えてみるさ」

まさか彼は怒ってるの？　テスは啞然とした。これだけ離れていても、彼の体から放たれる緊張と憤怒が感じ取れる。「あなたがわざわざ一緒に行ってくれる必要はないのよ。ただ場所を教えてくれれば――」

ガレンはくるりとこちらを向いた。「よく聞け」ゆっくりと言い放つ。「いまこの瞬間から、おれは常におまえと一緒にいることにした。おまえの後ろか、隣りか、もしくはおまえのなかに。宮殿に帰ったら、おまえの戻る場所は一つ。おれの部屋、おれのベッドだ。今後はいっさい、おまえ一人で、あるいはほかの男の保護のもとで郊外をうろつくことは認めない。残された時間は三年しかない。そいつはすべておれの時間だ」

テスが答えるのを待たず、勢いよくドアを開け放つ。次の瞬間、石の階段を踏みつけるブーツの音が響いた。

テスは呆気にとられて、彼の後ろ姿を見つめた。アレクサンダーが小さくさえずり、彼女はちらっと彼に目を落とす。「静かにして。帰るわよ」

テスは肩をすくめると、とりあえずは螺旋《らせん》状の石の階段を下りることに意識を集中した。ガレンの態度は不可解だけれど、今夜はいろいろと収穫の多い夜だった。ガレンに教えてもらった思いがけない快感。それにいまの彼を形作った苦い経験と、彼がいまもなお苦しんでいる闘いの正体も垣間見ることができた。

そう、この塔に来たことはまんざら間違っちゃいなかった。

8

ぼそぼそという話し声が聞こえたかと思うと、ふっと温もりが遠ざかった。

テスは不満げな声を漏らした。ガレンが長椅子に起きあがった気配がする。「大丈夫だ。まだ眠ってるといい」

片目を開けると、サイードが長椅子のかたわらに立ち、健気《けなげ》にも必死で彼女のほうを見るまいとしている。「なんなの？」

「サイードが言うには、カリムがおれに会いたがってるんだそうだ」ガレンは床に足を下ろした。

テスは格子窓を見やった。夜明けの薄桃色の日差しがわずかに差しこんでくる。塔から戻ったのが真夜中過ぎだったから、かれこれ二、三時間しか眠っていない。「いますぐ？」

「重要な話だそうだ」

テスは片肘をついて起きあがった。「彼はどこ？」

「控えの間にいる」ガレンはいっとき間を置いた。「心配するな。おまえの前には連れてこない。おれから会いにいくよ」

テスは驚いて彼を見た。「どうして？　たしかに彼のことは好きじゃないけど、彼が目の前にいるのにわざわざ顔を隠すほど、取り澄ました女じゃないわ」

ガレンはシルクのシーツに隠れたテスの裸の胸に、目を転じた。「おれが隠したかったのはおまえの顔じゃないさ。ただおまえが……居心地悪い思いをするんじゃないかと思って」

「恥ずかしがると言いたいの？」テスは首を振った。「よけいな気をまわさないで。わたしは誰の前でも恥じ入ったりしない。あなたの前だって、ましてやカリムなんて。わたしは取引の条件を守っているだけよ。恥ずべきことなんて一つもないわ」片手を振る。「彼に入るように言って、サイード」

「どうやら、おれの考え違いだったようだな」ガレンは真顔で言った。サイードに向かってうなずくと、ふたたび横たわり、シーツに潜りこむ。そしてテスの剝きだしの腕をシーツの下に押しこみ、シルクのベッドカバーを顎《あご》まで引きあげてやった。「気を悪くしないでほしいんだが、おまえがその乱れた格好でべつの男の前に出るのはおれはいやなんだ。どうも、いまのおれは独占欲に取り憑かれつつあるらしい」

テスは不思議そうに眉をひそめた。「べつに気にしないけど、よくわからないわ。どうしてあなたが――」

「お邪魔して申し訳ありません、マジロン」カリムがずかずかと部屋を横切って近づいてきた。「丘陵地帯で襲撃があったもようです。エル・サビールの野営地から使者が到着しました」

「エル・サビール！」ガレンはベッドに起きあがった。「侵略者は誰だ？」

「まだはっきりしませんが」カリムは言いにくそうにした。「おそらくタマールかと」

「そんな南部を？」ガレンはかぶりを振った。「やつはこれまで一度も、エル・ザランを侵略してきていないんだぞ」

カリムは肩をすくめた。「指揮官の姿が彼の容貌に一致しています。それに金ばかりか、女や馬まで奪い、ことに馬に関しては徹底してえり好みをしているようでして。タマールが上等な馬に目がないことはご存知でしょう」

「情報を持ってきたのは？」

「ユセフです」カリムは努めてテスのほうを見ないようにした。「侵略時には野営地にいなかったようですが、直後に到着したとのことで。容貌がタマールに合致したというのも彼の情報です」

ガレンは皮肉っぽい笑みを浮かべた。「そんなに気を遣う必要はない、カリム。ユセフは昨日、マジーラと一緒にはいなかった」

カリムは無表情でうなずいた。「もしそうなら、彼がいまだにぴんぴんしていられるはずはないですから」

「なるほど」ガレンは立ちあがり、サイードが慌てて差しだしたローブを受け取った。「それにおれの妻はユセフに惚《ほ》れたわけじゃないようだぞ。肝心なのは彼の屋敷だったらしい。ハトを飛ばすのに高い屋根が必要だったんだと」

カリムは目をぱちくりした。「ハト？」

「正確にはヴィアンヌのハトよ。二人で彼を――」テスは途中で口をつぐんだ。なぜカリム相手に言い訳する必要があるんだろう？　ガレンに向きなおった。「そのエル・サビールっていうのはどこにあるの？」

「丘陵地帯の金の鉱山を護衛している野営地の一つでね。エル・ザランの臣下の部族の一つだ」ガレンはサイードが差しだしたワイン入りのゴブレットを手に取った。「ここからなら馬で駆ければ四時間ってところだな」ワインをすすり、カリムに目を戻した。「損害の程度は？」

「芳《かんば》しくありません。彼は野営地に火を放ち、六人の死者が出ています」カリムは一瞬、沈黙した。「子どもが一人含まれてます。ハナルの息子が」

ガレンは低く毒づいた。「くそっ、いったいいつになったら終わるんだ？」ゴブレットをサイードに戻すと、きびすを返して着替えの間に向かう。後ろからぴったりとサイードが追った。

カリムは戸口に向かいかけたが、途中で足を止めると、おもむろに振り返ってテスの顔を見た。「わたしの勘違いでしたか？」おどおどと訊く。

テスは答えもせずに彼を見つめ返した。

「ちゃんと説明なさってくれればよかったんです。話してくだされば――」

「わたしは売春婦じゃないって説明するの？　どうしてわたしがあなたに言い訳するの？　あなたにどう思われるか気にしなけりゃならないの？」テスは顎を突きだした。「あなたはわたしの友達でもないのに」

カリムはぱっと顔を赤くした。「たしかに友達ではありませんが、わたしとて罪もない女性を傷つけることは本意じゃありませんから」深々と頭を下げた。「わたしの行ないがあなたに不当な苦しみを与えたとしたら、痛恨の極みです。どうかお許しください」

テスは唖然として彼の顔を凝視した。プライドの高い彼が、まさか謝罪を口にするとは思いもよらなかった。彼は思っていたよりも複雑な人間なのかもしれない。それに、それほど傲慢《ごうまん》じゃないということなのか。テスは小首を傾げ、興味深げに彼を見据えた。「わたしが西洋の人間だからというだけじゃないんでしょう？　わたしのことを嫌いなのは」

「あなたを嫌うなんて滅相な。マジーラ相手に決してそのような――」

「そこまでよ」テスは彼をにらんだ。「いいから、正直に言ってちょうだい」

カリムはいったん口を開きかけたものの、何も言わないまま閉じてしまった。やがて、ぎこちない口調でようやく口にした。「あなたを嫌っているわけじゃない。ただ、怖いんです」

テスがその言葉の衝撃から立ち直るよりも早く、カリムは背を向けて部屋から出ていった。

テスは呆然と彼が出ていったドアを見つめた。彼女を驚かしたのはカリムの言葉の中身もさることながら、彼がそれを告白したという事実だった。テスにとってカリムは、まさしくザランダンにおける不可解で不気味なものの筆頭的存在だ。でもいま、ほんの一瞬だが、その彼の誇り高く冷淡な外見の奥に、不安げで繊細な面が透けて見えた気がした。

おそらく、わたし自身も傲慢な部分があったのだろう。自分はザランダンの人たちの歓迎を受けるようなことを何一つしていないくせに、温かく迎えられて当然だと思っていた。ザランダンに来てからというもの、エル・ザランのことを知ろうと、はたしてどれだけ努力をしてきたというのか。まるで子どものように、ハトと戯れ、パヴダに乗って駆けまわり、自分の快楽だけを追い求めてきた。

「明日の夕方には戻る。すべて順調に進めばの話だが。どうなるか、正直わからない」すっかり着替えをすませたガレンが、着替えの間から出てきた。「おそらく評議会のテントで数時間は費やすことになるだろう。部族間闘争を始めないように彼らを説得しなけりゃならないからな。おまえは町の外には出るな。タマールが近くをうろつくことはまずないとは思うが。襲撃を終えたら、即刻、戦利品を自分の野営地に持ちかえるのがいつものやつのやり方だが、危険を冒さないに越したことはない」足早に戸口に向かう。

「待って」テスは思わず引き留めた。「わたしも一緒に行く」

ガレンは首を振った。「楽しい旅にはならない。テントもサテンのクッションもなしだ。急がなけりゃならないし、夜は地面で眠ることになる」

「わかってるわ。それでも行きたいの」

ガレンは探るように彼女の顔を見つめた。「なぜだ?」

「自分でもわからないけど」テスは舌で唇を濡らした。「たぶん、気づいたのよ……」かぶりを振って、力なく繰り返す。「わからないわ」

「見たくもないものを見ることになるぞ」

テスはうなずいた。体を覆っているシーツをぎゅっと握りしめる。その生地の手触りはこのうえなくやわらかで滑らかだった。まさしく、彼女がセディカーンに来て以来の生活そのもの。しかし、この国にはもっと別の粗野な生地や模様がある。彼女がまだ会ったこともない人びとが。「一緒に行ってもかまわない?」

ガレンは短くうなずいた。「なぜおれがおまえをセディカーンに連れてきたか、おまえには知る権利がある。服を着ろ。三十分後に中庭で落ち合おう」


エル・サビールの野営地の火事はすでに消し止められてはいたが、炎はその通り道におぞましいほど悲惨な爪痕を残していた。

テスはすでに二マイルも手前から、煙の臭いを嗅ぎ取っていた。ガレンと連れだって野営地を通りながら目の奥がひりひりするのを感じたが、それが煙によるものか、込みあげる涙のせいなのかわからなかった。半数以上のテントが焼失し、それぞれの家族が真っ黒ながれきを懸命に掘り起こして、鍋《なべ》や寝具や藁《わら》でできた人形を探しだす様子はなんとも痛ましかった。

「彼にはテントを燃やさなければならない理由でもあったの?」テスはかすれ声で訊いた。

「いや」ガレンの表情はこわばっていた。「面白半分にやっただけだ」焼け焦げていまにも崩れそうなテントの前で、手綱を引いた。「ここがダラのテントだ。子どもが殺された。おまえは入らなくていい」

「一緒に行くわ」

ガレンは馬から降りるとパヴダに近づき、テスも降ろしてやった。「痛ましい光景だぞ」

実際、そのとおりだった。テントに入るとすぐ、子どもの姿に目が留まった。

簡素な寝床の上に寝かされた小さな子どもは、せいぜい三歳ぐらいだろう。幼子らしいやわらかな艶《つや》を放つ褐色の頬に、長い睫毛《まつげ》が覆い被さっている。眠っているといってもおかしくはないが、みじろぎ一つしないその姿はやはり、ただの眠りではないことを物語っている。

幼子のそばにひざまずいている細身の若い女性は、彼女自身、幼児期を卒業してまだそう時間がたっていないといった年格好だが、テントに足を踏みいれたテスたちに向けられたその瞳は、苦痛のためか、何歳も老けて見えた。

「気の毒なことをしたな、ダラ」ガレンがやさしく声をかけた。「おれにできることが何かあるか？」

女性は首を振った。「彼らはあの子をめちゃくちゃにしたんです、マジロン」消え入りそうな声で訴える。「まるで道ばたに飛びだしてきた雑種の犬でも扱うように、馬で踏みつけて」

ガレンは片手で女性の肩を掴んだ。

「あの子がいるのに気づいたくせに」女性は呆然と首を振る。「気づいたくせに、よけようともしなかった。彼はやっと三歳になったばかりなんですよ、マジロン」

「おまえの夫はどこにいる？」

「ほかの男の人たちと評議会のテントに」彼女の瞳には涙が溢《あふ》れていた。「息子のこんな姿を見るのに耐えられないんでしょう」手を伸ばし、小さな息子の乱れた巻き毛をそっと撫でてやった。「わたしだって、一人じゃ耐えられないのに」

テスは喉の奥がちくちくとうずき、とても女性の姿をまともに見つめてはいられなかった。すぐにもこの悲痛と死の場所から逃げだしてしまいたい。胸が苦しくてじっとしてはいられない。

「彼に戻るように言ってやろう」ガレンが請け合った。

女性はまたかぶりを振った。「息子の埋葬の準備をしなくてはなりません。夫は自分の悲しみに加えて、わたしの悲しみも背負いこむことになります。いまの彼に両方背負わせるのは酷な話ですから」

「村の女性たちに頼んだらどうだ？」

「彼女たちにもそれぞれ、世話をしなけりゃならない家族がいますから。いまは頼めません」

「わたしが残るわ」その声を耳にしてはじめて、テスは自分がしゃべったことに気づいた。一歩進みでて、女性のかたわらに膝をつく。「もしあなたがよければだけれど」ああ、なぜこんなことを言いだしたんだろう？　こんなところにいつまでも残っていたくはないのに。

「わたしはかまいません」女性は息子から目を離さずに、ぼんやりと言った。「マジーラがそうなさりたいなら」

「ほんとに残りたいのか？」ガレンが声を落としてテスに訊いた。

「いいえ」テスの声は震えていた。「でも、残らなければならないの」

ガレンは彼女の顔をまじまじと見つめ、ゆっくりとうなずいた。「テントの外にサイードを置いていく。もし何かあれば、彼に評議会のテントまでおれを呼びに来させろ」

テスは子どもの顔から目を離すことができなかった。なんということ。彼はまだほんの幼子だというのに。もし彼が自分の子だとしたら、どんな思いがするだろう。

ガレンはなおも立ち去ろうとしない。彼の視線が顔に注がれているのを、テスは感じていた。

「もう行って」小声で突き放す。「あなたはここにいても、何もすることはないわ」

彼が立ち去る気配がし、テントのフラップが開いたのだろう、一陣の風がふわりとテント内に吹きこんだ。フラップが閉まってからも、テスはしばしじっとしていた。自分だって、ここで何ができるというんだろう？　ダラは悲しみに暮れて、ほとんど茫然自失状態だし、わたしはそもそも人を相手にするのは得意なほうじゃない。それでも、何かしないわけにはいかない。

そうだ。たしかにわたしは人と付き合うことは得意じゃないけれど、馬のことならよく知っている。動物にするように、ダラにも接すればいい。ダラはすっかり打ちのめされ、このまま横になって悲しみに浸ってしまいたいと思っているだろう。でも、病気の馬を横にさせてしまったら最後、多くの場合、二度と立ち直ることはない。だから、とテスは結論を下した。とにかくここは、ダラを忙しく働かせなければ。

テスは手を伸ばしてダラの細い肩をそっと揺らした。「気持ちはわかるけれど、指示してもらわないとわからないわ」

ダラは生気を失った目を上げた。「は？」

「彼の葬儀の手伝いをしてあげたいの。でも、わたしはどうすればいいのかわからない。まずは何からやればいいのかしら？」

ダラの心がかすかに動き、テスの要求に応えなければという思いから、一時的にせよ正気に引き戻されたのがわかった。こめかみを擦《こす》り、しどろもどろに言う。「まずは、彼をお風呂に入れないと」

テスはがぜん、意気込んでうなずいた。「それなら、すぐに取りかかりましょう。サイードに水を運んでくるように頼んでくるわね」立ちあがり、テントのフラップに向かう。「そう、それは賢明な判断だわ」

しかし、罪のない子どもが殺される世界に、そもそも賢明な判断なんてものが存在するのだろうか?

日が沈みかけても、テスはまだダラのテントにいた。ようやく彼女が外に出てくると、サイードがすかさず立ちあがった。「ここに来てからずっと、何も口にしていないでしょう。この野営地の端を流れる小川の近くに、われわれもテントを張って、シチュー用の獲物も充分確保しました。すぐにお食事をお持ちしましょうか、マジーラ?」

「いまはいいわ」体は疲れ、気持ちは落ちこんで、食べ物のことを考える気にもなれなかった。「夫はどこ?」

サイードは数百ヤードほど離れたところの大きなテントのほうにうなずいた。「まだ評議会のテントにいらっしゃいます」

「彼のところへ案内してちょうだい」

「そんな。女性が評議会の邪魔をするなど――」

テスはくるりと振り返ると、まっすぐ彼と向き合った。両手をきつく拳に握る。「いいこと？ 殿方の貴い評議会を邪魔するつもりはこれっぽっちもないわ。もっとも、子どもたちが残虐に殺されたっていうのに、なぜこういう問題に女性が発言権を持てないのか、わたしにはさっぱりわからないけど――」つんとそっぽを向く。女性にとって人生が不公平なのは、サイードのせいじゃない。いや、やはり彼のせいなんだろう。そしてガレンのせい、テスの父親のせい、女性は子どもを産むのが義務だと命じておきながら、その子どもたちが安心して生まれてこられる世界を用意できないすべての男たちのせいだ。テスはサイードの前を横切り、評議会用テントに向かった。「会議が終わるまで待つつもりよ。できるだけ早くマジロンと話をしなければならないの」

驚いたことに、カリムが評議会用テントには入らずに、地面に脚を組んで座っていた。

「どうして会議に参加しないの？ ガレンにはぜひともあなたの助けが必要だと思ってたけど」

カリムは首を振った。「わたしはこの丘陵地帯で生まれ、ここの住民たちと一緒に育ったんです。わたしが冷静ではいられないことをマジロンはご存知なんですよ」

テスは破壊のかぎりを尽くされた周囲の様子を、もの悲しい目つきで見まわした。「彼は冷静でいられるの？」

「もちろん簡単じゃないでしょう」カリムの表情が曇った。「でも、彼は誰よりも強い方ですから」

「あのかわいそうな坊や」テスの瞳がふたたび怒りを帯びた。「タマールは人間のくずよ。わたしが自分であいつを追いかけてやりたいくらいだわ」

「それはまた乱暴な」カリムの口元にかすかに笑みらしきものが浮かんだ。すぐにそれは消えてなくなり、彼がまたテスと距離を置こうとするのがわかった。「それより、どうしてここに？　何かご用でしょうか？」

「ダラの夫をあの評議会から連れだして、彼女のもとに戻してあげられないかしら」テスは疲れきった様子で髪に指を走らせた。「わたしにできることはすべてやったわ。あとは彼がそばにいてあげることが必要なのよ」

「ハナルが戻りたがるとは――」

「いい加減にして」テスは気色ばんだ。「彼がどうしたいかなんてどうでもいいのよ！　ダラは明日息子を埋葬するの。だから彼に一緒にいてほしいと思ってるのよ。なんなら、わたしがなかに入って、彼を連れてきましょうか？」

カリムは例によって無表情な顔で彼女を見つめると、くるりと背を向け、テントのフラップに向かった。「いいえ、それにはおよびません。わたしが入って彼を見つけ、彼女のもとに帰らせます」

「ほんとに？」

「なぜそんなに驚いた顔で見るんです？　わたしみたいな野蛮人が西洋の女性の言うことに逆らえるはずがないでしょう」

テスは嘲《あざけ》るような言葉を無視して訊いた。「どうして引き受けてくれるの？」

カリムは肩越しに視線を投げてよこした。「あなたのおっしゃることが正しいからですよ」

平易な声音で言う。「ハナルには、自分の悲しみに浸って復讐の炎を燃やしてばかりいる権利はない。愛するものに慰めを与えるのが彼の務めです」

カリムはこうと決めたら、かならずやり遂げる人間であることは間違いないようだった。しばらくしていかめしい表情のカリムが、不機嫌な顔の若い男をテントから追いたてて出てきたかと思うと、半分背中を押し、半分引きずるようにしてダラのテントのほうへ向かった。

「なんの騒ぎだ？」

振り返るとガレンが立っていた。

「なぜカリムがハナルを連れに来た？」

「彼が行かなければ、わたしがなかに入って連れてくると言ったからよ」テスは答えた。

「ダラが彼を必要としているの」

ガレンは眉間に皺を寄せた。「彼女の様子はどうだ?」

「少しは落ち着いたと思う。彼女のこと、馬を扱うように扱ってみたの。そしたらそれが功を奏したみたいで——」

ガレンは目をぱちくりした。「馬?」

「つまり、彼女を忙しくさせつづけたの」

緊張と疲労の色の濃かったガレンの表情が、束の間やわらぎ、口元に笑みが浮かんだ。

「そいつは賢明だ」

「賢明かどうかわからないけど、それしかできなかったから」

「こういう状況では、たいていは本能が正しい道を示してくれる」

「ほんと?」テスはかぶりを振った。「でも、どうだか。なんといっても、こんな状況ははじめてだもの」急いで言い添えた。「でも、とにかく一生懸命やるだけのことはやったわ。あとはわたしよりもハナルのほうが、ダラの助けになると思うの。あなたまで出てくることはなかったのよ」

「素晴らしい働きぶりだな」ガレンがやさしく言った。「評議会のほうは、彼らだけで気のすむまで議論させることにしたんだ」その声には明らかに疲労が滲んでいる。「おれはあとでまた戻る」テスの肘を掴み、野営地の端にエル・ザランが設営したテントに彼女を促していく。「ここは思っていたよりも、ずっとひどい惨状だ。食事を用意させるから、食べ終わったらおまえはカリムと一緒にザランダンに戻るといい」

「食事なら、サイードが準備してくれてるわ」テスは首を振った。「それに、わたしは戻らない。ダラに約束したのよ、坊やの埋葬には立ち会うって」そこかしこに見える燃え尽きたテントを眺めやった。「やるべき仕事は山積みだわ」

「おまえがやるのか？」

「わたしは現にここにいるのよ。役に立とうとするのは当然じゃないの。まずは誰かをザランダンに送って、食糧や生活用品を持ってこさせないと。わたしは各家庭をまわって、何がどの程度必要か確かめることにするわ」テスは肩をすくめた。「それに、明日のお葬式のあともダラの気持ちを奮い立たせてあげることが必要だと思うの。彼女を忙しくさせるなんて芸当は、あの夫にはとてもじゃないけど無理よ。彼女の助けがぜひとも必要だって態度をわたしが示してあげれば、きっと立ち直りも早くなるわ」

「すべて計画済みなんだな」ガレンは彼女の顔を見つめた。「これはおまえの問題じゃないんだぞ。首を突っこむ必要はない」

「彼らはわたしを必要としてる」

ガレンはうなずいた。「ああ。どんな助けだろうと、いまの彼らには必要だ」

「それなら、この話はもうおしまい。あなたがザランダンに戻るまで、わたしもここに留まるつもりよ。それより、タマールを追わないよう彼らを説得することはできそうなの？」

「おれにルシフェルの雄弁さとヨブの忍耐力があれば、なんとかなるだろうが」

「彼らは大勢の仲間を失ったのよ」

「タマールを追えば、さらに多くを失うことになる。彼は侵略者だ。戦いと追跡にはおそろしく長《た》けている」

テスはためらいがちに提案した。「あなたが手を貸せばどうにかなるでしょう?」

「たしかにそうだが」ガレンは短く沈黙した。「それはできない。流血はおしまいにしなければならないんだ」野営地に到着し、彼はテスの腕を離した。「かならず別の方法があるはずだよ」唇を引き絞った。「くそっ、タマールめ!」

テスが今回の苦しみと暴力を目の当たりにしたのは、まだわずかに一日だけ。それでも自分自身が傷つけられたような激しい心の痛みを覚えている。この虐殺と流血のまっただなかで育ったガレンにとっては、どれほどの苦しみだろうか。「これからどうするの?」

ガレンは首を振った。「わからない。なかに戻って、彼らと話し合うしかないだろう」手を伸ばし、テスの目の下の隅をなぞった。「おまえにとっても大変な一日だったな」

「エル・サビールの人たちよりはましよ」テスはここへ来たことをけっして後悔してはいなかった。悲嘆に満ちたこの数時間は、不思議な形で彼女の内面に豊かさと深みを与えてくれた。二度とあと戻りのできない道に踏みだした。そんな気がしていた。「あなたよりはましだわ」

その事実はいま、口にした彼女自身の胸にも新たな真実として迫った。数々の悲惨な光景に打ちのめされ、一時的とはいえガレンの精神的苦悩にまで思いいたる余裕がなかった。けれどいま、その苦しみが痛いほどに意識された。

〈彼は誰よりも強い方ですから〉

しかし、感情を差しはさむことをいっさい許さない、その強さを手に入れるために、どれほどの代償を払ってきたのだろう？

「今夜はもう戻ってはだめよ」思わずテスは口にしていた。「疲れきってるんだし、明日まででゆっくり休んだほうがいいわ」

「心配してくれるとは感激だな」

テスはしかめっ面をした。「でも、耳を貸す気はないんでしょう？」

ガレンは表情を緩めたものの、首を振った。「険悪な雰囲気になってるからな。落ち着かせてやらないと」評議会用テントをちらっと見やった。「すぐにも戻らなけりゃならない」

「とんでもない。少なくとも食事をしてからにして。さあ、座って」テスは焚き火の近くに置かれた丸太に無理やり彼を座らせると、炎の上でぐつぐつと煮えている大きな鍋に歩み寄った。「シチューとお茶を用意するから」

「そんな時間は――」

「あるに決まってる」肩越しに彼をにらみつける。「いいから、休んでいて」

ガレンの顔に、嬉しさとやさしさの入り混じった表情がよぎった。「仰せのとおりに、マジーラ」

夜明け近くになってテスは目を覚ました。ガレンがかたわらの毛布に潜りこみ、彼女の体を背後からそっと胸に抱き寄せた。

「うまくいったの？」テスは眠たそうな声で訊いた。

「いや」ガレンは長い脚を伸ばすと、彼女の髪に顔を埋めた。「いいから、もうひと眠りするといい」

「いまさら遅いわ」テスはあくびをし、寝返りを打って彼のほうを向いた。「うまくいかないなんて聞いといて、眠れるものですか。みんな、タマールを追うと言ってるの？」

「三カ月待つということで、同意を取りつけた。それまでにおれがタマールを裁判の場に引きずりだせなかったら、彼らはタマールの野営地に襲撃をかける」

「裁判ってどんな？」

ガレンは一瞬、ためらった。「セディカーンの全部族合同の裁判だ」

テスは目を見開いた。「たった三カ月で？　何年もかかるって言ったじゃないの」

ガレンがせせら笑う。「だから、彼らも妥協したところで問題はないと思ったのさ。おれをなだめておいて、自分たちの思いどおりに血の粛清も行なえると」

「で、あなたはどうするつもり？」

「どうするかって？」ガレンの顔にふてぶてしい笑みが広がった。「三カ月でこの国を統一するしかないだろう」

テスはその顔に思わずうっとりと見入った。彼の放つ魅力に抗《あらが》うことなど、どだい無理な話だ。「意気消沈してないの？」

「そんな余裕がどこにある？　もはや途方もない状況に陥った。完全に不可能な状況なんだぞ」

そして彼はその不可能な挑戦を前に、これまでにない興奮と高揚感を味わっている。それは、待つという行為とついに決別できるからなんだろう、とテスは想像した。成功する確率がどれほど小さくとも、いまや彼は行動する自由を手に入れたのだ。「無駄を承知で、戦いに挑むってこと？」

ガレンはかぶりを振った。「あくまで話し合いで決着を着ける」

テスの瞳がきらめいた。興味津々の表情で身を乗りだす。「どうやって？」

「まずは、セディカーンの主たる九部族の族長《シャイフ》のもとを訪れて、統一を話し合うための会議に出席するよう説得する」

「彼らが来るかしら？」

「ああ、来ることは来る。キャロベルを呼びかけるつもりだからな」

キャロベル？　聞き覚えのある言葉だけれど、意味は知らなかった。「なんなの、それは？」

「一種の祭りだよ。食べ物に音楽にダンス。それにキャロベル・レース。シャイフのなかには統一について話し合うのはごめんだというやつもいるだろうが、祭りが行なわれるとなれば、とにかく顔は出す。いったん彼らを集めてしまえば、あとはこっちのやり方しだいでチャンスも生まれる」

「そのお祭りはどこでやるの？」

「ザランダン近くの山麓の丘だ。中立地帯となると、近いのはせいぜいそのあたりになる」

ガレンは考えこむように眉をひそめた。「各部族への訪問がある程度うまくいけば、チャンスはある。場合によっちゃ、タマールの襲撃を利用するという手もある。彼の力はこのところ大きくなりすぎて、ほとんどのシャイフが快く思っちゃいないからな。実際、彼の襲撃はあちこちで惨劇をもたらしてるんだ。タマールの脅威に加えて、タムロヴィアの王女との結婚という威光をちらつかせれば、彼らをうまくまとめられるかもしれない」

「それなら、そのタムロヴィアの王女を一緒に連れていって、彼女を正式に紹介したらどうなの？」

ガレンは面食らったようだった。「なんだと？」

テスは片肘をついて起きあがった。「そのために、わたしはここにいるんじゃないの？」

顔を紅潮させ、熱のこもった口調で訴える。「わたしを一緒に連れていって」

「行きたいのか?」

テスはきっぱりうなずいた。「もう二、三日はここに留まって気の毒な人たちの手助けをする必要はあるけど、そのあとなら一緒に行かれるわ」ふと眉根を寄せた。「もちろん、ヴィアンヌにはメッセージを送って、アレクサンダーの訓練を続けるようにお願いしなければならないけど。彼に練習をさぼらせるわけにはいかないから」

「なにはともあれ、アレクサンダーの世話が肝心だ」目を細めてテスの顔を見つめる。「ずいぶんと乗り気だな。なぜだ?」

テスは自分でもわからなかった。たぶん、ガレンの疲れや孤独を少しでも分かち合いたいという気持ちになったからだろう。あるいは単に、彼の偉大なる冒険に自分も参加したいと思ったのか。いずれにせよ、それをいま説明することは、弱みを明らかにすることにもつながる。それはできない。テスはすばやく視線を落とし、激しく脈打つ彼の喉の窪《くぼ》みを見つめた。「わたしたちは取引をしたのよ。早いうちに自分の役割を果たし終えられれば、それに越したことはないでしょう?」

ガレンは身を硬くした。「そうすれば、早くセディカーンを離れられるというわけか」

離れる? いつのまにか、そのことは心の片隅に追いやられていた。テスはかすかに心の痛みを覚えながらも、わざとそっけない口調で答えた。「そのとおりよ」

「そういうことなら、一緒に連れていくのに異論はない」ガレンはテスを引き寄せ、肩の窪みに彼女の頬が当たるようにした。「おまえのいるうちに、その存在を充分利用させてもらわないとな」

9

テスは年寄りのシャイフに向かって、精いっぱい愛想よく微笑んでみせた。しかし、彼のほうからは、傲慢そのものの態度でひと睨みされただけだった。

彼が現われてまだ二分とたっていないというのに、早くもテスは、今回のエル・カバール族のサルーム・ハキム・シャイフへの訪問が心地よいものにならないことを明確に悟った。こわばった笑みを顔に張りつけたまま、内心で想像をめぐらした。いまここで前に進みでて、あの白く長い顎鬚《ひげ》を引っ張ってやったら、いったい彼はどんな顔をするだろう。

一人でおかしな想像をすることで多少なりとも疲労と失望がやわらいだ気がしたが、それもシャイフがあてつけがましく彼女に背を向け、ガレンにこう語るまでのことだった。「一時間後に長老たちと一緒に夕食の席を設ける予定にしているんだが、その前にぜひともあんたと二人きりで話がしたい」彼がぱちんと指を鳴らすと、ベールを被った黒っぽいローブ姿の女性が一人、そそくさと前に進みでた。「マジーラを来客用のテントに案内してくれ」

「われわれは小さなテントを持参してきましたから」ガレンが急いで言った。「それにはおよびません」

「わたしの厚意は受け取れないと？」

ガレンは肩をすくめた。「とんでもない。ただよけいな手間をおかけするのは心苦しいと思ったまでです」にこやかに微笑んでみせる。「もちろん、用意してくださったご厚意は喜んでお受けしますよ」数歩後ろからついてくるサイードに向かってうなずいた。「マジーラに不自由のないようにしてやってくれ」

年老いたシャイフは蔑《さげす》むような笑みを浮かべた。「ずいぶんと甘いことだな。あんたが立派な町を建設して以来、エル・ザラン族はすっかりおとなしくなって、よその土地をうろつかなくなっちまった。言っちゃなんだが、エル・カバールの女たちは自分の立場をわきまえとるよ。夫に対しては常に敬意を持って接している。われわれが鞭《むち》をもって仕込んだおかげだ」乱暴な仕草でテスを指し示す。「それに比べて、見てみろ、彼女を。ベールも被っちゃいない」

「彼女はタムロヴィア出身でしてね。あの国では女性は顔を隠す必要がないんです」

「ザランダンでも、あんたは女性たちにベールを被ることを強要していないと聞いたぞ。まったく、なんたる弱腰だ！」

「どうお考えになろうと勝手ですが」ガレンはものやわらかな表情を崩さずに言った。「あなたは二カ月前に、タマールの襲撃によって五人の女性と六頭の優れた馬を失った。あなたの強さをもってしても、悲劇を防ぐことはできなかった」

ハキムは答えずに、ただ彼を見つめ返した。

「こういう悲劇を二度と起こさないためには、おそらくほかの方法が必要だということですよ」ガレンは穏やかに言った。

「また統一の話か？」シャイフは渋ってみせたが、やがてくるりときびすを返した。背だけは人並み以上の痩せ細った体を、まっすぐに伸ばして歩きだす。「話をするぐらいならかまわんだろう。こっちだ」

ガレンも年老いたシャイフに追いつくと、数ヤード離れたところの大きなテントに向かった。

「行きましょう、マジーラ」サイードがやさしく声をかけた。「あの様子じゃ何時間もかかる——」

「わかってるわ」テスはいらだたしげに答えた。「ガレンは夜明けまでに戻るかどうか怪しいものだわね」きびすを返し、ベールを被った女性のあとについて野営地のなかを歩いていった。強烈な日差しが剝きだしの顔に注ぐのが、あらためて意識される。すれ違う女性たちは揃いも揃って黒のガウン姿で、分厚い黒のベールの上からのぞく、コール墨で化粧した目で、テスとサイードのほうをおどおどと見つめていた。これほどの疎外感を抱いたのは、あとにも先にもはじめてのことだった。ここに比べたら、ザランダンでさえ解放された楽園のように思えてくる。いい加減に慣れなければならないんだろう、とテスはうんざりしつつ思う。このエル・カバールで、訪れた野営地はすでに七つ目。応対の仕方はどこも似たようなものだった。いや、正確には同じじゃない。遠慮や好奇心を向けられても、今回のように露骨な敵意を投げつけられたことはない。ここの女性たちは怒りに満ちているわけじゃなく、むしろ虐げられているだけ。それがわかっても、寒々とした孤独感がやわらぐことはなかった。

サイードが同情するような目つきで、じっと彼女の顔をのぞいた。「ここに泊まるのは今夜きりだとマジロンがおっしゃってましたよ。タマールの襲撃のせいで、シャイフも話し合いに応じる気になってますし。次に訪問する部族は、ここほど女性に対して厳しい態度じゃないはずですから」

「つまり、女性たちにベールを被ることや、主人の前でお辞儀したりひざまずくことを強要しないってこと？　それはまた、寛大なこと」テスは足早に前を進む女性に目を向けた。「なんて気の毒な女性たち。見てると、殴りかかりたくなるわ。あるいは肩を掴んで揺さぶって――」

「いけません！」サイードの表情は恐怖に近いものがあった。「そんなことをなさってはだめです。マジロンのお仕事をむずかしくするだけですよ」

「心配いらないわ」テスは乱れきった髪を指で梳いた。「無駄なことはわかってるもの。彼女たちはあの大きな目でじっとわたしを見るだけで……」振り払うように首を振る。「わたしの母も同じよ。もし父がセディカーンの生まれだったら、母は間違いなくベールを被ることを強要されたでしょうね」

女性が足を止め、小さなテントのフラップを引き開けた。そしてテスたちに向かってなかに入るように促し、辛抱強くフラップを押さえている。

「ありがとう」テスは素直に礼を言った。

女性は黙ってうなずいてから、すばやく睫毛を伏せた。

なんてこと。彼女はこのわたしのことも怖がっている。テスはいらだちが湧きあがるのを感じながら、テントに足を踏みいれた。とたんにはっと身がまえた。全身の感覚がいっきに刺激される。

暑さ。薄暗さ。香のかおり。

乱雑に置かれた品々や散らばった枕が、ぼんやりと視界に映る。しかし、どれも見慣れないものばかりだ。ここはまるで鳥籠のよう……。

テスは息苦しさに襲われた。

パニックが体の奥のほうからせりあがってきて、心臓が痛いほどに胸を叩く。

閉塞感はまさしく圧倒的だった。

「いや！」テスはきびすを返すなりテントから飛びだし、あやうくサイードとぶつかりそうになった。外の空気も暑かったが、息が詰まるほどじゃない。テスはぜいぜいと激しくあえいだ。

「顔が真っ青だ」サイードが駆け寄ってきた。「具合が悪いんですか？」

テスは首を振り、全身に走る震えを必死に抑えようとした。「テントのなかにはいられない。パヴダはどこ？」

サイードは数ヤード先の囲いのほうにうなずいた。「マジロンを呼んできましょうか？」

「だめよ。それはだめ」テスはこちらを見つめる女性たちの目を無視して、ずるずるとテントから遠ざかった。「すぐによくなるわ。ただここから離れたいだけなの。少し馬で走れば――」

「わたしが連れてきましょう」

「反対はしないの、サイード？ そんな行動はふさわしくないって言わないの？」

サイードはかぶりを振った。「ときには慣習を破らなければならないこともあります。この数日間はあなたにとって辛い日々だったはずですから」

テスは驚いて彼を見た。

「ここから二マイルほど先に、小さなオアシスがあります。そこに座ってのんびりなさるといい。わたしがフルートを吹いてさしあげますから」ひと息ついて、「もしよろしければの話ですが」

ざわついていた胸がすーっと鎮まっていくのを感じ、テスは心配そうなサイードの顔を見つめた。サイードはまだ彼女の行動の多くを認めたわけじゃない。それでも過去数週間のあいだに二人はたがいを理解し合い、受け入れはじめていた。「あなたが一緒にいてくれたら嬉しいわ、サイード」

月が高く昇った頃、馬にまたがった人影がオアシスに近づいてくるのが見えた。ガレンだった。

テスはサイードにちらっと目をくれた。彼はテスが寄りかかっているヤシの木から数ヤード離れたヤシの木の下に、折りたたんだブランケットを敷いて座っていた。「わたしたちの行き先を彼に伝えるように、誰かに頼んだのね？」

「一応の礼儀ですから、マジーラ」サイードはまたフルートを吹きはじめた。

本来なら、わたしが思いつくべきことだったのに。あのときはテントから……女性たちのまとわりつくような視線から逃げだしたくて、とにかく必死だった。それに、ガレンとシャイフとの話し合いは、いつものように夜中まで終わらないだろうと思っていた。

ガレンはパヴダのそばで手綱を引くと、セリクの背中から滑り降りた。怒っているんだろうか？　ヤシの木の陰になって表情が見えず、判断がつかない。

テスは背筋を伸ばした。「話し合いはうまくいったの？」

「ああ、すこぶるうまくいった」大股で近づいてくるや、かたわらに膝《ひざ》をつく。「具合はどうだ？」

「どこも悪いところはなかったの。ただ逃げだしたくて――」テスは言いよどんだ。「いまはもう、すっかり元気になったわ。野営地に戻りましょうか」

「もう少しあとでいい」ガレンは彼女の隣りに腰を下ろすと、サイードに声をかけた。「野営地に戻って、シャイフに謝っておいてくれ。マジーラの具合が悪いから、朝までお目にかかることはできないと」

「だめよ！　言ったでしょう、病気じゃないって。わたしなら――」

サイードはテスの言い分を無視し、すでに自分の馬に向かって歩きはじめていた。テスはガレンを振り返った。「馬鹿なことをしないで。あなたがわたしのことを甘やかしてると、シャイフは思ってるのよ。そのうえこんなことをしたら、どう思われるか」

「シャイフにどう思われようと、かまやしないさ。おれは人の意見で左右されたりしない」

「セディカーンの統一はそうはいかないわ。この二カ月せっかく頑張ってきたのに、あげくの果てに失敗しましたなんて、冗談じゃない」テスはブランケットに膝をついて起きあがった。「ねえ、サイードを呼び戻して、シャイフに――」

「なぜそんなことをしなけりゃならない？　おれはシャイフとなんか一緒にいたくないんだ」ガレンはブランケットの上に大の字に寝そべると、腕枕をした。「しばらく二人でここにいようじゃないか。この旅に出てからはじめてだよ。こんなに解放されてゆったりした気持ちになれたのは」

「だけどシャイフが――」

「シャイフは勝手に思うさ。おれは女には弱い男なんだと」ものうげに微笑んだ。「しかし、ほかの分野じゃ手強い相手だってことは、これからいくらでも思い知らせてやれる。せいぜい彼には自分がおれよりも優れてると思わせて、いい気分を味わわせておくさ。そのほうが彼も安心できる」

テスは首を振った。「こんなこと、無意味よ」

「おまえがおれのために孤独や疲労に耐えていることのほうが、ずっと無意味だよ」ガレンは穏やかに言った。「おまえが屈辱に耐えながら、庇《かば》いもせずに立ち去るおれを見送るほうが、ずっと意味のないことだ」

テスは驚いて彼を見つめた。「わたしを庇ったりすれば、あなたの立場が悪くなることぐらいわかってたわ」

「おまえが理解してくれているかどうか不安だった」ガレンは手を伸ばしてテスの体を引き寄せると、自分の肩の窪みで彼女の頭をやさしく支えた。「さすがのおれも、一度に一つの闘いにしか臨めない。統一が達成されると確信できれば、ほかの問題に意識を移せるんだが」

テスはガレンに体を預けるや、たちまち気持ちがやわらいでいくのを感じた。疲労と失望に塗りこめられていた心が嘘のように晴れ渡っていく。ガレンの強さにあやかろうとでもするように、いっそう彼に体をすり寄せた。ふいに思いついて言った。「問題があるとすれば、女性たちよ」

ガレンは黙っていた。

「彼女たちはまるで奴隷みたいだった。籠に閉じこめられ、殴られて服従を強いられてるの。テントに案内されたけど、そこも同じ。まさに鳥籠そのもの」テスは震え声で笑った。「すごく怖かったわ」

「怖かった？」

「わたしも同じ目に遭うんじゃないかって。わたしは生まれてからずっと、自由になりたいと思って生きてきたけど、そんなこと、女性には無理な望みだとわかってた――だから、一歩でも運命を踏みはずしたら、わたしも彼女たちみたいに閉じこめられるんじゃないかって……」おしまいのほうは聞こえなくなった。やおら強い調子で言い放つ。「そんなの間違ってる。女性たちが奴隷みたいに扱われていいわけがない。あのかわいそうな女性たちは目を上げるのさえ恐れて、こそこそと生きてるのよ。ダラだって息子を失ったというのに、その犯人の運命を決める会議で発言もできない。そんなのフェアじゃないわ、ガレン」

「ああ、そうだな」

「わたしはずっとそう思ってきたけど、それがこの世界のやり方なんだと自分に言い聞かせて受け入れてきたの。司祭でさえも言うわ。女たるものは辛抱強く従順であれって」テスは暗闇にじっと目を据えた。「でも今日、ここに座ってずっと考えていた。そして気づいたのよ。責められるべきは男性たちだけじゃないと。それを許してきたわたしたち女性の過ちでもあるんだと。わたしたちには戦う勇気がなかったの。自分たちの価値を証明する勇気がなかったのよ。いまこそ変えるべきときだわ、ガレン」

「おれは自分の罪を背負う覚悟はあるが、ほかの人間のぶんまで背負いこむのはお断わりだぞ」

「大丈夫。あなたはほかの男性たちよりもずっとましよ」

ガレンは口元をほころばせ、頭を下げてみせた。「身に余るお褒めの言葉。光栄だよ」すぐに真顔に戻って言う。「だが、言ったはずだ。おれには——」

「わたしの話をぜんぜん聞いていないのね。あなたには何も頼もうなんて思ってない。そもそも自分たちの戦いなのに男性を頼っていたからこそ、わたしたちは彼らに勝てなかったのよ」

「それじゃ、今回の戦いは自分だけの力で戦うつもりなのか？」ガレンは彼女の顔からやさしく髪を払いのけた。「きっと神が助けてくれる」

「神さまはすでに男性のことはさんざん助けてきたわ。今度はわたしたち女性の番」

「で、いつその攻勢を開始するつもりだ？」

「まだ決めてない」テスは顔をしかめた。「簡単な仕事じゃないもの」

「もしも自分だけの問題で終わらせないとなれば、なおさら時間がかかることになるぞ」ガレンは彼女のこめかみを撫でつけながら、さりげなく目をそらした。「セディカーンの女性たちも救おうと考えているなら」

その言葉はテスの胸に痛烈な痛みを呼び起こした。そう、ガレンはいまや、わたしのことを深く理解しはじめている。この先、わたしが彼にとって大きな障害となることをわかっているのだ。そして彼の国では、まさしくわたしはよそ者。そのよそ者が人びとからどれほどうさんくさい目で見られるか、この数週間で骨身に染みた。

「たしかに彼女たちを救う必要はあるとは思うけど」わざと曖昧《あいまい》な言い方をして、話題を変えた。「ハキムは例の二週間後のキャロベルには参加するの？」

ガレンはうなずいた。「それに、統一に賛成の票を投じてくれるだろう。彼は自国の問題の解決策が見つからなくて、ずいぶん苦労してきたからな」

「あと二人ね、これから訪問するシャイノは」テスは言い添えた。「タマールを招待するつもりがなければだけど」

「おれはいかれちゃいない。やつを招待しようものなら、評議会用テントに達する前に、戦争がおっぱじまる」

「招待されなかったら、怒って妨害しようとしないかしら?」

「そんなことはさせない」

「だけど、どうやって――」

「話はもうおしまいだ」ガレンはテスの乗馬服のボタンをはずしにかかった。「ハキムのもとに戻れば、どのみちまた話し合いをしなけりゃならない」うつむいて、唇を乳首にかすめながら囁《ささや》く。「そういやハキムが、今夜、売春婦を用意しようと言ってきたよ」

テスは身を硬くした。「で、あなたはなんて?」

「こう言ってやったさ。おまえはまさに愛の女神で、おれがこれほどまでにおまえに溺《おぼ》れるのは、この太ももに割って入るたびに天にも昇る気持ちにさせてもらえるからだと」

彼の歯にやさしく乳首を刺激され、テスは太ももの付け根に馴染み深いうずきがじわりと広がるのを感じた。ぐっと唾を呑みくだす。「そんな嘘をつく必要はなかったのに」

ガレンはテスの体に覆い被さると、ガウンを引きおろして太ももを押し開いた。「嘘じゃないさ……」


「まるで小さな村みたいだわ」馬にまたがったまま、眼下に広がる祭りの会場を見おろし、テスはかたわらのガレンに向かって囁いた。

百を超えるテントが広大な渓谷に点々と散らばり、野営地は活気に満ち溢れていた。女たちはテントの前で巨大なやかんを火にかけ、男たちはうろうろしながら笑い合ったり世間話に興じたりしている。野営地の一番奥の囲いのなかでは、上等な馬たちが美しい毛並みを陽光に輝かせ、落ち着きなく動きまわっていた。

「子どもたちの姿が見えないけど」テスが指摘した。「お祭りなのに、子どもたちはどこ?」

「十三歳に満たない子どもは参加できないことになっているんだ」ガレンは馬を前に進めた。

「子どもたちは家に残って、姉や兄に面倒を見てもらってるはずさ」

「どうして?」

「レースとその賞品は大人たちのためのものでね。誰もが真剣に取り組んでる」ガレンは野営地の西の端に広がる小さな空き地を指さした。「ヴィアンヌだ」

「どこ?」すぐにテスは小柄なヴィアンヌの姿を見つけた。優雅で落ち着いた足取りで、人混みをかき分けて歩いている。「ああ、見つけたわ!」パヴダを蹴《け》って駆けだすと、雌馬はぐんぐん加速してガレンを置き去りにし、野営地に向かう。「ヴィアンヌ!」

ヴィアンヌは振り返るや、ぱっと顔を輝かせた。テスが手綱を引いてパヴダを止め、鞍から滑りおりるのを、辛抱強く待つ。「会えて嬉しいわ。元気そうね」

テスはしっかりと彼女の体を抱きしめた。「アレクサンダーを連れてきてくれた?」

ヴィアンヌはくすくす笑った。「まずはそう訊かれるんじゃないかと思ってた。もちろん、連れてきたわ。なにしろあなたときたら、三回も使者を遣わして頼んできたんですもの。わたしのテントにいるから、いつでも飛ばせられるわ。彼が宮殿に戻ったらちゃんとご褒美の餌《えさ》をあげるように、メイドに頼んできたし」口を開きかけたテスを、片手を挙げて押しとどめる。「はいはい、きちんと訓練も続けてたわ。カリムに手を貸してもらって」

テスは眉をひそめた。「カリムに？」

ヴィアンヌはうなずいた。「毎日夕方になると、カリムはアレクサンダーをユセフのお屋敷に連れていって、飛ばしてくれていたの」ひと息ついた。「それに先週はわざわざ町なかまで出かけてくれて、いろんな場所から飛ばしてくれたわ。アレクサンダーはいまじゃすっかり、迷わず戻ってくるようになったのよ」

「カリムは何度かガレンに使者を送ってきたけれど、あなたを助けているなんて話、ひと言もしていなかった」

「それはそうでしょう。国事とは関係のないことですもの」

「そうね」カリムがわたしたちの計画のために自分の時間と労力を割《さ》いてくれたなんて、どういう風の吹きまわし？　それでもテスは素直に喜ぶ気にはなれなかった。「サシャがいたら、きっと彼も同じことをしたと思うけど」

ヴィアンヌは笑いを噛み殺した。「そうでしょうね」

「そうに決まってるわ」テスはきっぱり言い放った。「カリムはここに来てるの？」

「ええ、もちろん。誰もがキャロベルには顔を出すわ。ゲームに参加することが成人男性の伝統になっているのよ」

「ガレンも？」

ヴィアンヌはうなずいた。「あなたは大きな伝統を破りたがるけれど、小さな伝統を維持することはすごく大切なことだって彼も言ってるわ。過去四年間、彼は勝ちつづけているのよ」急にまじめな顔に戻って言う。「こんなところでおしゃべりしてはいられないわ。明後日のお祭り当日までに、やらなければならないことがたくさんあるの」ひときわ大きなテントを指し示した。「あそこが売春婦用に用意されたテントよ」

「売春婦がここに？」

「もちろんよ。レースの勝者は、好きな女性を選んでひと晩過ごせるというのが慣習になってるの。知らなかった？　当初は、勝者が他人の妻や娘を選んで流血騒ぎになることが多かったから、そういう事態を避けるためにとびきり美しい売春婦たちを連れてくることにしたのよ」ヴィアンヌは肩をすくめた。「もっとも、どのみちあの女性たちは、お祭りが終わる頃にはほとんどの男性を相手にしてしまうんだけど。シャイフやその従者たちのお目当ては、ご馳走やゲームだけではないの。お祭りのあいだに少なくとも一回は彼女たちと過ごすというのが、長いあいだの伝統なのよ」

「なる……ほど」いまさら驚くほどのことじゃない。この国では妻だろうが愛人だろうが、誰もが売春婦の存在を受け入れていることはわかっていたはずだ。「彼女たちはもうザランダンからやってきたの？」

ヴィアンヌは首を振った。「明日、来ることになってるわ。でも彼女たちの泊まるテントはきちんと用意しておかなくちゃ。大勢のお客さまが訪れることになるんですもの」

「そうなんでしょうね、きっと」

「そうそう、あなたの服を適当にみつくろって、宝石箱と一緒にトランクに詰めて運んできたわ」ヴィアンヌはてきぱきと説明した。「あなたがきちんとした格好をすれば、それだけガレンに箔《はく》がつくことになるんですもの」テスの乗馬服に咎《とが》めるような目つきを向けた。

「すぐに着替えてきたほうがいいわね。半数のシャイフはもう到着なさっているんだから」

「まだ時間はあるわ」テスは思いつめた面持ちで売春婦用のテントを眺めやった。「彼女たちって、そんなに美しいの？」

「それはそうよ。わたしが自分で選んだんですもの」ヴィアンヌは驚いたように言った。

「そうでなければ、賞品の意味がないでしょう？」

「それはそうだけど。なんだか――」

「ごきげんよう、ヴィアンヌ」ガレンは二人のそばで手綱を引き、着々と整いつつある野営地を見まわした。「よくやってくれているな」

ヴィアンヌは嬉しそうに顔を赤らめた。「まだまだやることが山積みだって、テスに説明していたところよ。でも、明日までにはすべて準備できるわ」テスに向かって怖い顔をしてみせる。「服を着替えていらっしゃい」

「はい、はい。わかりました」テスは浮かない顔をした。「でも、いくらガレンのためだといっても、ベールで顔を覆うのはごめんだわ」

「残念だな」ガレンの目がきらめいた。「そうしてくれれば、おれの大勝利だとハキムに大きな顔ができるんだが」

「ベールはいや」テスは頑《かたく》なに言い張った。売春婦用のテントにまたちらっと目を向け、思わず口走った。「ガウンなら着てあげないこともないけど」

「そいつは光栄だ」ガレンはわざとまじめくさって応じた。

「じつを言うと、二カ月間乗馬服ばかりでちょっと飽き飽きしていたところなの。それにわたしだって、それほど分別がないわけじゃないのよ」

ゴールドのブロケードのガウンは、深くくびれた四角い襟ぐりにパールの縁取りが施されていた。その唯一の飾りが、ハイウエストのガウンのシンプルな美しさをすっかり損なってしまっている。

もっとも、わたしだってこの服に見合うほどの立派な胸があるわけじゃないけど。テスは磨き抜かれたブロンズ製の鏡を見つめながら、惨《みじ》めな気持ちで思った。それでも、彼女の髪がゴールドに映えて、美しくきらめいて見える。

ガレンは長椅子の上で姿勢を変え、手のひらに顎を載せて彼女を眺めた。「じつに艶やかだな」

「お揃いのふさ飾り付きのショールと、ゴールドの傘まであるのよ」テスは剥きだしになった喉元に触れた。「少し派手すぎるわよね。やっぱりショールを羽織ったほうがいいかしら。ハキムにまたにらまれちゃうもの」

ガレンが眉を引きあげた。「気にしてるのか？」

「だってヴィアンヌに言われたのよ。あなたの品格を損なうことをしちゃだめだって」鏡に映る自分の姿を眺め、さりげない口調を装って言う。「彼女が言ってたわ。あなたはキャロベルの伝統に従うだろうって」

「できるかぎりそうしたいとは思ってる」

「ほとんどの男性が売春婦のテントを訪れるって」

「ああ、そうだ」

「あなたも？」テスは慎重に彼の視線を避け、早口で言った。「べつにどうでもいいんだけど。ただ知りたかっただけ」

「どうでもいいなら、なぜ興味を持つ？」

テスは彼をねめつけた。「だってなんだか……気になるのよ」

「どうして？」

「そんなこと知るもんですか」テスは思わず声を荒げた。「ただ想像するだけでいやなのよ。あなたが――」いったん言いよどみ、また訊いた。「彼女たちのところへ行くの?」

「行かなければ、伝統を破ることになる」ガレンは立ちあがって彼女に近づいた。「ほかの男たちに男としての能力を疑われることにもなる」

「馬鹿みたい」

「ハキムにいかれた男だと思われる」

「はぐらかすのはやめて。行くの、行かないの、どっち?」

ガレンの人差し指が、ガウンに施されたパールをそっとなぞった。「ひょっとして、おれに彼女たちのところへ行くのを思いとどまらせるために、これを着たのか?」

「まさか」

「それならいい。そんなことをしても無駄だからな」

テスは不安げに眉をひそめた。「無駄なの?」

ガレンはうなずいた。「おれを説得したいなら、何も身に着けないことだ。裸のおまえのほうがずっといい」にこやかに微笑んだ。「しかし、おれがほかの女と寝るのを快く思わないとは、嬉しいことを言ってくれる。ただし、覚えておいてくれよ。おれが今回、多大なる犠牲を払うとしたら、おまえにもいつにも増して、おれを喜ばせてもらわないと割が合わない。売春婦ってのは、男を喜ばせる巧みな方法をあれこれ身につけてるものなんだ」ガウンの身頃に指を滑りこませ、乳首をこする。「知りたいか？」

テスは自分の体がどうしようもなく彼のほうへ押し流されていくのを感じた。「興味深いものなのかしら」

「ああ、そうだとも」

テスは舌で唇を湿らせた。「それなら、やってみても――」

「ガレン、タマールが現われました！」

カリムがテントに飛びこんできた。

「タマールが？」ガレンはテスの体から手を離し、全身を凍りつかせた。「たしかか？」

カリムはうなずいた。「彼が馬にまたがって野営地に乗りこんでくるのを、この目で確認しました」

「何人だ？」

「一人です」

ガレンの体から、わずかながら緊張が引いていった。「よし。それなら、当面の脅威はないだろう。ここへ連れてこい」

カリムはうなずき、テントから出ていった。

「タマール」テスが囁いた。「なんてこと。お祭りはまだ始まってもいないっていうのに」

「いつか現われると思ってたよ。いまのうちのほうがまだましだ」ガレンは彼女に向きなおった。「ヴィアンヌのテントに行っていく。やつにおまえの——」

「ガレン、ずいぶんとつれない態度を取ってくれたもんだな」タマールがのっそりとテントに入ってきた。「うちでキャロベルを催すときも、おまえのことは招待してやらないぞ」

ガレンの顔からさっと表情が失われた。「襲撃しておいて、おれのゲストに歓迎されようなんてのはおこがましいにもほどがある。まさかそんなことは期待しちゃいなかっただろうが」

「あいつらはそうかもしれんが」タマールは肩をすくめ、ぶらぶらとテントのなかを歩きながら、大きな木製のフルーツボールから丸いイチジクの実を取りあげた。「おまえはいつだって、おれを歓迎してくれる。そうだろっ？」太く白い歯をがぶりとイチジクに突きたて、おもむろにテスに目を向けた。「今日はまたゴージャスだな。まるで王女みたいじゃないか」低く、ものやわらかな声音で言う。「ガレンも人が悪い。おまえに関する計画をこのおれに黙っているとはな。聞くところによれば、おれの親友と一緒に田舎を旅したそうじゃないか。どうだ？　その華麗な姿であの馬鹿ものたちに取り入ったか？」

「ある程度の成功は収めたと思うわ」テスはさらりと言ってのけた。「たしかにわたしの存在も貢献したんじゃないかしら」

タマールはもうひと口、イチジクにかぶりついた。「偉そうに」顎鬚をたくわえた顔のなかで白い歯が異様にきらめいた。「おれは売春婦よりも王女のほうが好みなんだよ、ガレン。

理由が聞きたいか?」

「いいや。それより、ここに来た理由を言ってみろ」

タマールの視線がガレンに転じた。「おまえに最後のチャンスを与えてやるためだ。連中と決別するチャンスをな。あの臆病者たちを、さっさと自分の野営地に追い返せ。やつらを説得して統一を達成しようなんて馬鹿なことは忘れちまえ。どのみち、おまえ以外は誰も望んじゃいないんだから」

「おまえが一番望んでいないんだろう」

「ああ、おれは気に入らねえ。統一という名の束縛はごめんだね」大きく顔をほころばせた。「おまえだって同じだろう? 統一が達成されたところで、半年後には自分の作った法律を自分で破ってるさ」

「そいつは違うぞ、タマール」

タマールはかぶりを振った。「いいや、おれはおまえのことはよく知ってるさ、親友。おまえのその馬鹿げた理想が持ちこたえるのは、せいぜいがたいした刺激が存在しないあいだだけだ」一転、真顔になって続ける。「刺激なら、おれがもたらしてやる。やつらを追い返せ、ガレン」

彼を見返すガレンの視線は揺らがなかった。「彼らがここを立ち去るのは、セディカーン連合が成立してからだ」

タマールは低く毒づいた。「そして、おれに無法者の烙印《らくいん》を押すわけか？」

ガレンはうなずいた。

タマールは彼をにらみつけた。「どうやら笑えない展開になってきたようだな。おまえともずいぶん距離ができちまったらしい。いいか、警告しておくぞ――」必死に怒りを堪えたあげく、引きつった笑みを浮かべた。「残念な選択だよ、ガレン」くるりと背を向けて出口に向かう。途中で足を止め、テスを振り返った。「知りたくなさそうだったが、教えておいてやろう。おれが売春婦よりも王女が好きな理由。まだ一度も王女に発情したことがないからだよ」わざと間を置いた。「これまではまだ」

そう捨て台詞《ぜりふ》を吐き、彼は出ていった。

テスはさざ波のように全身に伝わる震えに、必死に抗っていた。ナイフが引き抜かれたわけでもないのに、このあいだよりもはるかに切迫した脅威を覚えた。

「おまえはザランダンに戻れ。誰かに送らせる」ガレンがきっぱりと言った。

テスは彼を振り返った。「卑劣なタマールのせいで？」頑なに首を横に振る。「帰らない。わたしはここでやるべきことがあるのよ。わたしのことを認めようが認めまいが、あのシャイフたちはわたしの姿を目にするたび、あなたとタムロヴィアのつながりを思いだすことになるのよ」

「明日の朝、発つんだ。カリムに護衛するように伝える」

「彼がわたしを置いてザランダンを立ち去ったら、十分後にはわたしも馬に飛び乗ってここに戻ってくるわ。わたしが護衛もなく一人で旅することになってもかまわないって言うの?」

ガレンは両手を拳に固めた。「おまえはタマールのことを知らないんだ。だからそんなことを――」テスのきつく引き結んだ唇とこわばった顎を目にし、低い声で悪態をつく。「くそっ、なんて石頭なんだ。わからないのか? タマールは意味もない脅し文句を口にしたんじゃない。実際に、おまえを脅したんだぞ」

「いまのあなたと同じようにね」

「これはおれの戦いだ。おまえには関係ない」

テスは答えなかった。

ガレンは両手を挙げ、いま一度低く毒づくと、きびすを返してテントから出ていった。

彼は間違っている、とテスは心の内でつぶやいた。彼の闘いはわたしの闘いでもあることが、わからないの? わたしは生きているかぎり――。

生きているかぎり?

その言葉のあまりの衝撃に、体が固まった。ガレンが出ていったテントの出口を呆然《ぼうぜん》と見つめた。まさか。いったい何を考えているの? 人に縛られるなんてまっぴらごめんだと公言していたのは誰?

だけど、たしかにいまのわたしは、ガレン・ベン・ラッシドに縛られていると言ってもいいのかもしれない。それも契約や肉体的な快楽だけでなく、もっと深いつながりによって。

「そんな！」相手がガレンであれ、セディカーンであれ、この身を縛る結びつきなんか望んじゃいない。わたしの望みはただ一つ、自由だけのはずだ。これは愛なんかじゃない。並はずれた資質を備えた人間に対する尊敬の念、単なる肉体的な欲望にすぎない。親密な交わりと共通の目的が、普通よりも二人の距離を近づけただけ。これはけっして――。

そもそも、彼はわたしのことを愛してはいない。

そう思ったとたん、痛烈な痛みに胸を衝かれ、頑なに保っていたはずの心の壁がつい揺らいだ。彼を愛していないなら、なぜその事実に傷つくことがあるんだろう？

彼を別の女性のもとへやるまいとして身に着けたブロケードのガウンを、テスはあらためて見おろした。それがどれほど危険な反応だったのか、いまになって思い知った。

大丈夫、心配ない。しょせんは彼が与えてくれる快感にいっとき心を奪われているだけだ。ポーリーンだって同じように恋人に夢中になったところで、一週間もすれば正気に戻っている。

だけど、わたしはポーリーンとは違う。そう簡単に忘れられるような人間じゃない。

もうあれこれ考えるのはよそう。これからはうんと忙しくして、ガレンのことや、いつの間にか二人のあいだに築かれていた、この奇妙な結びつきのことを考える暇をなくせばいい。

彼とのあいだにできるだけ距離を置くようにすればいい。

そう、それこそがいますべきことだ。試練のときのダラを忙しく立ち働かせたように。そうすればこの苦悩から逃れられる。


真夜中過ぎになって、ようやくガレンがテントに戻ってきて、服を脱ぐ気配がした。テスはわざと浅く寝息をたて、眠ったふりをした。

ほどなくガレンは長椅子に潜りこんで、テスのかたわらに身を横たえた。そのまましばらく黙っている。

「眠っていないんだろう？」ガレンが寝返りを打ち、暗闇のなかでじっとテスの顔をのぞいた。

「ええ」

「もっと早く戻りたかったんだが、ハキムが裁判についての――」

「いいの。気にしてないわ」

ガレンはまたひとしきり沈黙し、やがて言いにくそうに切りだした。「あんな言い方をするつもりはなかったんだ。ただ……おまえのことが心配で」

「あの程度の言葉で傷つくようなやわな神経をしてないわ、わたしは」

「そうか？」ガレンは手を伸ばし、テスの頬骨にそっと触れた。「そうとは知らなかったよ、キレン」

テスはきつく目を閉じ、込みあげてくる涙を懸命に堪えた。馬鹿な。体を駆け抜けるこの感情の波は、まさに狂気としか言いようがない。彼にやさしく触れられただけで赤ん坊みたいに泣きだすなんて。そうか。彼と距離を置こうという決心は、思った以上に賢い判断だったのかもしれない。「勘違いしないで。暑くて眠れなくて起きていただけだから」

「おかしいな。今夜は涼しいと思ったが」また手を伸ばし、今度はそっと胸を掴む。「肌も熱くないし」くすくす笑い、手のひらの下で早くも堅くなる乳首の感触を確かめた。「いや、たしかに熱を帯びてるようだな」

「あなたの訓練の賜物よ。誇りに思うべきね」テスは彼の手を遠ざけ、さりげなくあとずさった。「ダフネだってこれほど早く、義務を果たせるようにはならなかったわ、きっと」

「義務？」

「あなたを喜ばすこと。あなたの子どもを身ごもること。それがわたしの義務じゃなかった？」不覚にも声がうわずり、テスは慌てて落ち着かせた。「じつは考えていたの。とりあえずは充分示せたんじゃないかって。わたしがちゃんと義務を遵守してるってことを」

ガレンの身に緊張が走る。「だから？」

「もうあなたに触れてほしくないの」

ガレンは悪態をついた。「勘弁してくれよ、テス。さっきも言ったが、おれが悪かったたし

——」

「さっきのあなたの言葉と、いまの話はなんの関係もないわ。ベッドでの戯れはそれなりに面白かったけど、少し飽きてきちゃったのよ」

ガレンは信じられないというように笑った。「今朝はそんな素振りはまったく見せなかったじゃないか。おれにまたがって——」

「その話はしたくない」それに、あのときのことは考えたくもなかった。思いだしただけで、すでに体の奥が熱を帯びてきていた。「でも、気が変わったら教えるわ」

「そいつはどうも」ほとんどいやみと思えるほどの皮肉っぽい口調だ。「どういうことなのか、少しでも話してくれたらありがたいんだが。おれたちはたがいを理解しあえるようになったとばかり思ってた。おれは——」ふいに口をつぐむ。一転してなだめるような声音になった。「なあ、聞かせてくれよ、テス。いったい何が問題なんだ？」

「べつに何も」テスは目を伏せ、じりじりと彼から遠ざかった。「疲れたわ。もう眠らせて」

「こんな状況で眠りたいだと？」憤怒といらだちが、彼の声からやさしい響きを奪った。

「おれを悩ませておいて、自分は眠るだと？」

「そうよ」

「そんなことが——」

ガレンが懸命に感情を押しころし、落ち着きを取りもどそうとしているのが痛いほど感じられる。

「いいさ。眠れよ」寝返りを打って、くるりと背を向ける。「おれは待っていられる」

そうだ。ガレンのこれまでの人生は待つことの連続だった。けっして手に入らない愛の訪れを待ち、戦いが終結するのを待ち、仕事が達成されるのを待つ。ああ、この手で触れて、慰めてあげることができたら。きつく抱きしめて、やさしく揺らし……。

テスは手を伸ばすまいと、手のひらにきつく爪を立てた。彼に触れたらだめだ。今夜この苦しみに耐えられたら、明日はもっと楽になる。

だからいまは、彼に触れてはならない。

10

テスは夜明けからずっと、働きどおしだった。

ガレンはハキムのテントの入口で足を止め、彼女がヴィアンヌと連れだって空き地を動きまわり、楽しそうにおしゃべりしたり大げさとも思える身振りをする様子を、浮かない気分で見つめた。目覚めたときにはテスの姿はすでになく、午前中のあいだもちらっと姿を見かけただけだ。今朝の彼女はまるで嵐のようにせかせかと働き、ヴィアンヌのあとをついてまわっては、一緒にテントの設営に立ち会ったり、軽食用のテーブルの用意を手伝ったりしている。ぐつぐつと煮えたつ鍋の一つからシチューをすくい、大まじめな顔で味見している姿さえ、ガレンは目撃していた。

彼女が料理とは、とんだ驚きだ。宮殿では、キッチンの監督などという退屈な仕事は断じてお断わりだと言ってはばからなかったのに。その彼女が鍋の前でおとなしくしているからには、何かあるに決まっている。いったい、何がどうしたというのだ？　くそっ。

とにかく彼女は変わってしまった。何かとはぐらかすようになったし、いやに冷めている。

そもそも冷静沈着なんて言葉ほど、テスに似合わないものはないし、彼女ほどあけすけな女性はいやしない。昨夜、彼女に背を向けられたとき、ガレンは怒りを覚えると同時に、裏切られた気がした。まるで何か貴重なものを奪い取られたかのように。

快楽。そう、彼女はあの体がもたらす快楽をおれから奪い取った。取引を交わした以上、彼女にそんな権利はない。胸をえぐるようなこの感覚は、痛みではなく、まさしくいらだち。自分は彼女の体にすっかり慣れきってしまって、もはや彼女以外では満足できないといういらだちだ。昨夜、きっぱりと彼女に言ってやるべきだったのだ。おれをはねつける態度は断じて許せないと。そして無理やりにでも――。

「どうかしましたか?」

ガレンは物思いにふけっていて、カリムが近づいてくる気配にも気づかなかった。「どうもするわけがないだろう。九部族のシャイフが全員到着し、おれの話に耳を傾けてくれるっていうんだから」

「それにしてはむずかしい顔をしていましたよ」カリムは肩をすくめた。「ご報告があって来たんです。丘の部族の一つからメッセージを受け取りました」

ガレンは思わず身がまえた。「タマールか?」

カリムは首を横に振った。「タマールならここを出ていって以来、まるで消えてなくなったかのようですよ。メッセージはサシャ・ルビノフに関するものです。彼の姿がここから半日ほどの距離のところで、見かけられたとのことです」

「サシャか」彼が宮廷を離れてセディカーンに戻ってくることにしたとなれば、おそらくいい知らせではないのだろう。それでも、ガレンは束の間、心が安らぐのを覚えた。昔馴染みの皮肉たっぷりのユーモアがたまらなく懐かしかった。「彼を迎えに護衛をやってくれ。タマールがほんとに消え失せたかどうかわかったもんじゃないからな」

「すでに護衛を送っておきました」カリムは微笑んだ。「わたしも馬鹿じゃないですから、それぐらい気がまわりますよ、ガレン」

「そうだな」ガレンはまたテスに目を戻した。馬鹿なのはおれのほうだ。考えるべき重要な問題をいくつも抱えているというのに、恋わずらいの若者みたいに自分の妻からかたときも目が離せないとは。「午後はロメドとハキムと一緒にいるから、サシャが到着したら教えてくれ」

「そちらにお連れしますか?」

「いや」ガレンはまたテスを見た。「マジーラのところへ連れていってやってくれ」おそらくテスもサシャになら、おれに腹を立てた理由を打ち明けるだろう。このまま何もせずにじっと我慢しているのはもう耐えられない。

ガレンはその皮肉な思いに、思わず苦笑いした。セディカーンの統一という夢の実現を二十年近くも辛抱強く待ちつづけてきたというのに、ちっぽけな赤毛の女にたったひと晩拒絶されただけで歯ぎしりし、レイプまがいのことさえいとわない気になるとは。「彼に伝えてくれ。今夜おれのテントで一緒に食事をしながら話をしようと」

「サシャ！」

彼がヴィアンヌのテントに現われるや、テスは大急ぎで駆け寄ってその腕のなかに飛びこんだ。が、すぐに体を離して鼻をひくつかせる。「ひどい臭い！　汗と馬の臭いが染みついてるじゃないの」

「そいつはご挨拶だな」サシャはわざと悲しげな顔であとずさってみせた。「すぐにも顔を見せないときみが悲しみにうちひしがれるってカリムから聞いたから、なにはさておき、こうして飛んできたというのに、その言われようとは」

「お風呂に入るあいだぐらい、喜んで待ったわ。でも気にしないで。息を止めてればいいだけだから」テスはまた彼の腕に身を預け、思いきり抱きしめた。「それで、どうだった？」

「まずいね」サシャは笑みを収めて説明した。「修道院長がきみの親父さんに手紙を送ってきた。きみの旅は順調でしたか、ブラクスガン船長は信頼に値する働きをしましたか、とね」

テスは目を見開いた。「それはまずいわ」

「まあ、実際はそれほど悲観することもないんだがね、おチビちゃん」サシャは人差し指で彼女の鼻をつついた。「きみの親父さんが出発を予定していた日の前日に、ぼくは先まわりして船長を捜して話をつけておいた。いまごろは彼はディランを出帆しているはずだ」

「そううまくいくといいけど」テスは下唇を噛みしめた。「あなたがひと役買っていたこと、父は気づいてないの？」

「いまのところは」

「あなたが急いで出発しても、怪しまれなかった？」

「ちょうどぼくの偉大なる父と兄が、ザンダー川まで釣りの旅に出かけるところでね。ぼくも同行するってことにしたんだ」サシャは顔をしかめた。「そのいかにも王族らしい愚行に対するぼくの感情からすりゃ、この言い訳は若干浅はかだったけど、とりあえずは通用した」

「でも長くはもたないわ。ディランには宿はほんの数軒しかないし、あなたの姿は一度見たら忘れられないもの」テスは眉をひそめた。「ガレンの顔のほうがもっと印象的だけど」

「またまた言ってくれる」サシャは悲しげに言う。「それはきみの場合にかぎるだろう、おチビちゃん」

「そうかもね」テスはうわの空で応じた。「わたしの父は馬鹿じゃないわ。ディランじゅうを訪ね歩いて私たちの結婚のことを探りあてて、そのうちザランダンにやってくるわね――」頭のなかで計算する。「猶予はどれぐらいあると思う？」

サシャは気休めを言わずに、真実を告げた。「一週間。あるいはもっと短いか」

テスはほっと息をついた。「もしかしたら、あなたのすぐあとから追ってきてるかと思った。それならなんとかなるわね。キャロベルのレースは明朝行なわれて、最後の評議会がその直後に開催されるの。父が到着する頃には部族の統一は達成されてるわ」

「ぼくがセディカーンを離れてから、驚くほど進展があったんだな。きっかけが何かあったのか？」

「タマールよ」

サシャはうなずいた。「途中立ち寄った部族でも、やつの襲撃はもっぱらの噂《うわさ》になっていたよ」きびすを返してテントの出口に向かう。「さてと。きみの忠告どおり、風呂に入って服を着替えてから、ガレンに会ってくるとしよう。きみも来るだろう？」

「いいえ」

サシャは驚いたように振り返った。

テスは作り笑いを浮かべた。「まだやることがたくさんあるの。ヴィアンヌと一緒に食事をすませたあとで、顔を出すわ」

サシャはゆうに一分、彼女の顔をしげしげと見つめてから、肩をすくめた。「好きにするといい」短い沈黙のあとに訊いた。「ヴィアンヌはどうしてる？」

「元気よ」テスは渋面を作った。「でも、戻ってきてくれてよかったわ。カリムがハトのことで協力してくれて、すごく株を上げたのよ」

「なかなか興味深い話だが、あえてそれ以上聞かないでおこう」フラップを持ちあげる。

「カリムはキャロベルに参加するのか？」

「ええ」テスは眉根を寄せた。「あなたも？」

「おそらくな。いつも面白い展開になる」

「面白い？　キャロベル・レースっていったいどんなものなの？」

サシャは眉を引きあげた。「知らないのか？」

「お祭りの準備のほうで気を取られていたから。ガレンはレースだとしか言わなかったし」

「すごく変わったレースなんだ。砂漠とでこぼこの丘陵地のなかに、六マイルを超えるコースが設定される」

「それじゃ、障害物とかも？」

サシャはうなずいた。「五カ所にある。そこで、おおかたのキャロベルは木っ端みじんだ」

「木っ端みじん？」

「キャロベルというのは、二フィートほどの高さの陶器の壺でね。きつい香り付きの水を入れて、コルクの栓をして、各参加者が背中に紐《ひも》でくくって背負うんだ。陶器は紙みたいに薄くできているから、腕のいい乗り手だけが壺を割らず、しかも香水も浴びずに戻ってこられるってわけさ」

「面白そう」テスは突如、顔を輝かせた。「さぞかし楽しいレースになるわね」

サシャはまじめくさった顔で言う。「言っとくが、きみが出るわけじゃないんだからな、テス」

「出たいなんて言ってないわ。ただ面白そうって言っただけ」

サシャは疑うような目つきを向けた。「女性が出たなんてことになったら、ほかの参加者が怒り狂うぞ」

テスはつんと顎を突きだした。「でも、わたしなら誰にも負けない自信があるわ。彼らにしたら、女性も同じぐらい巧みに馬を操れると知ったらショックでしょうけど」

「きみはエル・ザランのマジーラなんだよ。そんなことをすれば、シャイフたちは大騒ぎになって、ことによったら評議会が決裂するかもしれないぞ」

テスの熱意はあえなく失望に没することになった。「わかってるわ」肩をすくめる。「ただちょっと考えてみただけよ。本気のわけがないでしょ」

サシャは安堵《あんど》したように息をつくと、あらためて戸口に向かう。「再考は最良案だ」

テスはそっけなく訊いた。「そんな言葉、どこで学んだの?」

肩越しに振り返った彼の瞳がきらめいた。「経験から学んだわけじゃない。いつだったか家庭教師に読まされた退屈な学術書で、たまたま見つけた言葉だ」

夜遅くテスがテントに戻ったときには、すでにサシャの姿はなかったが、ランタンの炎はまだ灯ったままだった。ガレンがきちんと服を着たまま、長椅子に座っている。テスが身がまえる間もなく、目の前の低いテーブルに置かれた書類の束から彼が目を上げた。無表情の顔。「今夜はもう戻らないのかと思っていたよ」

「あなたにそんな気まずい思いをさせるつもりはないわ」テスは彼に近づいた。「サシャから、わたしの父の話を聞いた？」

ガレンはうなずいた。「問題ない。彼が到着する頃にはセディカーンの統一が達成されて、彼を威嚇《いかく》できる。あるいは――」

「あるいは？」

「分裂して、凶暴なオオカミの群れになりさがっているか」苦笑いをする。「どっちにしろおまえの父上にとっては、もはやセディカーンには触手を伸ばしたくなる要素はなくなるってことだ」

テスは目をそらして訊いた。「わたしを彼に渡しはしないの？」

「約束しただろう。おまえは二度と彼のところに帰る必要はないと。何度言えばわかるんだ？　おれはおまえの父親とは違うと」

「だって……セディカーンの統一が達成されれば、もうわたしの役割は終わるんじゃないの？」

「終わるのは、おれが終わると告げたときだ」

「これから先もまだ、わたしが必要ってこと？」

ガレンは目の前の書類に目を落とした。「おれたちは取引をした。おまえはおれの子どもを産むと約束したんだ。かならず守ってもらう」

それじゃ、まだ彼のもとを離れる必要はないんだ。あまりに強烈な安堵感に、テスは怯んだ。慌てて背を向け、カーテンで仕切られたアルコーブに歩を進める。「いまはもう、子どもなんて必要ないはずよ」

「何が必要かはおれが決める」凄みを感じさせる声。「何を手に入れるか、もだ」

生々しい怒りといらだちが空気を震わせ、はじめてテスは、ガレンが身にまとう、慎重に抑制された強暴さを感じ取った。「何もかも手に入れられると思ったら――」

鋭い悲鳴が闇を引き裂いた！

テスはぴたと動きを止めた。

ふたたび悲鳴が耳をつんざく。苦悶に満ちた女性の悲鳴だ。

「ここにいろ」ガレンは立ちあがり、テントの出口に向けて駆けだした。

ここでじっとして、あの気の毒な女性の悲鳴を聞いていろと言うの？

ああ。あれがもし、ヴィアンヌだったら？

テスが出口に達したときには、すでにガレンは数ヤード先を走っていた。

またしても、悲鳴が響いた。

半分服に袖を通した男たちが、テントから次つぎに姿を現わし、ランタンが少しずつ灯っていく。

テスは空き地を横切って、ヴィアンヌのテントに向かった。

「テス、なんなの、あれは？」ヴィアンヌがかたわらにメイドを従え、テントのフラップを押さえていた。「あの悲鳴……」

「わからないわ」

でも、どうやらガレンには思い当たることがあるらしい。彼はテントのあいだを駆け抜け、まっすぐ野営地の北の端をめざしている。

テスは急いで彼のあとを追った。二人はいまやエル・カバール族の滞在する一帯に入っていたが、このあたりではなぜか誰もテントから出てきていない。

またも悲鳴……しかも、今度はずっと近くから聞こえる。

角を曲がったところで、あやうくガレンの背にぶつかりそうになった。彼は立ち止まって何かを見つめている。視線の先にはハキムのテントがあった。「何が起こってるの？」

ガレンは彼女のほうを振り返らずに言った。「来るなと言ったはずだ」

黒いガウン姿の華奢《きゃしゃ》な女性が、空き地に膝をついていた。顔はベールでしっかり覆われてはいるものの、背中は剝きだしになり、そのうえ生々しいみみずばれが幾筋も走り、傷口から出血している。ハキムが血にまみれた鞭を手にし、彼女の上に馬乗りになっていた。テスの見ている前で、またも彼は鞭を振りおろした。

「やめて!」テスは二人に駆け寄ろうとした。

ガレンが彼女の手首を摑み、乱暴に押しとどめる。「口を出すな」

「見えないの? 彼女が――」

「ガレン」ハキムが顔を上げ、眉を寄せた。「妻の悲鳴で起こしてしまったか。そいつは申し訳ない。だが、この女ときたら不器用なだけじゃなく、いくじがなくてな」肩をすくめる。

「まだ十三だから、まあ、いまのうちに仕込んでおけばなんとかなる」

ガレンはひざまずいた少女のほうを見ようとはしなかった。「明日のキャロベルでいいレースをしようと思ったら、誰もが今夜はゆっくり休まないとなりませんよ。どうです? 彼女を懲らしめるのは、レースが終わってからにしたら?」

ハキムは白髪交じりのぼさぼさの頭を、横に振った。「こいつはおれが気に入っていたキャロベルを壊しやがったんだ。あと三回は鞭打っておかなけりゃ。女ってのは悪いことをしたそのときに懲らしめておかないと、効果がないもんでね。人や馬とおんなじさ。頭が鈍くて、長いこと覚えちゃいられないんだ」ふいにテスのほうを見た。「おれの言葉や行動をよく心に留めておくんだ。そうすりゃ、あんたもまだちゃんとした女になれるかもしれないからな」

テスは激しい怒りに駆られ、半歩前に踏みだした。「あなたがそうやって鞭打つから、彼女たちはびくびくして、不器用にもなる——」

「黙れ」ガレンの手がテスの口を覆った。

そして必死でもがくテスの体を持ちあげ、ひょいと肩に載せると、きびすを返して戻っていく。

「いいぞ！」ハキムがその背中に向けて叫んだ。「よくやった、ガレン。許可なくそいつらにしゃべらせるんじゃないぞ」

テスはガレンの背中に拳を叩きつけた。「降ろしてよ！」

エル・ザランの区画に近づくにつれ、ハキムの声がじょじょに遠ざかっていく。「もう起こすことはないから心配するな、ガレン。こいつにはさるぐつわをかます」

ガレンはテントに入るまで、頑としてテスを降ろそうとはしなかった。ようやく長椅子の上に降ろすと、テントの入口に戻ってフラップを閉じた。

テスは勢いよく立ちあがり、出口に突進した。

「だめだ！」ガレンが彼女の前に立ちはだかった。「外に出ようとすれば、朝まで縛りつけておく」彼女の肩を摑んで揺さぶる。「いいか。もしおまえがあの二人に干渉したら、おれはおまえを懲らしめなけりゃならない。ハキムがあの気の毒な少女にしていたように、だ。侮辱されたとして腹を立てるハキムを、なだめる方法はそれしかない」

「鞭で打つの？」

「ハキムよりも、おれに打たれたほうがまだましだろう。いまはどんな騒ぎであれ、認めるわけにはいかないんだ」

「彼はけだものよ。獣《けもの》だわ」テスの声は怒りのあまり、震えていた。「たかだか、陶器の壺一つのことで！」

「ハキムは自分の馬術と、キャロベル・レースでの実績をえらく誇りに思っているんだ」

「彼を庇う気？」

「そうじゃない。ただ、キャロベルは単なる陶器の壺じゃないってことを説明してる」

「あなたなら彼を止められたはずよ」

「ああ、統一というおれの夢を潰すつもりならな。いまは、砂漠の部族に対するハキムの影響力が必要なんだ」

「いつだったかあなたは言ったはずよ。あなたの国の人たちは女性を殴ったりけしないって」

「それはエル・ザラン族の話だ。ハキムの部族にはまた別の慣習、別の法律がある」

「だから、あなたには何もできないと？」

「統一が達成されないかぎりはな。共通の法律ができるまではどうしようもない」

「それじゃそれまで、女性たちはまるで動物みたいに殴られて、踏みつけにされつづけるの?」

「あの少女が傷つけられるのを、おれが喜んで見ていたと思うのか?」ガレンは思わず気色ばんだ。「何度ああいう場面に出合って、そのたび何もできずにいたか?」ひと息つき、気を落ち着かせようとする。「おまえに気休めを言うつもりはない。統一が達成されてからも、女性の扱いに関する法律を変えるにはおそらく何年もかかるだろう。何世紀も脈々と続いてきたものを、たった一日で変えられるわけがない」

「わたしたちは動物じゃない」テスは両手をきつく握りしめた。「誰かが彼を懲らしめないと。誰かが彼にわからせないとだめなのよ」

「わかってる」ガレンはうんざりといった顔で横を向いた。「頼むから、もうやめてくれ。言っただろう。このことでおれにできることは何もないんだ。いまのところは。たぶん、この先もずっと長いこと」さっきテントから飛びだしていったときにはずみで床に散らばった書類を、集めはじめた。「もう、寝るんだ」

「ええ、そうね。眠れるはずだものね。彼はあの少女にさるぐつわをはめたんだから、叫び声が聞こえることもない」

ガレンは小さく毒づき、くるりと彼女に向き合った。「どうしてそんなに気にするんだ?おまえの父親だっておまえが血を流すまで叩いたんだろう? それをおまえは抵抗もせずに受け入れてきたと、言ったじゃないか」

「それはわたしが子どもだったからよ。怖かったし、受け入れる以外に選択肢はないと思いこんでた。でも、わたしは変わったの」

「おまえ一人で世界まで変えられるわけじゃない」

「どうして？　それがあなたがしようとしていることじゃなかったの？」

「それとこれとは違う。おれは――」

「男？　そしてわたしは単なる女？　動物みたいに殴られて、籠《かご》に閉じこめられても当然だと？」テスは両手を挙げた。「よくわかった。あなたもハキムと同じ野蛮人よ」その瞬間、彼の顔をよぎった表情を目にし、テスは急激に怒りが冷めていくのを感じた。彼を傷つけてしまった。わたしはわざと彼を傷つける言葉を使ったんだ。

さっきまでの気弱な表情は消え失せ、ガレンの顔がきつくこわばった。「おれが野蛮人なら、おまえはあの女の叫び声を聞いてなかったはずだ」ふてぶてしい笑みを浮かべ、ずいと彼女の前に立つ。「おれがおまえのなかに収まって、おまえ自身が悲鳴をあげていた」彼女の髪を指でもてあそんだ。「おまえが今夜ここに戻ってきたときに、さっさと押し倒すんだったよ。そうすりゃおまえは快楽をむさぼるのに忙しくて、よけいなことを考える余裕がなかっただろうからな」

「抵抗したに決まってるわ」

「野蛮人が気にするわけがない」ガレンは彼女の頭をのけぞらせ、その目に微笑みかけた。

「野蛮人ってのは戦いを楽しむものだからな」手を伸ばして彼女の喉を撫でつける。「実際このおれも、おまえをひざまずかせたら、どんなに楽しいだろうと思う瞬間は何度もあったさ。たぶんハキムの言うことは正しいんだろう。おれは――」深々と震える息を吐いた。やがてゆっくりと手を離してあとずさる。「くそっ」背を向けるや出口に向かった。震える手でフラップの留め具をはずし、勢いよく開けた。

「どこへ行くの?」テスが囁き声で訊いた。

「なぜおまえが気にする?」振り返り、苦々しい笑みを浮かべた。「おそらく売春婦のテントだろう。おまえも一緒に来たいのか?　野蛮人が快楽をむさぼるところを見たいと?」

「わたしが言いすぎたわ」テスはとぎれとぎれに言った。「本気じゃなかったのよ」

「いや、本気だった。おまえの本心がよくわかったよ。今夜のところはおまえに手出しはしない。さすがのおれも暴力にうんざりしてる」息をついた。「しかし、明日も同じ気分とはかぎらない」

テスが何か言う前に、さっさとテントから出ていった。

テスはその後ろ姿をじっと見送った。彼はほんとに売春婦のところに行くんだろうか?　あるいはわたしを傷つけたくてそう言っただけ?

彼がどこへ行こうが、何を気にすることがあるの?

けれど、実際は気になって仕方がなかった。

心の内で、さまざまな思いがせめぎ合って暴れている。怒り、反抗心、痛み……そして後悔。

わたしは彼を傷つけた。かつて彼の母親が彼に向かって投げつけたその台詞を、そっくりそのまま彼に浴びせた。彼はこの歳までずっと、自分の内面に潜む獰猛《どうもう》さを克服しようと闘ってきたのに、その彼に向かってわたしはつれなく言い放った——結局、失敗に終わったじゃないの、と。

何もかも、すべてあの年寄りの悪魔、ハキムのせいだ。彼のせいでこれほど腹を立てていなかったら、ガレンに向かってあんな暴言を吐かずにすんだのに。これで、ハキムに対する貸しは二つにふえたことになる。

テスはテントの入口に移動し、そこから外の闇に目を凝らした。ハキムこそ懲らしめられるべき男。いまだ女性と言うには幼すぎるあの少女を鞭打った罪ばかりか、ガレンを傷つけた罪で。だが、ガレンは自分には何もできないと言う。

だからといって、このわたしも同じように身動きとれないということにはならないだろう。たしかにいまの微妙な状況を考えれば、ハキムを懲らしめることは容易じゃないかもしれない。でも、わたしだって、それほど頭が悪いわけじゃない。それならそれで慎重に考え、あらゆる観点から問題を検討すればいいだけのこと。そうすればかならず道が開ける……。

ガレンはバーガンディ色のキャロベルを革紐で背中に結びつけてから、慎重に鞍に飛び乗った。二十六人の馬乗りが、野営地の端に張られたロープの前にすでに揃っていた。男たちはズボンと薄手のやわらかなシャツ姿で、思い思いの色合いや模様の鮮やかなキャロベル壺を背中に縛りつけている。若かりし頃に何度も勝利を手にしてきたエル・ザレンの強者の年寄りが、レースの開始を告げる黄色のシルクのカモーサを落とす、という栄誉に与《あずか》っていた。彼は神妙な面持ちで、ロープの前を行きつ戻りつしている。

ハキムがロープに向かいながら、にこりともせずにガレンにうなずいてみせた。どうやら、自分の好みに合う別のキャロベルを見つけてきたらしい。老人の背中にスカイブルーの壺が結びつけられているのを見て、ガレンは苦々しく思った。

「幸運を祈ってるぞ、ガレン」

その声に振り返ると、サシャが暢気《のんき》な足取りで近づいてくる。「どうした？　おまえは乗らないのか？　昨夜は参加すると言ってたと思ったが」

サシャは彼と目を合わせず、手を伸ばしてセリクの首をやさしく叩いた。「今朝起きたら、やけにだるくてね。長旅で疲れたんだろう」顔をしかめてみせた。「それにどうせ四番目の障害物を越える前に、キャロベルを壊して全身香水まみれさ。その匂いを取るために、今日一日風呂に浸かってなきゃならないのもどうかと思ってね」少しあとずさり、ロープの向こう側に集まった群衆を身振りで指し示した。「ぼくはここで、のんびりと見物しながら待つことにするよ」

でもテスは、見物もしなければ待ってもいない。ガレンは二人の泊まるテントに目を向け、手綱をきつく握りしめた。昨夜のいさかいのあとだ。よもや彼女が幸運を祈ってくれるなどとは期待しちゃいない。それでも、どうしようもない怒りが胸を衝いた。

「障害物はむずかしそうか？」サシャがまだ群衆を眺めながら訊いた。

「例年どおりってところだ」

「それなら充分むずかしいさ」サシャがぼそりと言う。

ガレンはおやっという顔で眉を引きあげた。「心配してくれるとは感激だな」

サシャは無理やり笑顔をこしらえた。「そろそろカモーサが落とされるぞ。スタートに着いたほうがいい」

ガレンは短くうなずき、ゆっくりとセリクを進ませた。いまはよけいな感情に振りまわされず、レースだけに意識を集中しなければならない。かならずしも勝つ必要はないにしても、たくましく威厳のある姿をほかのシャイノたちに見せつけることは肝心だ。ようはキャロベルを壊すことなく、レースを走りとおすということだ。ガレンはテントから目を離すと、ロープの前にたむろするほかの乗り手たちに加わった。

ロープの向こう側の群衆が、しんと静まった。

黄色のカモーサが地面に落とされた。

二番目の障害物は節くれだった太い枝の付いた倒木で、わざわざコースをふさぐように置かれていた。

セリクはそれを飛び越し、着地のときにわずかによろめいたものの、すぐに立てなおしてふたたび走りだした。カリムも続いたが、キャロベルが背中でずれたのか、低く悪態をつくのがガレンの耳にも届いた。カリムは慎重に革紐を調節し、走りつづけた。あとを追ってくる馬の数は、それほど多くはない。一頭はすでに倒れ、立ちあがろうとして必死にもがいていた。エル・ザボール族の若きシャイフ、ラダールの馬は怯《おび》えて飛びのき、道の脇に立つ木に彼の体を叩きつけ、キャロベルを壊してしまった。吐き気を催させるほどの甘い匂いが立ちのぼり、埃《ほこり》まみれの空気に染み渡っていく。

「売春婦みたいな匂いをさせてるじゃないか。一緒に寝るのはお断わりだぞ、ラダール」ハキムがはやしたてながら、キャロベルを割らずに倒木を飛び越えた。「本物の戦士ってのはこういうもんだ。よく見ておけ」

ガレンは体を前に押し倒し、セリクにやさしく言葉をかけてやった。

「なんだこいつは？」ハキムの怒気を含んだ大声に、ガレンはまた後ろを振り返った。

ちょうど一頭の馬が楽々と障害物を飛び越し、ハキムをも追い越してコースを疾走してくるところだった。

テスだ。鮮やかな赤のキャロベルを背中に縛りつけ、上体を前に倒してパヴダを駆りたてている。まずはハキムを、ついでカリムを追い越し、セリクに迫りつつあった。

「何をする気だ？」声の届く距離まで来るのを見計らって、ガレンが叫んだ。

テスは身を低く屈めたまま、高らかな笑い声で応えた。真っ赤な髪が日差しにきらめいている。

パヴダがハキムの顔に砂埃を巻きあげ、彼が悪態をつくのが聞こえた。

テスはガレンのほんの数ヤード後方に迫ったまま、次の障害物である小川を、無事飛び越えた。二人の乗り手が馬から落ち、キャロベルが割れて濃厚な香水混じりの液体が小川に流れだした。カリムが失速して遅れを取り、その機に乗じてハキムが障害物を飛び越えて猛然と前方の二人を追う。

さらに一マイル先には、四フィートの幅に積みあげられた小枝が道をふさいでいた。依然としてセリクがリードを保っていたが、パヴダがすぐ背後に迫り、二頭は縦に並ぶようにして障害物に近づいていく。「パヴダには高すぎる。避けるんだ」ガレンが肩越しに声を張った。

テスは大きく首を横に振った。頬が鮮やかな光を放ち、瞳が輝いている。

ガレンは毒づいたものの、障害物が目前に迫り、急いで前を向く。セリクが難なく飛び越えると、ふたたび後ろを振り返った。パヴダはほんの数インチの余裕を残して、ざりぎりで小枝の山を飛び越した。

ガレンはほうっと息をつきながら、奇妙な誇りと怒りが入り混じった感情が胸に兆すのを覚えていた。背筋をぴんと伸ばした姿勢といい、バランスといい、テスの手綱さばきは完璧だった。キャロベルも無傷だ。

くそっ、これは真剣に走らなければ、あのおてんば娘の後塵《こうじん》を拝することになるぞ。ハキムのように。

ガレンはセリクに目を戻すや、その背峰に鋭く鞭をあてた。たちまち馬は、さらなる力強さで応えてきた。セリクとパヴダはイラクサがまき散らされた最後の障害を、ほぼ同時に飛び越えたが、野営地に続く直線コースでふたたびセリクが前に出た。

ガレンはちらっと後方をうかがった。ハキムとカリム、それにほかにも数頭の馬がまだあとから続いてくる。彼は一〇ヤードほどリードを保ったまま、ゴールラインを通過した。観衆の興奮した叫び声が聞こえたが、彼は無視し、パヴダがゴールするのを見届けようと振り返った。

しかし、パヴダの背に乗り手の姿はなかった。

テスはゴールの三ヤードほど手前の砂地に、無惨な姿で横たわっていた。赤のキャロベルは木っ端みじんに割れて破片が散乱し、テスの体はぴくりとも動かなかった。

テスはパニックに襲われながら、息をしようと激しくあえいでいた。これほど強く地面に叩きつけられるとは予想外だった。衝撃のあまり、息まで奪われるなんて。

ガレンが何かしきりに声をかけているのがわかった。奇妙なほどしゃがれた声。でも、頭がぼうっとして何を言っているのか聞き取れない。彼が壊れたキャロベルの革紐を解いて、はずしているのがぼんやりと感じられた。それからその手が、すばやく手足に触れる。

「怪我をしてるのか？」サシャの声だ。心配そうな彼の顔がガレンの背後にぬっと現われた。

「わからない」ガレンはかすれ声で言った。「動かないんだ」

「怪我は――してない」テスはあえぎあえぎ、ようやく言った。「息が――できない」

「よかった」サシャが息をつく。「だから言ったじゃないか、危険すぎるって」

ガレンは鋭い目をさっと彼に向けた。「まさか、このいかれた行動におまえもひと役買ったのか？　そういうことか。たしかに彼女一人じゃ、こんなことはできっこない」

「そいつは彼女を見くびってるよ」サシャが弁解がましく言う。「彼女なら、ぼくの手なんか借りなくてもやりとげたさ」ついで潔《いさぎよ》くうなずいた。「だが、そうとも。ぼくが彼女にキャロベルを譲った。そしてどこの茂みに隠れて待てばいいか、教えてやったんだ」

「そのせいで、彼女は死にかけた」ガレンは語気を強めた。「なぜだ？」

「彼女の言うことがもっともだったからだよ」サシャは肩をすくめた。「それに、ぼくが普段からハキムを嫌ってることは、きみも知ってるはずだろう」

「違う——サシャは悪くない」テスは起きあがろうと必死でもがいた。「わたしは——」

「死にたかったのか？」ガレンが詰問した。「前回のキャロベルでは、二人の男が死んでるんだぞ」

「ハキムに……見せつけたかった」テスはようやく思いきり息を吸えるようになった。が、たちまち後悔した。強烈な香水の匂いが鼻をついて、気分が悪くなるほどだ。なんと、臭いのはこのわたしだ。「わたしたちは……動物じゃないってこと」折悪しくハキムが近づいてくるのが見え、テスは身を硬くした。

年老いた男はテスの前で馬を止めると、いかにも満足げに、意地の悪い笑みを浮かべて彼女を見おろした。「これでわかっただろう。女が自分の立場を忘れて男の真似をしようとすると、どうなるか。結局、埃のなかで這《は》いつくばることになるんだ」ガレンに視線を移して訊く。「彼女を懲らしめるんだろうな？」

「もちろんですとも。悲鳴をお聞かせしますよ」ガレンは険しい顔つきで答えた。「午後の最終投票までには、まだ時間がありますから」

「いいだろう」老人は馬を方向転換させると、エル・カバール族のテントのほうへ戻っていった。

サシャが前に進みでた。「ガレン、きみが腹を立てるのもわかるが、彼女の言い分も認めてやるべきじゃないか。なにも彼女は、自分のわがままでこんなことをやったわけじゃ

――」

「ヴィアンヌを探して、風呂用の湯を沸かしてくれるように伝えてくれないか」ガレンは鼻に皺《しわ》を寄せた。「くそっ、なんて臭いだ」テスのほうを向き、つれない口調で訊く。「歩けるか？」

「もちろんよ」テスはどうにか膝をついてから、よろよろと立ちあがった。「怪我はないって言ったでしょう」

「それなら先にテントに行って、待っていろ」やおら背を向けると、パヴダとセリクの手綱を取って囲いをめざして歩きだした。「パヴダのほうがおまえよりも、よほど手当てを必要としてる。四番目の障害じゃ、彼女を殺すところだったぞ」

「彼女ならやれるとわかってたわ。パヴダを危険にさらすことなら、やるもんですか」

ガレンは答えもせず、彼女を振り返りもせずに、大股で歩いていった。

サシャが低く口笛を吹いた。「気をつけたほうがいいぞ、おチビちゃん。あんな彼ははじめて見た」

テスが風呂から上がり、ヴィアンヌにたっぷりしたタオルで体を覆ってもらっていると、ガレンがテントに入ってきた。手には乗馬用の短い鞭を握っている。

「二人きりにしてくれ、ヴィアンヌ」

ヴィアンヌは怯えきった目で鞭を見つめた。「短い棒でもこと足りるんじゃなくて？」

ガレンは作り笑いを浮かべた。「こいつはハキムが厚意で用意してくれたものだ。女には厳しいしつけが必要なことをけっして忘れるなという意味も込めてな。親切なことだ」

ヴィアンヌはためらった。「彼女は騒ぎを起こそうとしてやったわけじゃないのよ、ガレン。だから——」

「いや、騒ぎを起こそうとして、実際に起こった」ガレンはそっけなく言った。「二人にしてくれ。それからきみはメイドに荷造りを始めさせるんだ。カリムに指示しておいた。午後に護衛隊を整えて、きみをザランダンまで送り届けるようにと」

「でも、ほんとなのよ、ガレン。彼女に悪気はなかったの。許してあげてもらえない？」

「いや、彼女はやりすぎた。ここでおれが彼女を罰しなかったら、統一に関するハキムの賛成票を失うことになる」

「あんな薄汚い年寄りなんて。どうしてそんな——」

「彼の言うとおりよ、ヴィアンヌ」テスが落ち着いた口調で横から言った。「わたしは罰せられなければならないの。ほかに選択肢はない。放っておいて」

ヴィアンヌは心配そうに彼女に目をくれ、立ち去りがたい様子でテントを出ていった。

「それほど物わかりがいいとは思わなかったよ」ガレンは無表情だった。「レースでハキムに恥をかかせることに、それほどの価値があったと？」

テスは傲然と顎を持ちあげた。「そうよ」

「おれはそうは思わない」おもむろに近づいてくる。「価値のあることなんて一つもありゃしない。倒れたおまえを見たときのおれの気持ちを思えば――」ぴたと彼女の前で足を止めた。「パヴダから落ちたおまえを見たとき、死んだかと思った」

「パヴダから落ちたんじゃないわ」テスがぶすっと言う。「わたしが馬から落ちるわけがないじゃない」

ガレンは静まった。「なんだと?」

「たしかに落ちたことは落ちたけど、それはそうしようと思ってやったことなの」テスは渋面を作った。「だけど、あんなにしたたかに地面に叩きつけられるなんて計算外だわ。子どものとき以来一度も落ちたことがなかったし、砂地はもっとやわらかいものだと思ってたのよ」

「すまんが、ちゃんと説明してくれないか?」ガレンがおずおずと訊いた。

「だから言ったでしょう。わざと落ちたんだって」テスは肩をすくめた。「完璧な勝利を収めて、ハキムやほかのシャイフたちを怒らせちゃったらおおごとだわ。評議会が分裂して、統一のチャンスも失われるかもしれないもの。わたしが落馬してキャロベルを捧せば、彼らの傷ついたプライドも多少なりともなだめられるんじゃないかと思って」険しい顔で彼と目を合わせる。「でも、ハキムは罰せられるべきだった。女性だって彼を打ち負かすことができると知るべきだったのよ」

「でも、おまえは彼を打ち負かさなかった。もう少しで勝利が手に入るところで、手放したんだ」

「いいのよ、それで充分」テスは顔をしかめた。「そうとも言えないわね。砂地に横たわって、薄ら笑いを浮かべた彼に見おろされたときは、最悪の気分だったわ。この次はきっと――」口をつぐみ、震える息を吸いこんだ。「でも、いまのところはこれで充分」ガレンの手のなかの鞭に目を向ける。「ひざまずけばいいの？」

「いや、後ろを向け」

テスはおとなしく背を向けた。

「タオルをはずせ」

テスはタオルを取り、カーペットの上にそれを落とした。覚悟を決め、最初の一撃が襲うのを待つ。

しかし、信じられないことに、背筋を襲ったのは鞭のしなりではなく、何か温かなものがかすめる感触だった。

振り返ると、ガレンがカーペットに膝をつき、彼女の腰のあたりに唇を這わせている。鞭はかたわらのラグの上に置かれていた。テスは歓喜の声をあげそうになった。

「わたしを懲らしめるんじゃないの？」小さな声で訊く。

「懲らしめるとは言わなかった。叫び声をあげさせると言ったんだ」ガレンは彼女の尻を掴んで揉《も》みはじめた。「おれは言ったことはかならず守る」

腰を掴み、彼女の体を引きおろして膝をつかせた。

「わたしに腹を立ててると思ってた」

「ああ、いまも怒り心頭だ」ガレンはだみ声で言った。彼女をカーペットに押し倒すと、体をまさぐり、撫でつけ、巧みに刺激する。「くそっ、おまえのせいでどれほど怖い思いをしたかわかってるのか？　おまえは罰せられて当然だ——ただし、鞭は使わない」

こんなこと、させちゃだめ。朦朧《もうろう》としながら自分に言い聞かせるが、早くも熱い震えが足の先まで伝っていく。鞭打たれるかと覚悟していたのに、待ちかまえていたのは彼の欲望だったなんて。まるきり不意を衝かれた。

ガレンは彼女の太ももを押しひらき、三本の指を深々と差しこんだ。そしてすばやいリズムで動かすと、あえなくテスは叫び声をあげた。狂乱に近い快感に貫かれ、思わず体を弓なりにそらせる。

ガレンはいったん手を離し、前かがみになると、じらすように熱い吐息を彼女の太ももの内側に吹きかけた。「ばかにも、もっと巧妙な責め方がある」舌先でつつかれ、テスはびくりと体をひきつらせた。「どうだ？」

手のひらを尻の下に差しいれて彼女の体を持ちあげ、さらに顔を寄せる。「みんなの耳に届くようおまえに叫び声をあげさせるなんて、たやすいことだ」

数分後、彼はその言葉が嘘じゃないことを証明してみせた。

ああ、彼の口が……。

テスはすすり泣いたかと思うと叫び声をあげ、また哀れっぽく鼻を鳴らした。ガレンは谷底からいっきに頂に引きあげておいてなお、彼女に瀬戸際を越えさせることを許さなかった。ほんの一瞬、鎮まる猶予を与えたかと思うと、またはじめからのやり直し。いったいどれだけの時間続いているのか、もはやテスにはわからなかった。意識の先にあるのは、引きあげられては放たれ、引きあげられては放たれの繰り返しだけ。ようやくガレンが顔を上げて、彼女の太もものあいだに押し入ったときには、テスはひどく体が震えて、彼にしがみついているのがやっとだった。

ガレンの黒い瞳が獰猛な光を放って彼女を見おろした。荒い息づかいとともに、胸が激しく上下している。「二度と許さない」しゃがれ声を漏らした。「二度とあんな危険な真似はするな」腰の動きに合わせて、一語ずつとぎれとぎれに発音する。「おれは――もう――耐えられ――ない」

いっきに深く貫いておいてから、荒々しく幾度も突き入れる。その直後、彼は自分自身の快感に身を震わせた。

テスは心地よい疲労感に身を委ねながら、かすかに希望らしきものが胸に兆すのを感じた。

「必要だったのよ。それに危険じゃなかった。わたしの乗馬の腕はあなたも知ってるはずだわ」

ガレンは彼女のなかに収まったままだった。「パヴダに乗るより、おれに乗るほうが上手だ」

「それはそうだけど」

ガレンは彼女に微笑みかけ、顔にかかった髪の束をやさしく払いのけてやった。「おまえを止めることも打ち負かすこともできないかもしれないと思ったとき、誇らしい気持ちがした」

「ほんとに？」

「ほんとだ」ガレンはテスの体の上から降りると、彼女がさっき落としたタオルを拾った。「さてと。われわれの目的は達せられたことだし、そろそろ評議会に出かける時間だ」

テスの頬がぱっと染まった。「みんなに聞こえたと思う？」

「間違いないね。ザランダンにまで聞こえるんじゃないかと思ったよ」

テスはいっそう赤くなった。「だって……びっくりしちゃって」

ガレンは手早く服の乱れを整えた。「これからはもう、驚かないだろう？」足早に出口に向かう。「評議会が終わるまでここにいろ」フラップの留め具を解きながら、カーペットにぐったり横たわったままの彼女のほうを見た。「いかにも満ち足りた顔をしてるし、痣《あざ》がないのは一目瞭然だ。サイード以外ここに近づかないように命じておく」

「痣ならあるわ」テスはガレンの親指が尻に食いこんでできた、かすかな青い跡を触った。

「これは痣とは言わないかしら?」片肘をついて起きあがった。「彼らはほんとに統一に賛成票を投じると思う?」

「さあ、いまとなっちゃ何を信じていいんだか。いよいよそのときが迫ったのに……」フラップをきつく握った。「たぶん、期待するのが怖いんだな」

彼とは距離を置くとあれほど誓ったのに、寂しそうな彼の顔を目の前にしてそんなことができるわけもない。「それじゃ、かわりにわたしが期待してあげる」

「ほんとか、キレン?」ガレンの顔ががぜん輝いた。「そういうことなら、すべてうまくいくはずだな。それ以外の運命は考えられない」


ガレンがテントに入ってくるなり、テスは結果を確信した。

「統一ね!」テントのなかを走り、彼の腕に飛びこむ。「統治者は誰?」

「このおれだ」ガレンは彼女の体を勢いよくまわした。「しかし、まだまだゴールからはほど遠い。律法の組織を作りあげなけりゃならないし、最初の討議が紛糾するのは目に見えてる。連合は結成されたが、今度はそれを維持する方法を見つけなければならない」

「あなたならできるに決まってる。あなただからこそ、こんな大それたことをやり遂げられたのよ。それをいまさら手放すなんて、ありえない、ありえない」

「ああ、ありえない」ガレンは彼女をクッションの上に引きおろすと、やさしく腕に抱えた。その顔は少年のように熱を帯びている。「やったな。統一だ」彼女の体を前後に揺すった。

「ついにやったぞ、テス！」

「ハキムは？」

「ほかのシャイフと一緒に投票した。統一に賛成だ」

「次はどうするの？」

「まずはザランダンに帰る。そして法律をどう作るか、計画を練る。ハキムじゃなく、おれ自身が満足できるような形にな。一カ月後にもう一度、シャイフがザランダンに集結することになってるんだ」

「ヴィアンヌは午後に護衛を連れて出発したわ。あなたによろしくって」テスはテントの隅に置かれた鳥籠のほうにうなずいた。「アレクサンダーを置いていってもらったの。評議会のあとにどこに行くことになるかわからなかったから、ヴィアンヌといつでもメッセージを交換できるようにしておこうと思って」

「彼女の鳥小屋の鳥を全部、ここに置いていったってかまやしないさ。なんだろうが、もうどうでもいい」ガレンは柳細工の籠に入った鳥を横目でちらりと眺め、テスをきつく抱きしめた。「統一だ！」

わたしは彼を愛している。

反論する心の声もなく、自分を偽ることもなく、その思いはただそこにあった。まるで最初からそこにあったかのように、揺るぎなく当然の顔をして。彼は愛するに値する人。わたしは彼を愛している。なんて簡単なこと。

いいえ、ことはそれほど簡単じゃない。女性に何一つ与えようとしないこの国で、なんとしても自由を手に入れることがわたしの夢なのに、彼と喜びを分かち合う権利を手にしてしまうことで、彼女たちを見捨てたと思われてしまうかもしれない。それに統一が達成されたいま、わたしを必要としていた彼の思いも急速に失われるということだ。

いいえ、子ども。まだ子どもがいる。テスは必死の思いで、その希望にしがみついた。彼の面影を宿した子どもなら、きっと愛せる……。

「ずいぶん静かだな」ガレンは唇で彼女の耳を愛撫した。

そうよ、わたしは馬鹿じゃない。困難を乗り越える方法なら、どうにかして見つけだしてみせる。テスは小首を傾げ、いとしげに彼を見あげた。「お祝いをしなければならないと思ってたの」

「ほう?」

テスは彼の髪を束ねているリボンをほどきはじめた。するりと引き抜いて、クッションの上に放り投げる。「すごく特別なお祝いよ。いつだったか約束してくれたわよね。男性を喜ばせる売春婦のやり方を教えてくれるって」

「そうだった。そういうことなら、約束を守らなければな」ガレンは長椅子のクッションの上に、そっと彼女を寝かせた。「おまえの言うとおりだ。今夜はとびきり素晴らしい祝いの夜になりそうだ」

テスはばさりと垂れた彼の長い黒髪に、指を走らせた。彼の顔には、このうえないやさしさと欲望に憑《つ》かれた荒々しさが、混在している。「そう言ってくれると思ってたわ」テスは囁いた。

子ども……。

11

夜中に幾度もテスは目を覚まし、馬の蹄《ひづめ》の音や荷馬車の車輪がきしむ音を耳にしていた。夜が明ける頃には、祭りの会場だった野営地はすっかりひと気がなくなり、残っているテントはエル・ザラン族のものだけになった。

テスがテントから出てくると、サシャはいぶかしげに眉を吊りあげた。「なんと軽やかな足取り。まぶしいほどに輝く頬。恐ろしい体験をしたあとにしちゃ、やけに元気そうじゃないか」

テスは晴れやかに微笑んだ。「回復が早いたちなの」

「それにしても、あれほどの体験だ。後遺症がないわけないだろう」サシャはわざとらしく、手の甲を額に押しあてた。「なんて悲鳴だ。なんて苦しげな叫び声だ」

テスは真っ赤になった。「聞こえたの？」

「聞こえないわけがないじゃないか。もう少しで助けに飛んでいくところだった。そしたら――」

「そしたら？」

サシャはにやりとした。「気づいたんだ。こういう叫び声は前にも聞いたことがあるとね。で、思ったよ。ぼくもこういう声を老いぼれるまでに何度も耳にしたいものだと」

テスはすかさず話題を変えた。「ここで何をしてるの？」

「きみに出発する用意をさせるようにと、ガレンから言われてきたんだ。丘の部族の一つから、たったいま使者が到着して、彼と話をしてるところだ」

テスはさっと彼の顔を見た。「悪い知らせ？」

サシャは肩をすくめた。「ガレンに直接訊いてみないことには」近づいてくるガレンのほうにうなずいてみせた。「あまり機嫌はよくなさそうだな」

「たしかに」というよりも、ひどくいかめしい顔つきだ。「タマールなの？」

ガレンは首を振った。「タムロヴィアの色の服を身に着けた一団が、ザランダンに向かってきてるそうだ」

「わたしの父？」

「おそらくな。それ以外にないだろう」

「どのあたりにいるの？」

「あと二日ってところだ」

テスは思わず恐怖で身をすくませた。一瞬にして、激怒する父親の前で震えあがっていた幼い少女に逆戻りする。「それなら、わたしたちのほうから会いにいかないと」健気に肩をそびやかした。「すぐに出発できるわ」

ガレンはかぶりを振った。「おまえはだめだ」そしてサシャを振り返る。「一緒に来てもらえるか？　おまえの存在は助けになるだろう。もっともそうなると、王家に対して公然と反旗を翻すことになるが」

「叔父の高慢な鼻をへし折るチャンスを、みすみす見逃してたまるものか」

「父と会うのなんて怖くないわ」テスは嘘をついた。

「おまえが行くと、かえって話がややこしくなって、火に油を注ぐことになる」ガレンがなだめた。「おれが迎えをよこすまで、ユセフの保護のもとでここに留まっていろ。おまえの父上は、形だけでもザランダンに攻撃をしかけてこようとするかもしれないからな。単なる脅しで、戦争にはならないだろうが」

「ならどうして、わたしをここへ隠すようなことをするの？　わたしも――」

「だめだ」ガレンはにべもなく却下した。「おまえを奪われるような危険は冒したくない」

テスは至福感で胸がはちきれそうになった。彼は恥ずかしげもなく、わたしに対する独占欲をあらわにしてみせた。「わかった。それじゃ、ここにいるわ」

サシャがくすくす笑った。「ずいぶん従順なことだな。昨夜の折檻《せっかん》で、彼女から闘志まで奪ってしまったんじゃないのか、ガレン？　年寄りハキムの思惑どおりってところか」

ガレンは無視してテスに近づくと、顔にかかった髪をやさしく払ってやった。「安全が確認できたら、すぐにも迎えをよこす。おまえの父上のことはせいぜい歓迎するさ。リランダンの軍事力と富を見せつけるやり方で」にこやかに微笑んだ。「心配するな。しかるべき一国の王と渡り合うのは、部族のシャイフと対峙《たいじ》することとはわけが違う。かならず折り合いがつく」

「金を持ち帰らせるとか？」サシャが冷めた口調で訊いた。

「まあ、そういうことだ。それだけの価値はある」テスの額にそっとキスした。「ユセフに隊を預けて、おまえの保護にあたってもらう。馬鹿な真似はしないと約束してくれ」

「するわけないわ」それでも、ガレンの表情はいかにも心配そうだ。テスはすた嬉しさに胸が熱くなった。「約束する」

サシャが悲しげに首を振った。「もはや彼女は、しおれた花だな。ぼくの知ってたテスはどこへ行った？」

「黙って、サシャ」テスは彼のほうを見ずに言った。「ただ良識を身につけたってことよ」

「そうなのか？　おれはまたてっきり――」

「行くぞ、サシャ」ガレンはきびすを返すと、サイードが馬の準備をしている囲いに向かう。

サシャは片手を挙げてテスに挨拶した。「くれぐれも用心するんだぞ、おチビちゃん」いつの間にかにやにや笑いは消えていた。「きみのことは、ぼくたちがかならず守ってみせる」

「これからはもう、あなたはタムロヴィアに戻りにくくなるわね」

サシャは肩をすくめた。「かまうもんか。宮殿の生活はどのみち、たいして面白くなかったんだ。あそこの連中ときたら、ぼくの驚くべき知性も鋭いユーモアもわかろうとしてくれないんだから」

それからほんの数時間後に、カリムが突然、野営地に戻ってきた。

テスは不吉な予感を覚え、テントから飛びだした。彼の姿を見て目を見張った。頭には血の滲んだ包帯がぞんざいに巻かれ、白いシャツの肩には最近のものと思われる血の染みが付着している。鞍《くら》に座っているのもやっとのような状態だった。

ユセフがカリムの馬に慌てて駆け寄り、何やらしきりに話しかけるが、カリムは首を横に振るばかりで、ほどなく馬を歩かせてテスの前までやってきた。

「カリム」テスは警戒しきった声を出した。「ヴィアンヌは?」

「二人きりにしてくれ」カリムはユセフに命じ、馬を降りた。地面に降り立つや、がくりと膝が折れ、必死に鞍にしがみついた。

ユセフが驚いて進みでる。「カリム、怪我をしてるじゃないか。すぐに――」

「いいから、二人にしてくれ」カリムはどうにかこうにか立ちあがると、鞍から手を離した。

「マジーラと話をしなけりゃならないんだ」

ユセフは小声でぶつぶつぼやいたあげくに、しかたなしに背を向けて立ち去った。

「何があったの？」テスが訊いた。

「タマールです。丘陵地帯まであとほんの四マイルの地点で、われわれの護衛隊が彼に襲われました。勝ち目はありませんでした。あっちはわれわれの二倍の戦力でしたから」

「ヴィアンヌは？」

「捕まりました。ほかの兵士も全員、殺されたか、捕らわれました」

テスは鋭く息を呑んだ。「あなたはどうやって逃げてきたの？」

「逃げてきたんじゃありません」カリムは苦々しい笑みを浮かべた。「タマールに解放されたんです。この野営地にメッセージを持って帰るようにと」

「ガレンに？　彼はここにはいないわ。今朝、ザランダンに向けて出発したのよ」

「知っています。タマールも承知してます。ここを監視させていましたから」カリムは息をついた。「メッセージはあなた宛てです」

「わたし？」

カリムはうなずいた。「タマールの狙いはヴィアンヌじゃない。あなたです。あなたこそが、ガレンの最大の弱みだと考えているんです」無表情で、まっすぐ前を見据えている。

「ヴィアンヌとあなたを交換したいとのことです。わたしがあなたを連れて彼のもとへ戻れば、彼はヴィアンヌを解放し、わたしとともにザランダンに戻るのを許すと」

「なんてこと」テスは囁いた。

「あなたがいらっしゃらなければ、ヴィアンヌを部下たちの手に渡し、そのあとで殺すと」

なおもカリムの声からは、なんの感情も感じ取れなかった。「そのことをあなたに伝えろと言われました」

テスは呆然と首を振った。「彼はどこにいるの?」

「丘陵地帯に」

「それなら、すぐにザランダンに向かってガレンに彼の居どころを教えれば、不意を衝いて襲撃できるわ」

「タマールは経験豊富な侵略者ですし、馬鹿じゃありません。おそらく毎晩、野営地を移動するでしょう。ガレンが彼を探しだすことはまず不可能です」カリムは後ろを振り返り、何かに視線を注ぐ。「取引は今日の昼までに行なわれなければ無効になる、とのことです」

テスは深々と一つ、震える息を吸った。「わたしに行けと、あなたは言うのね?」

カリムはひとしきり目を閉じた。ふたたび瞼《まぶた》を持ちあげたとき、そこに宿る深い苦悩の色にテスは殴りつけられたような衝撃を覚えた。「わたしが言えるのは、タマールはかならず約束を守るということです」

「何かできることがあるはずだわ」テスはすっかり取り乱して髪を手で梳《す》きながら、考えようとした。タマールはこのあいだ、部族の統一を取りやめさせてみせるとガレンを脅していた。一方でガレンはわたしに対して、愛ではないにしろ、強烈な独占欲を抱いている。とすれば、かならずや彼はわたしを助けにやってくるだろう。エル・リビール族にタマールを襲撃するなと説得しておきながら、ガレンがみずから復讐するような真似をすれば、彼の立場は完全に失われる。「タマールの狙いはわたしだけじゃない。連合よ。ガレンがいま、民族相手に戦いを仕掛けたりしたら大変なことになるわ」

カリムは黙っていた。

「ねえ、助けて」テスはいらだたしげに訴えた。「わたしはどうしたらいい？」

「わたしが助けることはできません。あなたがご自分で決められることです」

「だってどうやって――」

「わたしには助けられない」カリムは唐突に感情をあらわにした。「わからないんですか？タマールは間違いなくヴィアンヌを殺します。それもわたしのせいで。彼女を守れなかった。タマールはまるで赤子の首をひねるように、わたしから彼女を奪っていった。このままでは彼女は死んでしまう。あなたに行くなとはわたしには言えない。たとえそれで、マジロンの信頼を裏切ることになっても」

「そうでしょうね」激しい同情心と自分自身のふがいなさがないまぜになり、テスは苦しげな彼の表情をなすすべなく見つめた。自尊心が強くて、常にいかめしい顔つきを崩さない彼が、よもやこれほど深い感情をうちに秘めているとは思いもしなかった。「わたしに行くななんて、言えるはずがないわね」弱々しく肩をすくめた。「わたしは行かないわけにはいかない。ヴィアンヌをあんなヘビみたいな男の手に渡すなんて冗談じゃないわ」

「彼女は——ひどく怯えてました。タマールがどんな人間かわかってますから。子どもの頃から知ってるんです」

テスとて怖くないわけがなかった。けれど、恐怖で思考を曇らせるわけにはいかない。

「それなら、すぐにも彼女を取りもどしに行かないと」さっときびすを返した。「とにかくテントのなかに入って。その傷の手当てをしながら、どうしたらいいか考えて——」

「必要ありません」

テスは彼を振り返った。「なんて？」

「手当てをしてもらうわけにはいきません。わたしには、あなたの親切を受ける権利がない」

テスは呆《あき》れかえって彼を見つめた。「それじゃ、そこに突っ立ったまま、失血死でもするつもり？　死んでしまったら、どうやってヴィアンヌを助けられるというの？」彼の腕を取り、無理やりテントに引き入れる。長椅子のほうに押しやりながら、思案げに眉をひそめた。

「まず最初にすべきことは、相手にごまかされずにこの取引を成立させることよ。交換後にヴィアンヌを守ってもらうために、ユセフと護衛隊も一緒に連れていきましょう。そうすれば、彼女を無事にザランダンに送り届けられるし、その足であなたはガレンに——」

「彼はわたしを許してはくれないでしょう」カリムの声は消え入りそうだった。「彼は誰よりもわたしに親しく接してくれた。それなのに彼に無断で——」

「いい加減に、ぐずぐず言うのはやめて」テスは彼をクッションに座らせた。「ほかにどうしようもないのよ。ヴィアンヌを助けださなければならないんだから」

「あなたはどうなるんです？」

「わたしはヴィアンヌとは違うわ」テスは彼の頭を覆っている布をほどきはじめた。「彼女のことがとても好きなのね？」

「彼女のためなら、こんな命、いつだって差しだします」彼はあっさりと言った。「今回のことで、とっくに心は決めています」

「知らなかったわ。あなたが……」

「丘に住んでいた子どもの頃からずっと、彼女のことを愛してきました」カリムは説明した。「わたしは口がうまくないし、あなたのいとこみたいに人を惹きつける魅力もない。ただの兵士で——」唐突に口を閉ざし、両手を握りしめた。「彼女を死なせるわけにはいかないんだ」

「彼女が死ぬもんですか」テスは彼のこめかみの傷を確かめた。「そんなにひどくはなさそうね。肩の傷のほうはどう？」

「単なるかすり傷です」

「それならよかった。どうせ、嘘でしょうけど」テスはテントの出口に向かった。「包帯を巻いて、アヘンチンキを持ってくるように、ユセフに伝えるわ。わたしは人間の病気より馬の手当てをするほうが得意だから」ふと足を止める。「それから、まるでわたしが墓場に行くみたいな目で見るの、やめてちょうだい。タマールがガレンを出し抜くのを、黙って見てるつもりはまったくないんだから。それを阻止する方法を見つければいいだけでしょう？たいしてむずかしいことじゃないわ」

恐れを知らぬ大胆な言葉。上等だわ。テスはもどかしい気持ちでテントをあとにした。いったいどうすれば、ガレンに戦争を仕掛けさせることなく、タマールの手から自分自身を救えるというんだろう？　タマールの戦力がカリムの言うように強大なものなら、一人で逃げだすのはまず不可能だ。ガレンの助けに頼る以外にない。しかしタマールが毎日キャンプの場所を移動したとしたら、ガレンが彼を見つけだすことはむずかしいだろう。

武器。タマールに対抗するための武器が何か必要だ。とりあえずは一つ、こっちにも有利な点がある。タマールがハキムと同じように、このわたしをガレンの計画における単なる駒としか考えていないのは間違いない。高貴な生まれというだけの頭の弱い駒。だとしたら、まずはそれを利用して——テスははっと足を止め、目を見開いた。「そうよ。もしかしたらできるかもしれない」

きびすを返すと、テントに飛びこんでカリムに駆け寄った。「いい方法を見つけたわ！」

背筋をぴんと伸ばしていかにも高慢な態度で馬にまたがるテスをひと目見るや、タマールは頭をのけぞらして大声で笑った。「なんてこった。何様のおでましだ？　ひょっとしてキャンプじゅうのものを持ってきたんじゃあるまいな？」

「おかしいことなんてありゃしないわ」テスはつんと顎を突きだし、タマールと、その背後でにやついている部族民を眺めまわした。「生活用品がなければ、旅などできるわけがないでしょう。あなたから今度は誰の手に渡されるかもわからないし、どれぐらい時間がかかるかもわからないんだから」

「生活用品だと？」タマールの視線が、テスの首を飾るエメラルドのネックレスから、左手に握られたゴールドの布でできた傘へとすばやく注がれる。馬のたてがみにも揃いの布でできたリボンが結びつけられ、後方に続く馬の背には、トランクやらスーツケースやら、果てはリボンで飾りたてた柳細工の鳥籠まで、山と積まれている。「こいつはクジャクだ。ガレンはクジャクと結婚しやがった！」

「彼と結婚したのは、タムロヴィアの王女よ」テスはすまして言った。「こんなところまで連れてこられて野蛮人の言いなりになるってわかってたら、彼となんて結婚しなかったわ」ふくれっ面をしてみせる。「ベラージコじゃ、こんな屈辱を味わうなんてありえないもの」カリムを振り返って腹立ちまぎれに命じた。「さっさと取りかかりなさいな。あの女を連れて、行きなさい。そうしないと、わたしがいつまでたっても、このいまわしい馬から降りられないじゃないの。耐えられないほどの暑さだわ」

カリムはうかがうようにタマールを見た。

タマールはまだ呆気《あっけ》にとられてテスの顔を見つめている。「われわれの国が気に入らないのか?」

「ザランダンはまあまあ心地いいけど、砂漠の地方はひどいものね」香水を染みこませたハンカチで額を拭い、あてつけがましく言った。「いつまで待たせる気なの?」

「これは大変失礼した、閣下」タマールは嘲《あざけ》るようにお辞儀をしてみせた。ぱちんと指を鳴らすと、背後の馬がいっせいに両側に分かれ、そのあいだを小柄な人物が近づいてくるのが見えた。「ヴィアンヌ!」

ヴィアンヌは馬に乗って、まっすぐテスのもとへやってきた。顔はすっかり色を失ってこわばり、瞳は苦しげに暗く沈んでいる。テスは激しい怒りに駆られ、それが顔に現われているることを承知でヴィアンヌのほうに顔を向けた。「馬鹿な娘ね。あなたのせいでとんでもない迷惑を被ったわ」

「ごめんなさい」ヴィアンヌが泣きそうな声で言う。

テスは肩をすくめた。「でもまあ、これが最善なのね、きっと。もしもこの山賊にもそれなりの分別ってものがあれば、意外にうまくわたしとやっていかれるかもしれないし。二人が出会ったのも運命なのかもしれないわ」

タマールは眉を引きあげた。「本気か？」

「そのことは、あとでゆっくり話しましょ」テスは横柄な仕草でカリムに命じた。「さっさと彼女を連れて立ち去りなさい」

「テス」ヴィアンヌはパヴダの隣りで、自分の馬を止めた。「ほんとにごめんなさい。こんなことになって――」

「悪いと思ってるなら、わたしが馬から降りられるように早く立ち去って。わたしが馬が嫌いなことは知ってるでしょう？」

ヴィアンヌは目を見張った。「そんな、テス。あなたが――」

「行こう、ヴィアンヌ」カリムがすばやくヴィアンヌの馬の手綱を取り、彼女を促した。

タマールはおとなしく彼女たちを行かせるだろうか？　テスは固唾《かたず》を呑んで見守った。思惑を含んだようなタマールのまなざしが、カリムとヴィアンヌのあとを追う。もしもこれよりほかに彼にとって都合のいい方法を思いついたら、交換を認めようとはしないだろう。それに、彼は気まぐれで行動する、とガレンが言っていたっけ。

どうにかして彼の気をそらさなければ。テスはとっさにパヴダを前に進ませ、タマールの位置からカリムとヴィアンヌの姿が見えないようにした。「ねえ、一つ提案があるんだけど」

タマールはさっと彼女に目を転じた。「提案？」

テスはうなずいた。「わたしがなぜ、この交換におとなしく応じたと思うの？　わたしにとって、このいまわしい国を出るチャンスになると思ったからよ。どうせわたしを人質に取って身代金を要求するつもりなら、タムロヴィアのわたしの父に話をつけたらどう？」また額の汗を拭うと、不機嫌に言った。「それはそうと、いつまでこんな暑いところに置いておくつもり？　この国には日陰ってものがないのかしら。いいからもう、あなたの野営地に行きましょうよ」

「そうしたいところだが」タマールは唇をゆがめた。「あいにく、そうはいかないんだよ。キャンプはすでに片づけた。これから長い時間をかけて移動する」すでにほとんど姿が見えなくなったカリムとヴィアンヌのほうをちらりと眺め、ためらいを見せたが、すぐにテスに向きなおった。「それに、いつ休むかはおれが決める。おれはガレン・ベン・ラッシドとは違うってことを、おまえもそのうちにわかるだろう。やつはこと女に関しては、いつだってだらしなかった。そもそもあいつがあんなふうになったのは、あのいかれた母親のせいで——」突如、目を見開き、ついで大声で笑いだした。「そうか！」ぱちんと膝を叩く。「そいつはいい！」さっそく馬を方向転換させる。「それじゃ、行こうか、鼻っ柱の強い閣下。素晴らしいアイディアを思いついたよ。出発するぞ」

「わたしの提案はどうなったの？」テスは執拗《しつよう》に詰め寄りながら、カーブした通りのほうをさりげなく横目で見やった。そしてほっと息をつく。大丈夫。カリムとヴィアンヌは無事にカーブを曲がって、待機していたユセフや護衛隊と合流できたようだ。

「あとでちゃんと話を聞いてやるとも」タマールは上機嫌に笑った。「どうやらおまえは思ったよりも、ずっと面白い女のようだな。その調子で楽しませてくれるかぎりは、好きなようにしゃべらせてやるよ。それに」――意地の悪そうな目つきを彼女に向けて――「われわれにはやるべきこともあるしな……二人だけで」

テスはすねたような表情を崩さずに言った。「あなたも夫とおんなじ。品もなにもあったもんじゃないわね。こういう扱いにはもううんざりよ。一刻も早く国に帰りたい。やさしくて礼儀正しい口を利いてくれる紳士たち。ああ、懐かしいわ」

タマールはなにか新種の動物でも発見したかのように、唖然《あぜん》とテスを見つめた。「おれの言ってる意味がわからないとでも――」途中で諦《あきら》めて口を閉ざし、また笑いだした。「とんでもない女だな！」笑いながら馬に拍車をあてる。「つくづくガレンに同情するよ。この二カ月、こんなおまえを部族のキャンプからキャンプに連れまわしたんだから、さぞかし苦労したんだろう。むしろ感謝されてしかるべきだな。やつを苦しみから救ってやったんだから」

「なんだと？　それじゃ彼女をやつのところに置いてきたっていうのか？」ガレンは自分が内側から崩れ落ちていくような、奇妙な感覚を覚えた。「やつに引き渡したのか？」

カリムは怯《ひる》んだ。「ほかにどうしようもなかったんです。ヴィアンヌが――」

サシャが前に進みでた。「ヴィアンヌがどうした？　傷つけられたのか？」

「いや、ただ疲れて怯えているだけです。ザランダンに戻ってくる道すがら、彼女はほとんど口を利こうとしませんでした」カリムの声がしゃがれた。「宮殿に着くなり部屋に入ってしまい、わたしはわたしですぐに出発して知らせに来たんです」

ガレンは早くも部屋の出口に向かった。「交換はどこで行なわれた？」

「キャロベルが開催された野営地から、少し登ったところの丘陵地帯です」

「男たちを集めろ。すぐに出発する」

「彼は怪我をしてるんだぞ、ガレン」サシャが穏やかに進言した。

ガレンはくるりと振り返り、あらためて二人と向き合った。抑えようのない怒りが体を焦がし、むさぼり尽くそうとしている。「それがどうした？　馬に乗れるなら行くに決まってる。全員が行くんだ。おれに絞め殺されないだけ幸運だと思え、カリム。なんとしても彼女を取り返すぞ」

サシャが首を振った。「やみくもに出かけていってもしょうがない。タマールのことは知ってるはずだろう。やつはまさしく影だ。丘のなかを何日も探しまわることになるぞ」

「それなら、そうするまでだ」

「それはだめです」カリムが口を挟んだ。

「だめだと？」ガレンは穏やかな口調とは裏腹に、鋭いまなざしをカリムに向けた。「なるほど、彼女をタマールのもとに置いておきたいってのか？　ようするにおまえは、いそいそと彼女をやつの手に渡したんだな？」

カリムは真っ青になった。「滅相もない――」一つ唾を呑んで気を落ち着ける。「お怒りは当然ですが、あなたにここで待っているよう伝えてくれとおっしゃったのは、マジーラなんです」

「待つ？　タマールがどんな人間か彼女は――」

「承知してます」カリムが遮って言った。「そのうえで、自分の居どころをかならずあなたに知らせるからと」

「どうやってそんなことを？」

「アレクサンダーです。彼女はあの鳥を一緒に連れていったんです。彼を使って居どころを知らせると言ってました。それに、タマールと彼の部隊を無力にする秘策もあると」

ガレンは驚愕《きょうがく》の表情で彼を見つめたが、やがてふつふつと希望が胸に兆した。テスが、いや、女性がたった一人でどうやってタマールの部隊を打ち負かす気なのか皆目見当もつかないが、あのハトならひょっとして彼女を救ってくれるかもしれない。「彼女を引き渡したのはいつだ？」

「昼です」

ガレンは空を見あげた。「もうすぐ日没だ。やつらも夕暮れには馬を止めて、キャンプを設営するはずだ」きびすを返して、大股で戸口に向かう。「馬に鞍をつけて、男たちに出発の準備を整えさせてくれ、サシャ。カリム、一緒に来て、その計画とやらを説明しろ。これからヴィアンヌの部屋に行って、アレクサンダーの到着を待つ」

恐怖に胸ぐらを摑まれている気分だった。吐き気を催し、体が芯から冷たくなる。よりによって、こんな心もとない希望にすがるしかないとは。しかし、それがいま彼女を救うための唯一の希望なのだ。

そういえば、たしかテスは言っていたはずじゃないか。あのいまいましいハトはあまり賢くないんだと。たとえ隙を見て彼を飛ばすことができたとしても、彼がザランダンに戻ってこなかったら、いったいどうなる？

今度こそ、今度こそはサイード・アババに行かないでもらわないと。

塔から飛びたつや羽を広げ、急速に方向転換して西の方角に飛んで行くアレクサンダーを、テスは見送った。あっちはたしか、サイード・アババじゃなかった？

石造りの螺旋《らせん》階段を誰かが上ってくる足音が聞こえ、テスは慌てて窓際から離れると、空になったアレクサンダーの鳥籠を蹴飛《けと》ばして陰に隠した。部屋の奥の開いたトランクに向かおうとしたとき、ドアが開き、タマールがずかずかと部屋に入ってきた。

「宝石箱が見つからないのよ」不満げにぼやいた。「あの田舎者たちが、間違ってどこかにしまったんじゃないかしら」

「いや、おれが命じたとおりの場所にしまってくれたよ」タマールはにたりと歯を剝いた。

「おれの鞍袋のなかに」

「わたしの宝石を盗むなんてどういうつもり?」テスは彼をねめつけた。「この結婚でわたしが手に入れたものなんて、ほかにはろくなものがありゃしないのに。砂に、暑さに、諍《いさか》いに、屈辱……それに……そばかす」部屋を見まわした。「そのうえ今度は、こんな薄汚い塔に連れてこられて。どうしてこんなところに?」

「ここには大昔に一度、ガレンと一緒に来たことがあってね」タマールは部屋の奥に置かれた、カーテンで囲われたベッドに目をくれた。「ここはなかなか使い勝手がいい。じつに居心地がよかったよ」

〈タマールが酔ってかっとなって、売春婦の一人を殺した〉

ガレンの人生を根こそぎ変えたあの恐ろしい夜。そのときのことを語るガレンの言葉を思いだし、おのずと全身に震えが走った。しかし、それをタマールに悟られるわけにはいかない。

タマールはまだベッドのほうを見つめている。「それに、ガレンがここに来るとは思えないからな。この塔に関するやつの記憶は、おれとは違っていいものじゃない」

「わたしの提案は？」テスは話題を変えようとした。「できるなら――」

「その話はあとだ」タマールはどこかうわの空で言った。顎鬚をたくわえた顔のなかで、目だけが異様にぎらついて見える。「邪魔するな。過去を思い起こすのも、たまにはいいもんだな」

突如、空気が悪意に満ち、重たくよどんだ気がした。

「お腹がすいたわ。何か食べるものを持ってきてくれない？」テスがまた、ねだった。

タマールはようやくベッドから目を離して、彼女の顔を見た。「まったく、なんて口やかましい女だ」

「それに、わたしが持ってきたワインボトルの入ったトランクはどこ？　あれはすごく上等な年代物のワインなのよ」しかめっ面をする。「エル・ザランみたいな野蛮な人たちが、こんな素晴らしいワインを作れるなんて驚きだけど」

「部下の話じゃ、たしかにかなり年季の入ったものらしいな。もっとも、あいつらに酒の味がわかるわけがないが」タマールはにたりとした。「しかし、おれは酒の味には少々うるさい。やつらの言うとおりかどうか見きわめてやるよ」

「あれはわたしのワインよ！　あのトランクのなかのワインがあれば、ベラージョに戻ってからも何年か楽しめるはずなんだから」

「まずは、連中から一本奪い取ってこられるかどうかが問題だな。いや、やめておこう。おまえには馬上槍試合に備えて、しっかり日を覚ましていてもらわなけりゃならないからな」

タマールはせせら笑った。「楽しませてくれるんだろう、王女さま？」

「なんの話だかさっぱりだわ。気味が悪い」テスは眉をひそめた。「それより、お腹がすいたと言ってるでしょう？　何か食べ物を持ってきてちょうだい」

タマールはしぶしぶきびすを返した。「シチューを持ってこさせるよ」

「わたしのシルバーのボウルに入れてきて」テスがすばやく注文をつける。

タマールは肩越しに彼女を見た。「食わせてやるだけでもありがたく思え」

「わたしのボウルよ」

タマールは頭をのけぞらせ、また大笑いした。「おまえのボウルだ」

後ろ手にドアを閉めたが、階段を駆けおりながらも笑う声がなお聞こえてくる。

テスはほっと気が緩むと同時に、へなへなと腰が抜けそうになった。身の毛がよだつとはあのことだろう。ベッドを見ていたときのタマールの目。気味の悪さに背筋がぞくりとした。あんな男と少しでも似ていると思うなんて、ガレンはどうかしている。タマールはまさしく怪物だ。

テスはきびすを返して、窓際に戻っていった。いまできることは祈ることだけだ。慎重に用意させたワインでタマールとその部下たちが飲めや歌えの大騒ぎをし、タマールがさらなる気晴らしを求めてくるのができるだけ先送りされるように。それにしても、こんなに恐ろしい思いをするなんて、正直、考えが甘かったのかもしれない。タマールに近づかれるたびに膝ががくがくしているというのに、この猿芝居がいったいいつまでもつというのか。

テスはちらりと空を見あげた。アレクサンダーの姿はどこにも見えない。西に向かっていたけれど、ちゃんと方向修正して東の方向に飛んでいってくれただろうか？

「サイード・アババじゃないのよ」テスは囁いた。「お願いよ、アレクサンダー。サイード・アババじゃない。ザランダンに行くのよ」

詰所からは、かれこれ二時間も叫び声や笑い声が響いてきていたが、それもしだいに小さくなり、やがては完全に静まった。

テスは指関節が白くなるほどきつく椅子の肘掛けを摑み、固唾を呑んで耳を澄ませた。何も聞こえない。タマールはワインを飲んだのだろうか？　もう安心していいのか？

そのとき、石の階段を誰かがよろよろと上ってくる足音が聞こえた。まだだ。まだ安心はできない。テスは切羽詰まった形相で部屋を見まわした。

テーブルの上に、見るからに重そうな銀製のピッチャーが載っている。あれなら武器に使えるかもしれない。

タマールが勢いよくドアを開け、千鳥足で部屋に入ってきた。

「ノックぐらいしてちょうだい」テスは言いながら、意を決して椅子の肘掛けから手を離した。「そういう無作法な態度はいい加減にあらためてもらわないと」立ちあがり、銀製のピッチャーが載っているテーブルにさりげなく近づいた。「それに、約束したシチューもまだ持ってきてくれないじゃないの」

「ぜんぶ食っちまった。ワインもだ」タマールはろれつがまわっておらず、悪意に満ちた目でじっと彼女を見た。「あいつらの話じゃ、今日の酒はやけにまわりが早いらしい。そいつは奇妙だとおれは思った……」よろめきながら彼女に近づく。「おれは考えたね。日頃からもっと強い酒を飲み慣れてる連中が、どうしてあんなに早く眠くなったり頭が重くなったりするのかと」

テスは彼に背を向けたまま、肩をこわばらせた。ピッチャーさえ、なんとか手にできれば。

「あれはすごく上等なワインだったのよ。誰だって――」ぎょっと言葉を呑んだ。タマールの手にむんずと肩を掴まれ、無理やり振り向かされる。

「何を入れた?」

「なんのことだか。お願いだからその手を――」

タマールの手にぎゅっと力がこもり、テスは思わず息を詰めた。

「なんだ? 毒か?」

ますます力が加わり、テスは下唇を噛んで必死で叫び声をあげまいとした。

「なんだ?」

「アヘンチンキ」

「どれぐらい？」

「わから……ない。野営地で見つけたのを全部」

「しかもおまえは、高貴なだけの馬鹿な女のふりをして、おれを油断させたってわけか」タマールの顔が見る間に怒りにゆがみ、両手が肩から喉に移った。「売女《ばいた》め！」

〈タマールは酔ってかっとなって、売春婦の一人を殺した……絞め殺したんだ〉

一瞬、哀れな売春婦の悲鳴が部屋の壁のほうから聞こえたような気がした。わたしもこのまま、ここで死ぬんだろうか？

「どうせ殺せやしないと？」タマールはゆっくりと喉を絞めつけていく。「悪いが、死んだって役には立つ。ガレンは妻を殺されて黙っちゃいないだろうからな。たとえおまえのことをなんとも思っちゃいないとしても。少しばかりおまえと遊んでやってもいいと思ってたが、やめたよ。おまえはとんでもなくぐずる賢い」

じょじょに息が奪われていく。テスはやみくもに後ろに手を伸ばし、銀製のピッチャーを摑もうとした。が、一瞬早く彼にテーブルから引き離されてしまった。喉に手をやり、必死で彼の指を引き剝がそうとする。

苦しい！

血液が耳の奥でどくどくと脈打ち、こめかみの血管がいまにも破裂しそうなのがわかる。

がくっと膝が折れ、床にくずおれた。タマールはその彼女の喉を容赦なく摑んで、立たせようとした。

ドアが開いた音もガレンの叫び声も、聞こえなかった。しかし、タマールには聞こえたのだろう。

彼は一瞬、手を緩めたものの、なおも彼女の喉を摑んだまままずるずるとドアのほうに引きずっていく。

ガレン。サシャ。

「彼女を離せ、タマール」ろうそくの明かりを浴びて、ガレンの瞳が獰猛な光を放った。タマールと同じ悪意に満ちた光。

〈彼はおれの鏡だからだ……一歩間違えれば、いまのおれも、いつああいう姿に逆戻りしないとも……〉

タマールは悪態をついてテスの喉から手を離したが、今度は頰に平手打ちを食らわせる。テスは大きくよろめいて倒れそうになった。すかさずタマールがベルトの短剣に手をかける。

「やめろ!」ガレンが猛然と突進した。

ガレンのその表情……待ち望んだ何かが垣間見えるような。そう、たしかにそこに……。

しかし、ガレンはもう間に合いそうにない。タマールはすでに短剣を摑み、テスに向かって襲いかかろうとしている。

もう手遅れ！

わたしは死ぬしかない。

いや、いまはまだ死にたくない。ようやくわかったのに。ガレンが――。

ろうそくの明かりに、振りあげられた短剣の刃が小さくきらめいた。

テスは底知れぬ暗闇に落ちていくのを感じていた。

12

ガレンのたくましい腕がテスを抱えていた。石の床を踏みつけるかちかちという乾いたブーツの音が聞こえる。

「わたし」喉がひどく痛み、言葉を絞りだすのがやっとだ。「死にたくない」

「黙ってろ、テス」ガレンの声も途切れ途切れだった。「話すんじゃない」

目を開けると、彼の真っ青な顔が見えた。どうしてわかってくれないんだろう。いま、この瞬間にどうしても言っておかないとならないのに。自分が命を取り留めて、二人で一緒にいるということが、どれほど大切なことなのか。「大切な……」

ふわりと冷たい空気が顔を撫でた。まぶしいほどの光。塔の外で待つ大勢のエル・ザランの兵士たちが、手に手にたいまつを握っている。

ガレンはしゃがれ声で言った。「おまえが死ぬわけがない」

突然、誰か別の腕に身を預けられ、ガレンはセリクにまたがった。

サシャの腕だ。テスはぼんやりと意識した。目を上げると、見慣れた青い瞳がこちらを見おろしている。「彼に伝えて——」

「あいかわらず頑固だな、おチビちゃん」サシャが遮り、怒ったように言う。「あんなカエルみたいな声を耳にしちゃ、こっちこそ生きた心地がしなかったぞ」

テスはようやくほっと安堵した。さすがのサシャも、死にそうな女性相手にカエル呼ばわりするような真似はしないだろう。「わたしのせいじゃない」消え入りそうな声でも精いっぱい怒りを込めて言う。「すべてを……計画どおりってわけにはいかなかったの」

サシャは彼女に微笑んだ。「きみはよくやったよ。タマールの部下を薬で眠らせ、メッセージを送った。残念ながら、ぼくたちに英雄になれるチャンスをほとんど残しちゃくれなかったけど。まあ、タマールだけでも残しておいてくれたのがせめてもの救いだ」

「ピッチャーに手が届かなくて」

「彼女をよこせ」ガレンの声。

テスはふたたびガレンの腕のなかに収まり、マントにくるまれてしっかり抱えられた。

「わたし、よくやったでしょう」

「ああ、たいしたものだ」ガレンはマントをきつく彼女に巻きつけ、鞍にゆったりと横たえてやった。「さあ、もう眠るといい。あとはおれたちに任せて」

「タマールは？」

ガレンの筋肉がにわかに緊張するのが、テスにも伝わった。「死んだ」

壊れた鏡……いえ、それは違う。ガレンの考えがいかに間違っていたか、いまこそ伝えなくては。「彼は狂ってた。ちっともあなたに似てない」

「しーっ」ガレンは彼女の頰を自分の肩の窪《くぼ》みに押しつけると、セリクを方向転換させ、片手を挙げて後ろの男たちに合図した。「話はあとだ」

ほどなく、セリクのリズムのいい足並みに眠気を催してきた。露に濡れた草の匂いや、革とレモンの香りが心地よく鼻を刺激する。「話を――しなくちゃ。聞いてもらいたいことがたくさんあるの」

「あとだ」

そうね。待てばいいだけのこと。あの瞬間、まさに神の啓示のごとくに彼のあの表情を見られたんだもの。あとのことはなんだって待てる。

テスは彼に身をすり寄せた。「あとで」

宮殿のテスの部屋に日差しが差しこんでいた。数時間後に目覚めると、ヴィアンヌが長椅子の脇の椅子に腰掛けている。

ヴィアンヌは張りつめた表情で身を乗りだし、テスの手を握った。「話さなくていいわ」

テスはそっと喉に手をやった。痣のできた箇所に触れてしまい、びくっと飛びあがりそうになる。「痛い」

「ひどい痣よ」ヴィアンヌが囁いた。「かわいそうに。わたしのせいでこんな――」

「何を言うの？」テスは起きあがり、勢いよくシーツを剝いだ。なんてこと。カラスみたいな醜い声。「あなたのせいなもんですか。わたしの首を絞めたのはタマールよ。ガレンはどこ？」

「ちょうどいま出ていったところなの。ひと晩じゅう、ここに座っていたのよ」

それはこのうえなくいい知らせに思えた。それに、昨夜目にした彼のあの表情……。

「彼に会わなくちゃ」立ちあがったものの、ぐらりと体が揺れる。テスは必死で足を踏ん張った。「服を着るのに手を貸してもらえる？」

「休んでないとだめよ」ヴィアンヌは眉をひそめた。「それに、彼には会えないと思うわ。たったいま知らせを受け取ったところなの。タムロヴィアの一団が、城門から一マイルのところで目撃されたとか」

わたしの父！　しまった。差し迫った新たな脅威のことを、ほとんど忘れていた。しかし不思議なことに、最初に彼の到着を知らされたときほどの恐怖は覚えなかった。タマールとの対決を経験したいま、父親の脅威などかすんでしまったということか。「ガレンは部屋にいるの？」

ヴィアンヌはうなずいた。「どうして待てないの？　カリムはまだ外の廊下にいるわ。なんだったら、彼にメッセージを頼んで――」

「待つのはいや。それに自分で行きたいの」テスは眉を引きあげた。「カリムもひと晩じゅう、廊下にいたってこと？」

ヴィアンヌは顔を赤らめてうなずいた。「すごくやさしくしてくれて、かたときもわたしから離れようとしないの。許されないことをしてしまったと思っているみたい」

〈彼女のためなら、こんな命、いつだって差しだします〉カリムはそう言った。

「サシャだってきっと同じことを――」言いかけてやめ、首を振った。その言葉にはなぜか、言いようのない違和感を覚えた。このことはあとでまた、ゆっくり考えてみなくては。

「それにガレンはきっと許してくれないだろうって。たしかに彼はカリムにすごく腹を立ててるわ。あなたをタマールの手に渡してしまったことで」

「それはカリムが悪いんじゃないのよ。そのことはあとでわたしから、ガレンによく話しておくから」いまはとにかく気がせいて、自分の人生すらまともに整理できない。「いいから来て。父が到着する前に、ガレンと話をしておきたいの」部屋を横切って化粧室に向かう。

「エメラルドグリーンのガウンがいいわ。顔を洗ってガウンを着ているあいだに、適当なスカーフを選んでおいてもらえない？　この首の痣を隠したいの」

なんといっても、ごく普通に話をすることが肝心だ。間違ってもガレンの哀れみを誘うような真似は避けなくてはならない。彼が何を決断しようと、何を口にしようと、それは彼の本心からでなくては意味がないのだから。

「部屋に戻れ」テスが部屋に足を踏みいれるなり、ガレンは渋い顔で命じた。「ベッドに入ってじっとしてろ」

「どうして？　わたしはここがいいの」テスは後ろ手にドアを閉めて、彼を見た。「それに、ほかで興味深いことが起こっているというのに、ベッドでじっとしてるなんて退屈で」

一瞬、ガレンの表情がやわらいだ。「ベッドでも興味深いことさえできれば、退屈なんて吹っ飛ぶんだろうがな」真顔に戻って言う。「おまえの父上が到着するっていうのに、ここにいるのはまずい。戦いなら、もうさんざんやっただろう」

「でも、これもわたしの戦いなのよ。父はどこ？」

「もうすぐ到着する。サシャが馬に乗って迎えに行って、ここに連れてくることになってる」

「それなら、一緒にここで待ちましょう」テスは彼に微笑みかけた。「わたしはここで、自己弁護しなければならないの。結局、わたしもただのかよわい女よ。あなたから父の手に渡されないともかぎらないし」

「かよわい女だと？　冗談を言うな。エル・ザランじゃ、おまえがタマールを仕留めた話でもちきりだ」ガレンはむずかしい顔になった。「それに、おれが――何を笑ってる？」

「笑いたい気分なの。あまりに幸せで」テスはずいと部屋を進んで、彼の前に立った。「ねえ、ガレン。いまはもうタマールも死んだんだし、連合に対する脅威もずっと減った。そういうことよね？」

「そうだ」

「ということは、統一を守るためにわたしを必要とすることも、なくなったわけね⁉」

ガレンははたと押し黙った。「そうは言ってない」

「じゃあ、いま言って。ほんとのことを」

ガレンは唇を引き締めた。「まあ、そういうことだ」

テスはにっこりとした。「それじゃ、わたしは自由なのね。父が立ち去ったら、すぐにもフランスに行くわ。もちろん、護衛を用意してくれるわよね？」

「だめだ！」ガレンはテスの肩をぎゅっと摑み、彼女をにらみつけた。「おまえは約束したじゃないか――」

「子どものこと？　だって、あなたにはもう子どもは必要ないはずだわ」

「必要だ」

「統一のためには必要ない」

「それはそうだが……必要なんだ、子どもが」

「でもあなたは約束したじゃない。統一のために必要なくなったら、わたしを自由にしてくれるって。その約束を破るの？」

「言ったことは言ったが……おまえが必要なんだ」

「約束を破るなんて野蛮人のすることだわ」テスは声をひそめて言う。「もっと洗練された人間になるはずじゃないの、ガレン？」

ガレンの表情は苦痛にゆがみ、両手で彼女の肩をきつく摑んだ。「かまうもんか、そんなことは。とにかく、ここにいろ！」

「いつまで？」

「永遠にだ！」すさまじい勢いで口から放たれた言葉は、部屋じゅうに反響した。

テスはにこやかに微笑んで、彼を見あげた。「よかった」たまらず彼の腕に飛びこんだ。「わたしのほうから、ここに置いてとお願いしなくちゃならないと思ってたの。それってちょっと、癪《しゃく》じゃない？」

ガレンはぴたと動きを止め、彼女の体を押しやった。「まさか、ここにいたいってことか？　言っている意味がわかってるのか？」大きな手を震わせて彼女の頰を挟み、その顔をまじまじとのぞきこむ。「おまえを手放すなんてできるものか」かすれ声で言う。「たとえ力ずくでここに引き留めることになっても。おれの親父がお袋にしたように」そっと目を閉じた。「くそっ、おれはなんて男だ」

「わたしが愛する男よ」テスがあっさりと答えた。「それに、もし神さまの機嫌がよかったら、わたしのことを愛してくれる男」

ガレンの瞼が持ちあがり、きらめく瞳があらわになった。「ああ、そのとおりだ」感きわまった声で言う。「あの沼でアポロにしがみついていたおまえを見た瞬間から、ずっと愛していた」

「すごく励まされる言葉。だってあのときのわたしは、緑色のねばねばしたヘドロを滴らせて、おぞましい悪臭を放ってたんだもの」またガレンの腕に身を投げだし、胸に顔を預けた。「むしろよかったわ。悪いことがまとまって起きてくれて。ああいうわたしを見てれば、そのあとどんな状況になろうがよく見えるはずだし」

「昨夜はそうはいかなかった」ガレンは彼女をきつく抱きしめた。「生気のない顔でぴくりとも動かなくて――それにその喉」彼女の髪に顔をうずめた。「神に誓ったんだ。もしおまえが命を取り留めてくれたら、かならず手放すと。でもさっきこの部屋に入ってくるおまえを見たら……」囁くような声になる。「おまえを手に入れるためなら、たとえおれの救いがなくなろうとかまわない。しょせんおれは、親父と同じ野蛮人なんだ」

「そうじゃない」テスは体を離して、彼を見あげた。「あなたはお父さまじゃないし、タマールでもない。たしかに野蛮人かもしれないわ。でもたとえそうだとしても、わたしはあなたのなかのそういう部分も愛してる。ほかの部分とおなじように」額に皺を寄せ、ふさわしい言葉を探す。「わからない？　わたしたちはわたしたちなのよ。わたしは衝動的で無遠慮だけど、ほんとはそういう自分を気に入ってもいるの。あなたはどう？　こういうわたしだと、少しは愛が冷める？」

「そんなことあるものか」かすかに頬を緩めた。「もっとも、これから先、その衝動的なところが多少なりとも改善されればそれに越したことはないが」

「そんなことはありえない。あなたが死ぬまで野蛮人の資質を失わないのと同じよ。肝心なのは、よくなろうと努力すること。そうすれば、わたしたちは一生ともに生きていかれる」

テスは力を込めて彼を抱きしめた。「きっと興味深い人生になるわ」

「おまえがセディカーンで手に入れたがっていた自由を、おれが約束できないとしても？」

「あなたはあなたにできることをしてくれればいいの。あとはわたしが戦って手にすればいいこと」きつく顎を引き締めた。「それに、それもまた面白そうじゃない？」

ガレンはわざと身震いしてみせた。「なんてこった。この先、おれたち男にはどんな運命が待ち受けてることやら。ハキムも気の毒だな」

「彼は最初のターゲットね」軽やかに手を振った。「次はあなたたち、みんなよ」

ガレンは頭をのけぞらせておおいに笑った。少年のような楽しげな表情だ。「気の毒なガレンだ」

「気の毒なものですか」テスはつま先立ちになり、彼の唇にやさしく唇をかすめた。「わたしが未来永劫《えいごう》、あなたを守り、あなたを愛しつづけるのよ。自分を憐れんでる場合じゃないわ」

「未来永劫だ」ガレンは繰り返し、彼女の視線をまっすぐ受けとめた。

これは、紛れもなく誓いの言葉。そう思うと、とめどない高揚感がテスの胸に押し寄せた。喜びのあまりこの体がはじけ、粉々に散って、きらめく陽光に溶けこんでしまいそうだ。

「タマールには感謝すべきだったのかもしれないわね。彼のおかげで、あなたに愛されていることがわかったんだもの」

「おれにはずっと前にわかっていたよ。レース中におまえがパヴダから落ちて、死んでしまったんじゃないかと思ったときに」

「あれは落ちたんじゃないの。言ったでしょう、わざと――」ふと眉根を寄せた。「あのときに？　どうして言ってくれなかったの？」

「おまえのほうこそ、おれのもとから立ち去る気がないことをなぜ黙っていた？」

「それは取引よ。だって怖かったのよ、もし――」

「おれも同じだ」テスが目をぱちくりさせるのを見て、声を落とした。「正直、これほど怖い思いをしたのは、後にも先にもはじめてだよ。力ずくでもないかぎり、おまえをそばに留めておくことはできないと思っていた」

彼の母親を留めておくことができなかったように。

「あなたのそばを離れない。これから先ずっと」テスはいとしげに彼にキスすると、また体を離した。「さあ、これで言いたいことは全部言ったわ。あとはあそこの椅子に座って、あなたと父が話し合うのをおとなしく眺めて——笑うのはやめて」言いながら、彼女もつられて笑いだす。「ほんとよ。口を挟まないようにするつもり——」

突然、ノックもなしにサシャが部屋に飛びこんできて、二人はそろって口をつぐんだ。

「いったい何があった、サシャ？」

振り返るなりテスは、ガレンがそう問いただした意味を理解した。サシャの顔は血の気を失い、表情はうつけて焦点も定まっていない。テスは泡を食って訊いた。「彼がなんて？　まさか、あなたを怒鳴り散らしたの？」

「誰が？」

こっちのほうこそ訊きたいというように、テスは彼を見つめた。「わたしの父よ」

「アクセル？」サシャはかぶりを振った。「彼がどうしてるかなんて知るもんか。ここにはいないんだから」

テスはなんのことかわからず、彼の顔に目を据えた。「ここにいない？　それじゃ、使者を送ってきたの？」

「ああ、使者をね。アクセルはいま、タムロヴィアを離れるわけにはいかないんだ」

「サシャ、いったい何があったっていうんだ？」ガレンが詰め寄った。

その強い口調に、ようやくサシャは物思いから引き戻されたようだった。「彼らが亡くなったんだ。二人とも亡くなった」

「誰が？」

「ぼくの父と兄。溺れ死んだ。ザンダー川で二人の乗った船が転覆して、急流に押し流されたんだ。助けも間に合わなかった。ぼくがタムロヴィアを発った二日後の出来事だそうだ。アクセルがいま摂政を務めてる」つと顔を上げて二人を見た。「留守のあいだ、ぼくにかわって治めてくれてる。ぼくはタムロヴィアの王になったんだ」やぶからぼうに笑いだす。「なんてこった。これほど滑稽《こっけい》な話はない。このぼくが！」

「たしかなのか？」ガレンが重ねて訊いた。

「マズレック伯爵の話だと、宮廷も民衆もこぞってぼくがベラージョに帰るのを待ちわびているそうだ」サシャは冷笑した。「宮廷の連中がぼくにそれほど会いたがるなんて、かつてない事態だよ」ひとしきり沈黙した。「本来なら、二人の死を嘆くべきなんだろうが、偽善者になるのはごめんだ。二人のことは尊敬もしていなければ好きでもなかった。だから亡くなったところで悲嘆にくれるつもりもない」

「これからどうするつもり？」テスが訊いた。

　サシャはうつろな目を彼女に向けた。「すぐにもタムロヴィアに帰らなければならないだろうな」早くも立ちあがって戸口に向かう。「荷物をまとめるように言いつけてくる」振り返らずにドアを開けた。「きみのメイドにも荷造りするように命じておくよ、テス。四時間後に中庭で落ち合おう」

テスは身を硬くした。「わたし?」

肩越しに振り返ったサシャの表情は、驚くほどいかめしかった。「そうだ。タムロヴィアの王として、きみをタムロヴィアの貴族と結婚させるのがぼくの義務だからな」

テスは目を見開いた。「サシャ!」

彼の瞳は冷ややかな光を放ち、声音もまた冷淡だった。「残念だが、王族のメンバーが複数死んだとなれば、当然、家系を強める必要性が生じる。この結婚は解消だ。きみには一年以内に、しかるべき貴族と結婚してもらう」

「いやよ!」ガレンの腕がさっとテスの腰にまわされるのを、彼女は意識した。

「タムロヴィアの王女をこんな野蛮なシャイフなどと結婚させられるわけが――」サシャはとうとう言葉に詰まり、勢いよく噴きだした。「くそっ、きみのその顔ったら!」ドアに背中を預け、全身を震わせて笑いころげる。「まんまと引っかかった!」

「人でなし」テスは恨みがましい顔で力なく笑う。「一瞬、本気にするところだったわ」

「われながら、驚くほどうまく親父を真似たと思うんだが」言ったそばから身震いした。

「おぞましい思いつきだ」いたずらっぽく歯を剝いた。「それにガレンの顔を見たか? 短剣を引き抜いてぼくを刺し殺してでも、きみを手放すまいとする勢いだったぞ」

「笑えない冗談だ」ガレンはテスの腰にまわした手に力を込めた。「おまえの君主としての最初の仕事が、タムロヴィアを戦争に引きこむことになるところだったぞ」

サシャはおののいて、日を見張った。「くそっ、忘れてたよ。これからは、そういうくそつまらない反動まで考慮しなけりゃならなくなるってことを。なんて気の重い話だ」がっくり肩を落とすと、とぼとぼと戸口に向かう。「こんな仕事、好きになれるわけがないんだ。そもそもぼくは君主になんてなる器じゃないんだよ」

四時間後、テスはガレンとともに階段に立ち、眼下の中庭でサシャが雄馬にまたがるのを見守っていた。

「彼がいなくなると寂しくなるわ」かすれ声でつぶやく。

「二度と会えないわけじゃないさ」

そう言いながらも、二人にはわかっていた。サシャの歩む道はいま新たな曲がり角にさしかかり、その道は今後少しずつ二人から遠ざかっていくだろうということを。あいかわらず憂鬱《ゆううつ》そうな面持ちながらも、早くもサシャの振る舞いに新たな力強さと威信が感じられるような気がした。彼はマズレック伯爵を振り返り、もどかしげな面持ちで馬に乗るよう指示している。「彼も変わっていくのね」

「誰もがみんな変わる」ガレンはテスのこめかみにやさしく唇をかすらせた。「いつまでも同じままじゃ、人生は退屈なだけだ。おまえだって、それは望むところじゃないだろう?」彼女の体を離し、前に押しやった。「さあ、行って、彼にお別れを言ってくるといい」

テスは階段を下りはじめた。「あなたは行かないの？」

「さっき彼の部屋に行って、別れを言ってきた。長ったらしい別れの挨拶は苦手でね」

テスが中庭を横切って近づいていくと、サシャが微笑みかけてきた。「そんな惨めな顔をするな、おチビちゃん。ザランダンはベラージョとそれほど離れちゃいないし、道順なら、ちゃんと頭に刻みこんでおく」

「ヴィアンヌにはお別れを言ったの？」

「ああ」たちまち笑みが消えた。「カリムがなにやら背後でうろうろしてたけどな。彼女はとても……礼儀正しかった」サシャは嘆息した。「なんだか、物悲しさに襲われたよ」

「また、そんなことを言って」

サシャは目を剝いてみせた。「もっと同情してくれると思ってたのに」

「最初はわたしも思ってた。あなたがヴィアンヌのことを気に入ってるなら、手に入れるのが当然だろうって」テスは彼とまっすぐ目を合わせた。「でもいまになって、彼女はあなたにふさわしくないって気づいたの。あなたとわたしは似た者同士だわ、サシャ。あなたが彼女を欲しがったのは、彼女が安全で安らぎを与えてくれる場所だからよ。たしかに、わたしたちがこれまで一度も手にしたことがなかったものよね。でも、彼女と三カ月も一緒にいたら、あなたはもういらいらしてくるに決まってるわ。ヴィアンヌにはカリムのほうがずっとお似合いよ。彼はいつだったか言ってた。彼女のためなら命さえ惜しくないって」

サシャは眉をしかめた。「いくじのない男で悪かったな」

「いくじがないとか、あるとかの問題じゃないの」テスはいらだちをあらわにした。「そういうことだから、彼女も勘違いするのよ。あなただって、彼女のためなら喜んで命を賭《か》けるはずよ、きっと。でもそのあとはどう？　彼女のもとを去って、次の新しい刺激を探しに出かけるに決まってる。ねえ、正直なところを聞かせて。六年間もセディカーンにいたのに、どうして今回こんなに素直に帰ることにしたの？」

「それはまあ、これまでは誰もぼくに王座を明け渡そうとしてくれなかったからだろう」サシャはさも当然というように言った。

テスは首を横に振った。

「違う？」サシャは眉をぐっと引きあげた。「それじゃ、降参だ。教えてくれ」

「あなたは王になんかなりたくないのよ。あなたがここを立ち去る理由はただ一つ。たしかにここではこれからも争いが絶えないでしょうけど、統一が達成されたいま、反乱寸前の不穏な状態や危険はなくなった。わからない？　あなたは安らぎの場所なんて必要としていないの。あなたに必要なのは冒険。壮大な冒険よ。ヴィアンヌはあなたにとってのおおいなる冒険にはなりえなかった。そういうことよ、サシャ」

サシャは顔つきをやわらげ、彼女の熱を帯びた顔を見おろした。「ガレンはきみにとってのおおいなる冒険なのか、おチビちゃん？」

「ええ、そうよ」テスも穏やかに応じた。「マルコ・ポーロの足跡を追うという夢はどうした?」

「いつかきっと叶えてみせる」テスはにやりとした。「でも、そのときはガレンも一緒よ、絶対に。セディカーンじゃ、売春婦が当たり前のように受け入れられてるんだもの、危なくて」手を伸ばし、手綱を持つ彼の手を万感の思いを込めて握ると、あとずさった。「神のご加護を祈ってるわ、サシャ。いつでも戻ってきて」

「もちろんだとも」サシャは微笑んだ。「きみのほうも一、二年たったらベラージョに来てみてくれよ。以前とは少しは変わった宮廷が見られるかもしれない」馬を方向転換させ、マズレック伯爵とその護衛と合流した。「いつも思ってたんだ。もうちょっと活気があったほうがいいってね」

テスはくすくす笑いながら、中庭から出ていく彼の後ろ姿を見送った。惜しげもなく日差しを浴びた髪が燃え立つように見え、その背中は頑強ながら、どことなくのんきな雰囲気をまとっている。ふとテスの脳裏に、タムロヴィアの玉座にだらしなく腰掛ける彼の姿が浮かんだ。宝石を散りばめた王冠が頭からずり落ちそうになり、青い瞳がいたずらっぽくきらめいている。

「神さまが助けてくださるわね」テスはつぶやいた。

「テス?」ガレンの声がした。

振り返ると、彼が階段の上で待っていた。黒髪が風を受けてやさしくなびいている。少し気を揉《も》んでいるみたいだけれど、あくまで愛に満ちた表情だ。たしかにガレンは複雑な人間には違いないだろう。一生かけても結局は理解しえないかもしれないが、日々、変化し成長していくこともまた間違いない。次に彼がどんな興味深い挑戦をもたらしてくれるのか、それを考えると待ちきれない気がする。

テスは微笑んだ。「いま行くわ」

中庭を横切り、駆けていった。彼女自身のおおいなる冒険に向かって。

訳者あとがき

古代より民族同士の争いが絶えず、『ヨーロッパの火薬庫』とも呼ばれるバルカン半島。西洋と東洋の文化が交錯する複雑な世界。今回のジョハンセンのヒストリカル・ロマンスでもまた、異国情緒溢れる刺激に満ちた舞台が用意されました。

時は十九世紀初頭。バルカン半島のタムロヴィアという国の国王の姪として生まれたテスは、厳格で横暴な両親のもとで虐待に近い扱いを受けながらも、現実を受け入れ、密かな楽しみを見つけてはそれなりに満ち足りた生活を送っています。犬や馬を唯一の友とする、孤独でちょっぴりお転婆なテス。そんな彼女の唯一の理解者は、国王の次男で彼女にとってはいとこにあたるサシャでした。そしてある日、そのサシャの友人ガレンがタムロヴィアを訪れたことで、テスは運命の糸に絡め取られるように、思いもよらなかった波瀾の人生へと足を踏みだすことになるのです。

ガレンは砂漠の国セディカーンの一部族、エル・ザラン族の族長。部族間の争いが絶えないセディカーンをなんとか統一したいという野望を抱きつづけています。そんな彼がみずからの思惑から、ある取引をテスに持ちかけます。それによってテスは、自分のなかに眠っていた、いえ、あえて見て見ぬふりをしてきた、『自由への熱き渇望』を思い知らされることになるのです。彼女はガレンの申し出を受け入れ、ただひたすら自由を求めて、見知らぬ世界へと旅立ちます。その彼女を待ち受ける試練とは？　テスの運命やいかに？

今回のヒロイン、テスもまた、ジョハンセンのロマンスファンにはお馴染みの、とことん前向きの考えの持ち主。どんなに不幸な生い立ちを背負おうともそれを悲観することなく、むしろ潔《いさぎよ》く受け入れて、そのなかで自分らしさを見つけて生きています。けれどそんな彼女が自由への渇望を意識したとき、もはやいまの生活に留まってはいられない。自由は手の届かない無謀な夢ではなく、現実の目的へと姿を変えていきます。そして知恵と勇気をフル稼働して現実に立ち向かううちに、みずからも、無垢な少女から、たくましさとしたたかさを身に着けた大人の女性へと変わっていくのです。

その彼女が、女性を虐《しいた》げる高齢の族長を相手に、痛烈にやりこめる手口はまさに痛快。読者のみなさんも拍手喝采、おおいに溜飲を下げられることでしょう。当然ながら、期待を裏切らない甘いロマンスも満載です。過去のトラウマに縛られ、自分の心のうらに潜む野獣のごとき荒々しさに苦悩するガレンに、テスはやさしく語りかけます。「愛とは相手のすべてを受け入れること」。それこそが、何ものにも縛られないことを願ってやまなかったテスが、最後に辿り着いた自由そのもの。彼女のその言葉は読む者の心にも、説得力を持って響きます。

いつにもまして魅力的な脇役も顔を揃えます。まずはなんといっても、テスのいとこにして国王の息子、サシャ。どこか怠惰な雰囲気をまとい、きざで女好きでひどく口が悪い。そのくせ、いとこのテスのこととなるとわが身のことのように心を痛め、彼が登場するだけで、緊迫した場面にも不思議とほのかな笑いが沸き起こる。あなたのそばにも、いませんか、そんな人？　さらには悪漢を絵に描いたような残忍なタマールに、清楚で生真面目な女性、ヴィアンヌ。今回は史実との関わりはいっさいありませんが、あくまでつぼをはずさないジョハンセンらしく、じらしたり煽《あお》ったり、絶妙なさじ加減でいっきにクライマックスまで引っ張っていきます。

作中で、ガレンがつぶやくひと言。「われわれはみな、いつまでも同じ場所に留まってはいられない。誰もが変わっていく」そう、たしかにおっしゃるとおり。テスも、そしていとこのサシャも、いかなるときも安息の地に甘んじることなく、つねに貪欲なまでに刺激と冒険を求めていきます。あるときはマルコ・ポーロの足跡を追って世界一周の旅へ。あるときは新しい国王としての未知の世界へ。常日頃、最後の一歩を踏みだすのに、つい躊躇しがちな訳者としては、そんな彼らの姿に勇気づけられ、ポンと背中を押しだされるような、心地よさを覚えました。ジョハンセンの作品を読んだあとに元気になるのは、こんなところにも秘密が隠されているのではないでしょうか。どうか、この作品が読者のみなさんにとっても、慌ただしい日常に彩りを添えてくれる一冊となりますように。

二〇〇九年四月

23 ザ・ミステリ・コレクション

黄金《おうごん》の翼《つばさ》

著者　アイリス・ジョハンセン
訳者　酒井裕美《さかいひろみ》

発行所　株式会社 二見書房
東京都千代田区三崎町2-18-11
電話 03(3515)2311［営業］
03(3515)2313［編集］
振替 00170-4-2639

印刷　株式会社 堀内印刷所
製本　株式会社 関川製本所

落丁・乱丁本はお取り替えいたします。
定価は、カバーに表示してあります。

ISBN978-4-576-09052-8
http://www.futami.co.jp/